和魔女共度的七天

Seven days he spent with the Laplace's Witch

Higashino Keigo

東野圭吾

1

陸真走出中學的大門，抬頭仰望天空，忍不住皺起了眉頭。天空中烏雲密佈。果然會下雨嗎？早上看天氣預報時，看到了代表下雨的符號，但還是覺得今天應該不會下雨，所以出門時沒帶雨傘。已經進入七月了，看來梅雨季節還沒這麼快結束。

今天還是直接回家比較好。雖然他這麼想，但還是在不知不覺中，走在平時常走的那條路上。那是和回家完全相反的方向。

最後，他來到位在車站前方的一棟十層樓建築。洗練的設計讓人聯想到都市的辦公大樓，大樓的牆面像金屬一樣反射著光線。

這是市政府營運的複合公益設施，裡面有市公所、圖書館和活動中心。五年前才剛落成，有很多最新的設備。

陸真從玄關走進大樓。這裡可以免費進入，也不需要辦理任何麻煩的手續，但是各處設置的監視器拍下了進入館內者的身影。雖然這件事並沒有對外公開，但是聽爸爸克司說，警方會即時監控監視器的影像，一旦發現有人做出可疑的舉動，ＡＩ會立刻發出警報。因為臉部辨識系統會辨識出通緝犯，所以，任何人不需要辦理手續，都可以自由出入。

電梯廳內空無一人。電梯似乎停在一樓，陸真一按下按鍵，電梯門就打開了。他確認電梯內沒有人後，走進了電梯，按了三樓的按鍵，又按了『關』的按鍵。

電梯門立刻緩緩關上，但是當兩道門之間還剩下三十公分時，有什麼東西從外面滾了進來，卡在電梯門之間。感應器立刻感應到了，電梯門又打開了。

原來是一顆比網球稍微小一點的紅色圓球卡在電梯門之間，看起來像是木頭的材質。

電梯門又開始關閉，但是和剛才一樣，夾到那顆紅色的球後，再次打開了。陸真按下『開』的按鍵，彎下身體準備撿起那顆球。這時聽到一個女人的聲音說：「不好意思。」陸真抬頭一看，看到一台輪椅，坐在輪椅上的是一名看起來像小學低年級的男生。有人推著輪椅。雖然那個人個子嬌小，但是一名成年女子。剛才似乎就是她在說話。

「我以為電梯裡沒人。」女人帶著歉意說。

「啊……沒關係。」

女人撿起紅色的球，把輪椅推進電梯。她看到陸真一直按著『開』的按鍵，向他道謝說：「謝謝。」

「請問妳要去幾樓？」陸真問。

女人看著按鍵面板後，微笑著說：「我們也要去三樓。」

她好漂亮，一雙大大的鳳眼令人印象深刻。陸真心想。

陸真看到女人從肩上的托特包中拿出的東西，不禁吃了一驚。原來是劍玉。她把紅色的木球插在劍頭上，放回了托特包。原來那顆紅色的圓球是劍玉用的木球，但不知道為什麼，並沒有綁上繩子。

陸真回想起剛才的景象。她為了避免電梯的門關上，所以用那顆紅色木球卡住電梯門。那顆木球的確如她所願，卡在電梯門中間，問題是有辦法輕易做到嗎？因為如果木球滾得太慢，電梯門就會關上；如果滾得太快，木球就會滾進電梯內，電梯門還是會關上。

她可能死馬當活馬醫，抱著試試看的心理，碰巧成功了——這是唯一的可能。

電梯來到三樓，陸真按了『開』的按鍵，等他們走出電梯。「謝謝。」坐在輪椅上的少年對他說，那個女人也默默向他鞠躬道謝。

三樓是圖書館。陸真每天放學後都會來這裡。無論在這裡坐多久，都完全不需要花錢，而且還有很多他喜歡的書。

他要找冒險小說，但不是最近的作品，他喜歡的很多書都是二、三十年前的作品。那時候還沒有智慧型手機，網路也不像現在這麼普及，所以小說中的角色必須精力充沛地四處奔走，才能蒐集到想要的情報，有時候甚至必須潛入敵營。和戰友聯絡的方式也很有限，所以必須動腦筋。他們都靠智慧和勇氣克服困難——這些故事情節總是讓陸真感到興奮雀躍，每次在看小說時，都很希望自己可以活在那個年代。

他在冒險小說區仔細瀏覽後，挑了一本今天想看的小說。故事的內容是蘇聯軍人企圖用核子潛艇投靠美國，那是四十年前的作品，陸真從課本上學到，以前有一個國家叫蘇聯。

看了幾頁之後，他確信自己選對了書。他以前沒有看過這種類型的作品，但是這本小說的內容非常精彩，會忍不住想要一直看下去。只不過書很厚，今天一天不可能看完。明天之後，暫時不需要為挑書這件事傷腦筋了。他忍不住竊喜。

時間過得很快，當他回過神時，發現窗外的天色暗了下來，而且窗戶玻璃上掛著水珠。陸真走到窗邊，低頭看著窗外。路燈下，走在街上的行人都撐著雨傘。

斜後方傳來摩擦地板的聲音，轉頭一看，剛才的輪椅少年和女人正朝向他走來。

「雨下得很大啊。」女人看著窗外說。陸真不知道她在對少年說話，還是在自言自語。

這時，她突然轉頭看向陸真說：「你看起來沒帶雨傘。」

「啊……是啊。雖然早上出門前猶豫了一下要不要帶雨傘，但後來以為不會下雨。」

「今天早上的天氣的確讓人難以判斷。」她說完之後，又問陸真說：「在這附近嗎？」

「啊？」

「我是說你家，離這裡很近嗎？還是要搭電車？」

陸真搖了搖頭說：「走路差不多十五分鐘左右。」

「有點遠。」她苦笑著，偏著頭，然後看了一下手錶說：「那我告訴你一個祕密。十五分鐘後，雨會停一下。現在是五點半，所以是差不多五點四十五分的時候。」

「啊？是喔？」

「但是，那時候還不能出去，因為五分鐘後又會下雨。重要的是在那之後，差不多十分鐘後，雨又會停下來，這時候你就要馬上離開這裡。因為差不多有三十分鐘左右不會下雨，如果你錯過這個機會，等雨再下起來，就會一直下到明天早上了。」

陸真聽到她斷定的語氣，忍不住有點困惑。

「網路上還是其他地方有這麼詳細的預報嗎？」

「沒有，」她嘆口氣說，「你無法相信吧？對不起，請你忘了我剛說的話。我們走吧。」

女人推著輪椅準備離開。

「請等一下。」陸真繞到她面前問：「請問為什麼沒有用細繩綁住？」

「細繩？」

「劍玉的……」

「喔喔，」她露出了笑容回答：「沒有特別的理由。」

「因為不需要細繩。」坐在輪椅上的少年回答，然後轉頭看著後方，對女人說：「妳表演給他看。」

「在這裡？」

「沒關係啊，反正又沒有人看到。」

女人為難地打量四周，他們所在的位置被書架擋住了，別人的確看不到他們。

「那就表演一次。」她把手伸進托特包，拿出了劍玉，然後拿下紅色木球，遞到陸真面前說：「你往上丟。」

「往上丟？」

「對，丟向正上方。」

陸真搞不清楚狀況，但還是聽從了她的指示。他把紅色木球往上丟了五十公分，當球掉下來時，又伸手接住了。

「丟高一點。」女人對他說。

陸真比剛才更用力一丟，差不多丟了超過一公尺，然後又接住了掉落的木球。

「更高，」她對陸真說：「要丟得更高。」

「啊？」

陸真這次丟得更用力，但是一丟出去，就立刻知道不妙。因為他太用力了。果然不出所料，紅色木球快速飛向天花板，然後改變了角度掉了下來。

陸真還來不及伸手去接球，有什麼東西穿越他的面前。下一剎那，就聽到了「喀鏘」的尖銳聲音。

女人伸手接住了木球，而且紅色木球不偏不倚，剛好落在劍頭上。

陸真說不出話。她竟然能夠用劍頭接住在那種狀態下掉落的劍球？劍球在旋轉，球洞朝向正下方的時間只有很短的剎那。但是她並沒有作弊。

「看吧？」坐在輪椅上的少年得意地說，「我就說吧？」

「那我們先告辭了。」

女人把劍玉放進托特包，推著輪椅離去。「拜拜。」少年向陸真揮手，但陸真愣在原地，目送他們離去，根本無法回應少年的道別。

之後，他完全無心看書。剛才的女人是誰？真的有可能做到那種事嗎？她看起來沒有作弊，但是不是有什麼玄機？

他抬起頭，不經意地看向窗外，忍不住吃了一驚。他站起身，跑到窗邊。

雨停了——

他看了牆上的時鐘確認時間。五點四十八分。她剛才說，四十五分左右雨會停，但五分鐘後又會下雨。

陸真輪流看向時鐘和窗外，發現窗外又下起了雨。目前是五點五十分。

他把書放回書架，整理完東西後走出圖書館。搭電梯下樓後，在大廳看向戶外。

雨越來越小，在六點整終於停了。完全符合剛才那個女人說的情況。那簡直就是預言。既然這樣，似乎可以相信她說的話。陸真走出了大樓。

他快步走在回家路上，很擔心天空隨時會滴下水滴。六點二十分時，終於回到了公寓。幸好沿途都沒有下雨。

他在自己房間換衣服時，手機響了。是克司打來的。

「喂。」

『是我。』

「我知道。」

『我臨時有事，要晚一點回家，你自己張羅晚餐。』

「好。」

『冷凍庫有香料飯——』

他不等對方說完，就掛上了電話。冷凍香料飯？誰要吃這種寒酸的東西。等一下要打電話到附近的西餐廳，點一份漢堡排定食。

窗外傳來嘩嘩的雨聲。陸真拿出手機確認了時間。傍晚六點三十分。

等雨再下起來，就會一直下到明天早上了——他的耳邊響起剛才的女人說的話。

2

脇坂拓郎站在這所中學的正門前，打開了行動裝置的搜尋模式，把螢幕對準了刻在正門的學校名字。

（S市立第三中學，公立學校，平成三年四月一日創立，男女混合教育學校。）耳機中傳來女人的聲音，聽起來完全不像是合成的聲音，甚至有點性感。

「過去半年期間主要發生的事。」脇坂對著行動裝置說。

（一月五日，每朝新聞刊登了該校夜間部學生的文集。三月三十日，S市教育委員會主導了該校的人事異動。三月三十一日，該校增加了保健師。五月十五日，該校接受了五名來自非洲的學生進行體驗學習。報告完畢。）

這所學校似乎並沒有發生過什麼惡劣的事件。

「和多摩川警衛命案和棄屍事件有什麼關係？」

（距離被害人住家八百六十公尺，被害人的長子就讀這所學校。報告完畢。）

「好。」他小聲嘀咕後，解除搜尋模式。一旦忘記解除，只要每次說話，AI就會做出反應。

他走進大門，穿越了泥土乾燥的操場，思考著自己已經有多少年沒有踏進學校。身穿運動服的男生依次兩兩一組在跑道上奔跑，似乎正在跑五十公尺計時賽。現在的中學生都跑幾秒？自己當年好像勉強擠進了七秒以內。他想起了二十年前的事。

他把行動裝置設成遠距工作模式，用攝影機拍攝著那些學生。

「我是脇坂，我到學校了。」

幾秒鐘之後，行動裝置有了反應。

（哇噢，中學生真有活力啊。）耳機中傳來了真人的聲音。他是脇坂的上司茂上主任。（在這麼大的太陽底下跑步，你可能還沒問題，對我來說，根本就是自殺行為。）

「我也不行。」

（你在說什麼啊，你不要忘了，現在是超高齡社會，你算是年輕人。在緊要關頭，還要你去追凶手。）

茂上坐在開了冷氣的特搜總部電腦前，準備旁聽脇坂等一下和本案關係人見面的情況，而且中途很可能會發出指示。自從採取這種方式之後，目前偵查員幾乎都是單獨行動。以前外出辦案時，都由警視廳的刑警和轄區分局刑警搭檔一起行動，這種慣例在幾年前就消失了。

走進校舍便看到了接待窗口。脇坂向女性事務員報上姓名。他事先已經聯絡了學校。女性事務員帶他走進會客室。會客室內只是簡單地放了沙發。

「茂上主任，」他叫了一聲，「那名少年是前天被帶去轄區警局嗎？」他看著窗外的校園問。

（對，員警請他確認了遺體身上的西裝和內衣褲。）

「他看了遺物之後，立刻認出是他爸爸的嗎？」

（不，）茂上說，（他似乎說不知道。因為太髒了，所以分辨不出來。他當時回答，如果說是他爸爸的衣物，看起來很像，但如果說不是，又覺得好像並不是。）

「這樣啊……」

脇坂不禁覺得那名少年太冷靜了。脇坂也看到了那些衣物，的確每一件衣服都是灰色，看起來就像是破布，但是家屬通常無法放棄先入為主的想法，甚至會把其他人的遺體當成是自己的親人領回家。

（他的腦袋似乎不錯。）茂上幽幽地說。茂上似乎也對那名少年有相同的印象。

三天前的七月十日，警方接獲通報，在多摩川發現了浮屍。地點位在田園調布南方，東海道新幹線經過附近。當地警局立刻打撈起浮屍，遺體是一名男性，中等身材，不胖也不瘦，年紀大約四十到六十多歲之間。雖然穿著西裝，但身上並沒有發現任何證明身分的文件。遺體已經腐爛，研判死後已經有四天到六天的時間。

七月五日，警方接獲報案，一名住在東京都S市的男子失蹤，無論服裝、年紀、身材和血型都和遺體完全相符。因為遺體的指紋是可以確認的狀態，所以比對了指紋和毛髮後，確認就是那名失蹤人口。

男子名叫月澤克司。唯一同住的家人、目前就讀中學三年級的兒子之前向警方報案，說父親失蹤了。

昨天中午，成立了特搜總部，從意外和命案兩個方向展開偵查，但很快就研判命案的可能性相當高。因為遺體的雙手手腕都發現了黏膠的痕跡，雙手曾經用膠帶綁住，限制自由的可能性相當高。不知道是被推入河中時膠帶掉落，還是被河水沖走時脫落。解剖之後，在血液中發現了安眠藥的成分。

警視廳搜查一課派了脇坂所屬的那一股刑警進駐轄區警局。雖然目前幾乎不瞭解命案的詳細情況，但股長和主任臉上的神情比平時更加凝重。原因就在於月澤克司的經歷。月澤在兩年前，還是警視廳的刑警。

目前還不知道這件事是否和命案有關，但是如果有關聯，就必須迅速查明真相，思考如何向媒體說明。無論如何都必須避免媒體揣測這起命案和警方的醜聞有關。

聽到敲門聲。「請進。」脇坂在回答的同時站了起來。

門打開了，個子很矮的男子走進來說：「我把月澤帶來了。」

「請他進來。」

少年在男子的示意下走了進來。他的個子比男子更高，雖然很瘦，但皮膚曬得很黑，所以並不會有軟弱的感覺。兩道眉毛上揚，五官散發出精悍的感覺。

「那就麻煩你了。」男子說完，就走出了會客室。

少年不發一語站在那裡。他微微低著頭，但視線看向脇坂的方向。

「你是月澤陸真同學嗎？」

「對。」

「不好意思，在你上課時把你找來。我想稍微向你瞭解一下你爸爸的情況。我叫脇坂，是警視廳的人。」脇坂出示了警徽。警徽的盒子裡裝了攝影機，可以拍到對方的臉，影像透過行動裝置傳回特搜總部，用這種方式迅速蒐集關係人的照片。雖然似乎並沒有違法，但脇坂內心仍然無法擺脫心虛的感覺。

接下來的對話，也都會即時傳回特搜總部，但是他不會特地向對方說明這件事，而且這似乎也沒有違法。

脇坂遞上了名片。少年接過名片時面無表情。他在緊張嗎？

「先坐下吧。」

「好。」陸真回答後，在對面的沙發坐了下來。脇坂見狀後，也坐了下來。

「今天早上，我撥打了你的手機，但沒有接通。」

陸真輕輕點了點頭說：「因為在學校時必須關機……」

「我聽說了，所以我在想，也許你來學校上課了，於是就試著撥打了電話，得知你來學校上課，我吃了一驚。因為我以為你會在家休息。」

陸真皺起眉頭，抓了抓臉頰說：「即使在家裡也沒事可做。」

也許是這樣。脇坂心想。因為家裡沒有人和他一起悲傷，與其獨自關在房間內，還不如來學校，至少可以散心。

陸真去警局確認父親的遺物時，轄區警局的刑警詢問了被害人的工作和家庭成員等大致情況。月澤克司的妻子，也就是陸真的母親在他六歲時去世。好像是乳癌轉移到全身。之所以用「好像」這麼不確定的字眼，是因為陸真並不記得這件事，只是他的父親這麼告訴他。

「有沒有親近的親戚？」脇坂問。

「沒有。」陸真很快就回答。

「葬禮之類的事要怎麼處理？由你安排嗎？」

「我還沒想這些事，晚一點會和老師討論。」

「也許你爸爸公司的同事會協助你，你有和你爸爸的公司聯絡了嗎？」

「不，沒有──對了，我還要打電話給他們，差點忘了這件事。」

「什麼意思？」

「爸爸沒有回家的隔天，我心想爸爸會不會在公司，所以就打電話去問了一下，但果然沒有在公司，而且同事說他曠職，所以我就向對方說明了情況，對方也大吃一驚，要我一有消息，就馬上通知他。之後他也打了好幾次電話給我……」

聊天的內容剛好漸漸進入了正題。脇坂拿出了紙筆。

「你在報案時說，爸爸七月四日沒有回家，你確定嗎？」

「我確定，因為他打電話給我，說會晚回家。前天我給警察看了手機的通話記錄。」

「他晚回家的理由是？」

「我沒問，他只說臨時有事。」

「以前也曾經發生過這種事嗎？」

「經常啊，」陸真再次不加思索地回答，「有時候和同事一起去喝酒，或是和朋友有約，反正有很多理由。」

「他會在外面過夜嗎？」

「這個嘛……」陸真想了一下後，聳了聳肩，「應該沒有，至少我不記得有這種事。」

他現在是中學三年級的學生，個子也很高大，但不久之前還是小孩子。通常父親不會把孩子獨自留在家中外宿，這意味著月澤克司是在那天晚上出了事。

「你有打電話給你爸爸嗎？」

「隔天早上，我打了電話。因為我醒來之後，發現爸爸還沒回家。」

「電話有打通嗎？」

陸真搖了搖頭說：「沒有接通。」

「於是你就打電話去了他的公司。」

「對。」

「你記得打電話去公司時，接電話的人的姓名嗎？」

「記得，是一個叫瀨戶的人。」陸真從口袋裡拿出手機，操作後把手機螢幕出示在脇坂面前：「就是這個人。」螢幕的通訊錄中登錄了『瀨戶』這個姓氏和手機號碼。脇坂抄了下來。

「你知道你爸爸七月四日晚上去了哪裡嗎？有沒有他常去喝酒的地方之類的？」

陸真低頭思考著。他似乎在尋找線索。

（怎麼了？）茂上問。（他有反應嗎？）

脇坂無法回答茂上的問題，於是對陸真說：「你有沒有想起什麼？任何事都沒關係。」

少年終於抬起了頭。

「雖然不知道爸爸那天晚上去了哪裡，但其實有一件事讓我耿耿於懷。」

「什麼事？」

「爸爸從前一陣子開始，就有點奇怪。他經常發呆，好像一直在想什麼事。平時總是很囉嗦，一下子要我認真讀書，或是叮嚀我要乖乖吃午餐，但從前一陣子開始，就幾乎不再說什麼。」

「你說前一陣子，知道具體的日期嗎？如果記不太清楚，只要說大致的日期就行了。」

陸真再次操作手機。現在有很多人都必須仰賴手機，才能回想起之前發生的事。

「應該是……」陸真開了口，「六月二十七日。」

「你為什麼記得是那一天？」

「因為那天傍晚，爸爸也打電話給我，說他會晚回家，要我自己吃晚餐。他說要和朋友一起去喝酒，那天差不多深夜十一點左右回家，但身上完全沒有酒味。我這麼對爸爸說，他說今天晚上沒有喝太多。我當時還覺得很難得，因為爸爸很愛喝酒。」

「他就是從那天開始變得很奇怪嗎？」

「對，也可能是我想太多了。」

「你爸爸那天有去上班嗎？」

「有，那天是車展。」

「車展？」

陸真又拿起手機操作起來，然後把螢幕出示在脇坂面前。那是訊息的畫面。上面有一張造型奇特的車子照片，和『利用職務之便，在開展前先拍張照。今年最吸睛的車子似乎是飛天車』的訊息。日期是六月二十七日。

「那天出門時，他說要去車展會場，結果上午就傳了這個訊息給我。」

「原來是這樣，我可以拍下這個畫面嗎？」

「可以。」

脇坂使用行動裝置，拍下了手機螢幕。茂上應該也已經看到了。

（他說是利用職務之便。）耳邊立刻傳來茂上嘀咕的聲音。

「所以你爸爸那天去車展會場工作，這句話是不是說，他可以在民眾進入參觀之前好好拍照的意思？」

「對。」陸真聽了脇坂的問題，點了點頭。

失蹤人口的報案單上寫了月澤克司工作的單位。是名為『PASTA』的警備保全公司，目前應該已經派了偵查員去瞭解情況。

「你爸爸有沒有向你提起車展的事？」

「沒有，我剛才也說了，我們在那天之後，就幾乎沒有說什麼話。」

「你剛才說他感覺很奇怪，除此以外，還有什麼和之前不同的地方嗎？像是開始做一些以前不會做的事。」

「我沒有發現有這種情況，但是他去了某個地方。」

「某個地方是哪裡？」

「在車展之後，爸爸有兩天的休假，他兩天好像都出門了。之所以不太確定，是因為我並沒有看到他出門，只是發現他出門的跡象。」

「什麼跡象？」

「他把皮鞋拿了出來。爸爸平時都穿球鞋，平時上班時，基本上也都是穿球鞋。」

（你問他，他爸爸穿西裝時也穿球鞋嗎？）茂上說。

脇坂很清楚主任的意圖。

「你爸爸穿西裝時也穿球鞋嗎？」

「不，應該不至於，他會穿皮鞋。」

遺體穿著西裝，雖然沒有找到鞋子，但當時一定是穿皮鞋。

「七月四日是你爸爸休假的日子嗎？」脇坂問。

「應該不是。」陸真回答後，露出了好像突然想起什麼的表情，「啊，對了，瀨戶先生說，那天爸爸請了休假。」

「瀨戶先生就是你爸爸的同事，對嗎？」

「對，他說爸爸在休假隔天曠職，所以他更擔心了。」

月澤克司似乎偷偷去了某個地方。七月四日那一天，不惜向公司請假去了那裡。這件事很可能和命案有關。

「你有沒有聽說爸爸曾經和誰發生糾紛之類的事?」

「什麼糾紛?」

「任何事都沒關係,像是金錢的借貸,或是在職場吵架。」

陸真歪著頭回答說:「我沒聽說……」

「那他和誰的關係很好?有沒有特別要好的朋友?」

「不知道算不算是朋友,他有時候會和同事見面。」

「警備保全公司的同事嗎?」

「不是,是之前的職場,以前當警察時的同事。」

「那個人叫什麼名字?」

「小倉先生……好像是叫這個名字。對不起,我沒有把握。」

「沒關係,這樣就足夠了。」

如果是月澤克司以前在警視廳時代的情況,就不擔心查不到。

這時,傳來了下課的鐘聲。似乎下課了。走廊上頓時傳來了嘈雜的聲音。

「最後再問一個問題,如果你有什麼在意的事,可不可以告訴我?即使和事件沒有關係也無妨。」

陸真微微皺起眉頭,眼神飄忽起來。脇坂發現他似乎在猶豫,但是這種時候不能催促。茂上似乎也瞭解狀況，並沒有吭氣。

「真的……沒關係也無妨嗎？」

「當然，更何況現在沒有人知道到底有沒有關係，不是嗎？」

「那倒是。」陸真點了點頭之後，坐直了身體，看著脇坂說：

「爸爸可能有什麼事隱瞞我。」

陸真的語氣很乾脆，脇坂有點不知所措。

「是什麼事？」

陸真再次猶豫了一下，但這次很快就開了口。

「雖然我沒有明確的證據，但我猜想他可能有喜歡的對象。」

陸真的回答有點出乎脇坂的意料。他原本以為是更負面的事。

「你為什麼這麼認為？」

「我當然知道啊，」陸真稍微放鬆了嘴角，這是今天第一次露出的表情，「那些太太不是都會說，只要老公外遇，她們一眼就看出來了嗎？我完全瞭解她們想要表達的意思。因為我爸爸使用手機的方式不自然到簡直有點好笑的程度，常常會偷偷傳訊息，一接到電話，就慌忙走出房間。如果想要掩飾，至少可以稍微高招一點。更何況根本沒必要瞞我啊，媽媽早就死了，即使爸爸有喜歡的女人，我也不會有什麼意見，搞不懂爸爸到底在意什麼。」

「你有沒有向爸爸提過這件事？」

「沒有。」陸真搖了搖頭，「因為這種事根本不重要，我原本覺得既然他不想說，不說也沒關係。因為我也有很多不想告訴爸爸的事，而且也真的沒告訴他。」

脇坂雖然很想知道陸真隱瞞了什麼事，但並未追問。因為他不可能告訴初次見面的刑警。

「所以你也從來沒有偷看過爸爸的手機嗎？」

「當然啊，我怎麼可能做這種事？我最討厭這種行為，即使以後找到爸爸的手機，我也不想看他手機裡的內容。即使爸爸已經死了，我也不想侵犯他的隱私。」

聽到中學生自信滿滿地斷言，脇坂感到有點羞愧。分析手機等通訊器材是目前辦案時不可或缺的環節，雖然找到月澤克司的手機的可能性微乎其微，但目前已經向電信公司申請了通話記錄。

「陸真，警方想要拜託你一件事，可以請你回家檢查你爸爸的東西嗎？或許可以找到和事件有關的東西，我能夠理解你不想侵犯爸爸隱私的心情，但你也想要抓到殺害爸爸的凶手吧？如果你不知道要查什麼，我們也可以幫忙。」

陸真露出了困惑的表情。他可能沒想到警方會提出這樣的要求，但是並沒有露出不滿的表情，可能只是在猶豫。

「這是搜索嗎？」陸真問。

「不不不，」脇坂搖著手，「搜索是去嫌犯家中，努力找出犯罪的證據。這次的情況不一樣，我們想瞭解你爸爸的交友關係，以及最近的狀況。像是電腦或是信件，還有日記之類的，但我想你爸爸應該沒有寫日記。」

「他沒有電腦，但我不知道有沒有信件。」

「可以請你回家找一下嗎？」

陸真垂下雙眼後回答說：

「好，反正本來就要整理東西，就順便找一下。」

「你整理東西當然沒問題，但可不可以暫時不要丟掉？因為其中可能有重大的證據，廚餘之類的當然可以丟掉。」

「好，如果有什麼問題，可以打電話給你嗎？」

「沒問題，剛才給你的名片上有我的手機號碼。」

（脇坂，）耳中傳來茂上的聲音。（確認一下他七月四日的不在場證明。）

脇坂在感到吃驚的同時，也覺得的確有必要。不能因為他是被害人的兒子就排除嫌疑，至今為止，曾經發生過無數起還在讀中學的兒子殺害家人的事件。

「我想確認一下，七月四日那天晚上，你一個人在家等爸爸回家嗎？有沒有和別人在一起？」

「我一個人。」

「在家裡嗎？」

「對……」陸真露出訝異的眼神。

這也是無可奈何的事。如果不硬著頭皮做對方不喜歡的事，就無法勝任這份工作。

「我可以確認一下你手機的定位記錄嗎？」他盡可能用輕鬆的語氣問，「只要七月四日晚上的記錄就好。」

陸真微微張著嘴，似乎無法馬上理解這個要求，但很快察覺了脇坂的用意。

「我沒有說謊。」他用低沉的聲音說。

「我知道，但是身為警察，無法輕易相信沒有證據的事是事實。」

陸真不悅地撇著嘴角，用力嘆了一口氣。

「爸爸以前常說，警察覺得隱私權很礙事。」說完，他開始操作手機。

3

個子矮小的班導師雖然平時不太可靠，但是向陸真詳細說明了葬禮的安排和舉辦的方法。班導師說，並不是非舉辦葬禮不可，也可以直接火葬，還建議他可以去市公所諮詢。

老師還說，社會局兒少福利課應該會打電話給他。學校已經向社會局通報了陸真的境遇。

「如果有任何困難，隨時都可以找我。」老師臨別時這麼對陸真說。

陸真很想說，其實他正在為錢發愁，但知道一旦真的這麼說，就換老師要發愁了，所以就沒有吭氣。

走出教室後，發現宮前純也站在走廊上，一看到陸真，就對他說：「辛苦了。」

「你在等我嗎？」

「是啊。」肥仔同學回答，「我把你的事告訴了我爸媽，他們說想請你去我家吃飯。」

「今天晚上嗎？」

「對啊，八成是吃咖哩。」

「咖哩喔……」

「只要我帶同學回家，我媽就只會想到煮咖哩，真不知道她要把我當小孩子到什麼時候。」

純也聳了聳肩問：「你要來嗎？」

「我想一想。」

「雖然我不會勉強你，但我希望你可以來我家。因為如果你不來，我爸媽可能會擔心。啊，不是擔心你，而是擔心我。因為我說你是我的朋友，他們可能會以為我們的關係其實沒那麼好。」

哈哈哈。陸真忍不住發出了笑聲。這可能是自從得知父親的死訊以來，第一次發出笑聲。

「既然你都這麼說了，好像可以去你家蹭晚餐。」

「對啊，就是嘛。」純也用力拍了拍陸真的後背。

他們一起走出校舍。外面很悶熱，應該有三十度。

陸真在中學二年級時和宮前純也同班，在開學典禮結束，放學回家的路上，純也突然叫著陸真的名字跑向他。

純也說，既然分在同一班，想和他當朋友。

「好啊，但你為什麼想找我當朋友？」

「靈感。我聽了你的自我介紹，覺得你應該有很多有趣的故事。」

「我才沒有什麼故事。」

「你只是自己沒有發現，總之，我們一起回家。我會邊走邊向你自我介紹。」這個肥仔同學把身體靠向陸真，推著他的後背說。

「好啦，但你不要靠我這麼近，熱死了。」

陸真覺得這個同學很奇怪，忍不住有點傻眼。因為以前從來沒有人用這種方式接近他。

這個叫宮前純也的同學邊走邊說明了自己的情況。他爸爸開了一家汽車修理廠，有一個正在讀大學的姊姊。他之所以會這麼胖，是因為姊姊正在減肥，他覺得不該浪費食物，所以就把姊姊剩下的東西全都塞進自己的肚子。

他還說，以後想成為小說家。

「但我並不想成為職業作家。因為在這個年代，很難光靠寫小說養活自己，所以我希望有本業的工作，把寫小說當成興趣，所以我很想聽聽你的事，我相信可以帶給我很大的參考。」

「我不是說我沒有故事嗎？」

「即使你沒有故事，你爸爸有啊。」

「我爸？」

「你在自我介紹時不是說，你爸爸以前是刑警嗎？以後我寫推理小說時就可以拿來參考。」

「喔……」

原來是這麼回事。陸真恍然大悟。自己在自我介紹時，的確提到了這件事，因為除此以外，他沒有其他值得一談的話題。

「不好意思，可能會讓你失望。」

「為什麼？」

「因為我爸好像不太願意回想起以前刑警時代的事，所以我也不好意思問他。」

「這樣啊。」

「所以你還是去找別人比較有搞頭，像是律師的兒子之類的。」

「你別這麼說嘛，我們不是朋友嗎？」純也又把身體靠了過來。

「我不是叫你不要靠我這麼近嗎？你的體溫是不是特別高？」

雖然他們當初是因為這種方式成為朋友，沒想到兩個人很合得來。成為朋友後沒多久，就不再以姓氏相稱，而是互叫對方的名字。一年多來，沒有發生過任何影響他們友情的事。

純也家是透天厝，旁邊就是修車廠。修車廠似乎還沒到下班時間，於是純也帶他去向還在工廠內的父親打招呼。

純也的父親身材壯碩，簡直就像柔道選手。穿著沾滿機油的工作服，腋下被汗水浸溼了。雖然修車廠內開了冷氣，但還是很熱。

陸真為邀請他來吃晚餐這件事道謝。

「你可以隨時來我們家。」純也的父親一臉嚴肅的表情說，「如果家裡沒東西吃了，或是肚子餓了，隨時叫純也帶你來我們家吃飯，雖然也不是吃什麼豪華大餐。」

「謝謝，感激不盡。」陸真頻頻鞠躬。

「你不必道謝，話說回來，你接下來會很辛苦……」純也的爸爸說到這裡，搖了搖頭說：「算了，即使叫你加油，恐怕也很難做到。」

「就是啊，」站在一旁的純也表達了抗議，「我們不是說好不提這件事嗎？」

「是啊，對不起。」

他們父子似乎約定了什麼事。

「我會加油的。」陸真說話時努力擠出笑容。

純也的爸爸閉起一隻眼睛，在臉前比出切著手刀的姿勢，說了聲「好好玩」，就轉身離去了。

「對不起，我爸很白痴。」純也向他道歉。

「你不必放在心上，我很感謝他。」

這是陸真的真心話。

離晚餐還有一點時間，於是他們一起去了純也的房間。純也的房間差不多三坪大，除了床以外，還放了書桌和書架。純也坐在床上，陸真就坐在椅子上。

書架上有很多書，除了小說以外，還有很多辭典。陸真看到一本《汽車的構造》。

「你以後要繼承家業嗎？」

純也輕嘆一聲。

「我也在為這個問題煩惱，因為是修車廠，沒什麼未來。」

「為什麼？車子並不會消失啊。」

「雖然車子不會消失，但修車廠完全有可能會消失。首先，現在的年輕人都不想開車，沒有人想要買車。即使有自己的車子，有點磕磕碰碰也不會在意，外表不重要，只要能跑就好。你最近有看到車主為自己的車子打臘嗎？我已經好幾年沒看到了。」

「即使車子被刮到，也不影響開車上路，但如果車子發生故障怎麼辦？車主沒辦法自己修車。」

「問題是現在的車子性能很好，很少會發生故障，幸好之前有一些開車技術很爛的駕駛人，或是酒駕的白痴，或是無照駕駛的傻瓜發生車禍，所以我爸的修車廠生意並沒有受到影響，問題是以後就不一樣了。隨著ＡＩ的自動駕駛逐漸普及，車禍會大量減少。」

「沒想到這也和ＡＩ有關。」

「ＡＩ的影響會越來越大。即使車禍減少，很少發生故障，但因為需要驗車，所以車子還是需要整修。ＡＩ操控的機器人可以代替修車工，做事比人工快好幾倍，也不需要付薪水，到時候就會發生削價競爭，修車費用越來越低。怎麼樣？你聽了之後，還覺得修車廠有未來嗎？」

「原來是這樣，看來你也有你的煩惱。」

「當然啊。」純也說到這裡，合起雙手說：「對不起，讓你聽我說這些無聊的抱怨。你現在根本沒有心情考慮這些……」

「你不必介意，保持平常心反而比較好。」陸真把椅子轉了一圈後，看向斜上方說：「其實我爸爸也受到了ＡＩ的影響。」

「啊？是嗎？受到什麼影響？」

「我曾經告訴你我爸是刑警，但並沒有說具體的工作內容吧？」

「嗯，而且我覺得似乎不方便多問。」

「因為我爸下了封口令，要我不要告訴別人。雖然他是刑警，但做的工作有點特殊。純也，你有聽過追逃刑警這個名稱嗎？」

「追逃……好像有聽過，但是完全沒概念。」

「我想也是。」陸真點了點頭，「追逃刑警的工作，就是在街頭尋找遭到全國通緝的通緝犯。把好幾百個通緝犯的照片記在腦袋裡，站在路上打量來往的行人。一旦發現通緝犯，就當場逮捕他們。」

「你說站在路上，是在什麼地方？」

「很多地方啊，就是那些避人耳目過日子的人可能會去的地方，像是客流量很大的車站附近，還有賽馬場和柏青哥店。因為通緝犯不容易找到穩定的工作，所以很多人都會靠賭博過日子。」

「所以你爸爸只靠照片作為線索，找到這些通緝犯嗎？」

「對啊，我爸爸隨時帶著一本這麼厚的名冊在身上。」陸真用大拇指和食指比出三公分的空隙說，「名冊上貼滿了照片，全都是通緝犯的照片，而且還寫了那些通緝犯所犯的罪行。」

「你爸把這些記在腦海中，然後從人群中找通緝犯嗎？有辦法找到嗎？」

「你可別小看他們，聽說光是東京的追逃刑警，每年就可以抓到幾十個通緝犯。」

「真的假的？」

「我爸爸這麼說的，我想他沒有騙我。」

「是喔，太厲害了。」純也發出佩服的聲音，但臉上的表情仍然半信半疑。這也很正常，因為陸真至今也仍然難以置信。

「即使是假日，我爸爸只要一有空，就會盯著那些照片看。我搞不懂到底有什麼樂趣，但聽說發現通緝犯，然後順利逮捕的瞬間，可以感受到極大的充實感。雖然有的人適合這份工作，有的人並不適合，但我爸應該很適合。」

「既然這樣，他為什麼辭職？」

「他不是主動辭職，而是被迫離開。差不多三年前，他所在的追逃組大幅縮編了。」

「為什麼？」

「因為出現了強大的替代品，能夠比人類處理更多資訊，而且可以同時確認一大批人，你知道是什麼嗎？」

純也眨了幾次眼睛後，露出恍然大悟的表情。「該不會……是ＡＩ？」

「答對了。」陸真豎起食指，「目前不是到處都可以看到監視器嗎？除了警方設置的以外，還有很多民間設置的監視器。不瞞你說，那些監視器的影像全都會傳送給警察。」

「啊？有這種事？」

「雖然沒有對外公開，但事實就是這樣。這些影像會即時傳到警方的監視系統，隨時進行比對。如果有通緝犯，就馬上會發現。既然有ＡＩ幫忙，那些行動範圍受到限制，而且只能在自己肉眼所見範圍內尋找通緝犯的刑警，不就失去了存在價值嗎？」

「你這麼說好像也有道理。」

「所以我爸爸就被調去其他部門，但他似乎難以適應，於是就離開了警界。」

「原來是這麼回事。」純也倒在床上，翹起了二郎腿，「所以科技進步未必都是好事。」

「但是我爸爸常說，ＡＩ無法重現追逃刑警的直覺，遲早還會需要追逃刑警，但也可能只是他因為不服輸，才會說這種話。」

「這種特殊才能因為ＡＩ的關係沒有用武之地的確有點可惜。」

「而且諷刺的是，我爸爸換工作後，現在做的工作是在協助ＡＩ。」

「你爸爸的新工作……好像是警備保全公司？」

「對，他在那裡當潛伏監視員。」

「潛伏……什麼？」純也坐了起來。

「潛伏監視員。老實說，這是有點難以啟齒的工作。」

父親克司任職的並不是普通的保全公司，主要業務是在體育場、音樂會場和展覽會場等大型場地監視參加者的行動。具體來說，就是用攝影機拍下不特定多數民眾，藉由ＡＩ分析這些影像，發現可疑人物。

但是，固定的監視器所能拍到的影像有限，而且無法做到零死角。即使發現了可疑人物，也未必能夠拍攝到理想的角度，也可能在緊要關頭時，被其他人或物品擋住攝影機的鏡頭。

於是，就需要像克司這樣的潛伏監視員出馬。他們身上會裝好幾台攝影機，混入一般民眾，拍下周圍人的樣子。他們當然不會穿上警衛的衣服，一旦接獲發現可疑人物的通知，就馬上靠進，從更近的位置拍攝。

至於可疑人物是指什麼樣的人？首先，顧名思義，就是有可疑舉動的人。像是不自然地在場館內走來走去，或是好像在跟蹤別人。一旦發現這種人物，ＡＩ就會發出警告。除此以外，也要注意確認監視器位置的人。

即使完全沒有這些行動，只要發現資料庫中鎖定的人物，ＡＩ也可能會發出警告。通緝犯就屬於這種人，基本上以根據臉部影像進行比對的人臉辨識系統為基礎，同時結合可以從走路方式進行辨識的步容鑑識系統。一旦同時符合多項數據時，混入會場的通緝犯逃過ＡＩ監視的可能性幾乎等於零。

但是，資料庫內並非只有通緝犯的資料而已，還有那些並沒有成為通緝犯的事件嫌犯和服刑出獄者的資料。這已經是公開的事實。但是，聽克司說，這些資料的來源不明。外界紛紛傳言，是警方提供的資料，而且這種揣測也很合理，只不過無法瞭解事實真相。

「原來你爸爸是做這種工作。」純也盤腿坐在床上，陸真說到一半時，他露出了興致勃勃的表情，改變了姿勢。

「這不是可以大聲宣揚的工作，所以之前都沒有告訴你。我爸剛進那家公司時，也沒有告訴我，但是有一次改變了心意，並不是基於不想有事隱瞞兒子這種冠冕堂皇的理由，而是想要告訴我，目前在社會上，隨時會受到監視。他應該想要提醒我，不要心存僥倖做壞事，否則馬上就會被發現。」

「你爸爸太猛了，果然是故事的寶庫，真希望可以見到他。」純也說完這句話，立刻捂住了自己的嘴，「啊，對不起……」

「沒關係，」陸真說，「我也很希望你們可以見面。」

純也露出了好像快哭出來的苦笑。

宮前家的餐桌就像會議桌一樣大，聽說以前午休時間，修車廠的員工都坐在這張桌子旁吃午餐。陸真覺得他們一家四口用這張餐桌未免太大了，但是看到裝滿了各種菜餚的大盤子接連端上桌，又覺得的確需要這麼大的桌子。炸雞塊、炸豬排、燉蔬菜、洋芋沙拉，還有蝦仁燒賣。純也家每天晚上都吃得這麼豐盛嗎？陸真感到驚訝，但隨即發現餐桌上全都是自己喜歡吃的菜，內心湧起一股暖流。應該是純也叫他媽媽做的，或是他媽媽問了純也，自己愛吃什麼菜。總之，陸真感動得眼淚都快流下來了。純也剛才說，八成是吃咖哩，應該是在掩飾內心的害羞。

「不要客氣，多吃點，還有很多菜。」純也的媽媽瞇起眼睛，溫柔地對陸真說。純也和他媽媽長得很像，簡直就像是同一個模子刻出來的。

「謝謝。」陸真道謝後，拿起筷子吃了起來。雖然沒什麼食欲，但他很清楚，多吃一點是對純也一家人的親切最好的感謝。

「純也，今天晚上要怎麼辦？」純也的姊姊問。她是看起來很中性的女大學生。

「什麼怎麼辦？」

「我是說月澤啊，要不要請他留下來住？」

「啊……我沒問題啊。」

「好啊，好主意。」純也的爸爸表示同意，「純也，你就睡地上，媽媽，你拿一床被子出來。」

「好、好。」

「啊，不……」陸真慌忙插嘴說，「雖然我很高興，但今天晚上我要回家，因為還要回家處理一些事。」

「什麼事？」純也問。

「今天刑警來學校，問了我很多問題之後，要我回去檢查一下爸爸的東西，說可能和事件有關。」

「喔……原來是這樣啊。」

「我想這件事應該越快處理越好，所以我打算今天回家之後就整理。」陸真轉頭對著純也的父母和姊姊說：「所以我今天晚上要回家。」

「這樣啊。」純也的爸爸抓著頭說：「既然這樣，那就不勉強你了。」

「真是夠你受了。」純也的母親嘀咕，「刑警竟然去學校。」

「這是我第一次見到爸爸以外的刑警，感覺有一種獨特的威嚴。」

「是嗎？」純也興致高昂地問。

「雖然外表看起來很普通，但眼神很銳利，而且會直截了當問一些別人難以啟齒的問題。你們知道他最後問我什麼問題嗎？他問我的不在場證明，竟然懷疑是我幹的。是不是很扯？」

他原本是想炒熱氣氛，但宮前家的人都滿臉凝重，不發一語，就連純也也低下了頭。

早知道就不說了。陸真很後悔。

純也的父親開車送陸真回家，陸真下車時，坐在後車座的純也向他揮手說：「明天見。」陸真點了點頭回應，然後目送車子離去，直到看不到車尾燈。他的左手拎著書包，右手拎著紙袋。紙袋裡裝了大小不一的各種保鮮盒。純也的母親把沒吃完的菜都裝在保鮮盒內讓他帶了回來。

想到如果一年前，沒有和純也當朋友，現在不知道會怎麼樣，就感到不寒而慄。

他走進屋內，打開了燈，把保鮮盒放進了冰箱，用杯子裝了自來水喝了起來。自來水果然比保特瓶裝的水難喝，但以後必須習慣自來水的味道。因為買水喝太奢侈了。

他坐在客廳的沙發上打量室內。

家裡是一房一廳的格局。陸真隱約記得搬來這裡那天的事。克司沒有請搬家業者，而是自己把行李搬了進來。因為克司把之前住處的主要傢俱都處理掉了，所以才有辦法自己搞定。妻子生病去世後，克司可能覺得帶著陸真一起生活，就和單身生活差不多，所以覺得臥室也只要一間就夠了，難道他沒有想到六歲的兒子以後會長得比自己還高嗎？自從陸真上了中學之後，克司每天晚上都只能睡在沙發上。

以後真的就孤單一人了。

即使回到家裡，也沒有等待自己回家的家人。雖然以前也差不多，但克司休假的時候會在家裡。克司雖然不擅長下廚，但也會做菜給陸真吃。這樣的日子已經一去不復存在了。

比起傷心，他更感到害怕。自己真的有辦法活下去嗎？他感到不安，也再次體會到，父親的存在很重要。以前只要注視父親的背影往前走就行了，但是那個背影突然消失了。

陸真用雙手抓著頭。不要想了，不要想了，不要想了。即使東想西想也無濟於事，只能走一步，算一步——

他想起了那個姓脇坂的刑警說的話，決定來檢查一下克司的東西。他看向牆邊那個看起來是便宜貨的矮櫃。因為克司把工作和房子相關的資料都放在那個矮櫃，陸真以前很少會去打開。因為他的東西都放在臥室書桌的抽屜裡。

矮櫃上有一本很厚的筆記本。那是克司以前當追逃刑警時用的筆記本，裡面都是通緝犯的照片。今天晚餐前，還和純也聊到這件事。

這本名冊平時都放在矮櫃裡，因為爸爸已經不再是追逃刑警，所以這也是理所當然的事，但是陸真知道爸爸最近不時拿出名冊翻閱。他沒有問爸爸理由，以為爸爸是在緬懷往事。

對了，這本名冊是什麼時候放在這裡的？

克司的個性一絲不苟，向來討厭使用後的東西不放回原位，他也經常為這件事唸陸真。這代表是不久之前才拿出來的，爸爸原本應該打算馬上就放回矮櫃，但不小心忘了這件事。

是不是那一天？陸真想到了這個可能性。七月四日，就是克司沒有回家的那一天。前一天呢？名冊有放在那裡嗎？陸真努力回想，但還是想不起來。

陸真站了起來，走向矮櫃，拿起了名冊。名冊長約二十公分，寬大約十五公分，厚度有將近三公分。沉甸甸的份量，可以感受到克司多年工作的歷史。

他回到沙發上，翻開封面後吃了一驚。因為全都是一張張凶神惡煞般的臉，克司以前曾經給他看過好幾次，但無論看多少次，都還是無法適應。

照片下方是事件的概要和個人檔案，似乎是縮小影印了列印出來的資料。橫向有三個人，縱向有四個人，每一頁都貼了十二個通緝犯的資料。

有些照片的斜下方貼了紅色圓點貼紙，克司之前告訴陸真，那是逮捕歸案的記號。克司會定期整理這些照片。

其中還有二十多年前的通緝犯的資料。因為沒有貼上貼紙，代表至今仍然逍遙法外。有些通緝犯已經逃到海外，時效已經消滅，但克司之前說，即使時效消滅，他也不會把照片拿下來。

有些紅色貼紙旁寫了『A』這個字母。陸真也聽克司說過這個『A』所代表的意義。就是AI的意思，代表是由警方的監視系統發現，最後順利逮捕通緝犯。克司在離開警界之後，仍然不忘確認通緝犯的落網狀況，然後把結果寫在這本名冊上。

陸真不知道克司為什麼這麼做，但猜想是克司的自尊心使然。他記得克司有一次喝醉酒時，曾經這麼對他說：

「如果追逃組的編制沒有縮小，即使沒有AI，我們也可以把所有的通緝犯都逮捕歸案。即使通緝犯整了型，或是上了年紀，都無法逃過追逃刑警的眼睛。無論科學再怎麼進步，AI都無法重現優秀追逃刑警的直覺。我比任何人更清楚瞭解這件事。」

陸真猜想父親一定很不甘心，而且他在換了工作後，偏偏成為潛伏監視員，簡直就像在為AI服務，克司一定感到很屈辱。

他闔上名冊站了起來，打開矮櫃的門，打算把名冊放回去。矮櫃裡放了很多資料夾，資料夾的側面都貼上了『房屋相關』、『保險資料』等貼紙，很像一絲不苟的克司做事的風格。

有一個資料夾上貼著『銀行相關』的貼紙，他打開一看，發現裡面放了存摺。雖然沒有看到印章，但他知道印章放在哪裡。雖然有了存摺，暫時不必為生活費發愁，但還是無法消除內心的不安。雖然爸爸已經死了，但自己可以隨便提領爸爸帳戶裡的錢嗎？

有一個資料夾完全沒有寫任何備註。陸真隨手抽了出來，打開看了一下，發現裡面夾著有很多數字的報告。報告的上方寫著『檢查詳細資料』，下面寫著『患者姓名　永江照菜』，還有生日的日期。根據上面顯示的日期，病患今年是七歲，性別是『女性』，申請醫師是『羽原全太朗』，申請科別為『腦神經外科』。單子的下方寫著『開明大學醫院』。

這是什麼？陸真忍不住納悶。永江照菜是誰？他又翻到後面，發現都是類似的報告，類似的檢查似乎持續了好幾年。

當他想要看最後一頁時，有什麼東西掉了下來。他撿起來一看，發現是手寫的收據。抬頭是『月澤克司』，下面寫著『診察費』。

4

特搜總部成立後第三天的偵查會議上，脇坂報告了從月澤陸真那裡打聽到的消息，但其他人沒什麼反應。因為去警備保全公司查訪的刑警剛才已經在會議上報告，克司在七月四日那天請了休假，只有當脇坂提到，陸真認為父親可能有暗中交往的女性時，其他人才稍微有一點反應。

「去調查一下那個女人這條線索。」高倉股長下達了指示，「電信公司的通話記錄已經送來了，如果他有女人，通話記錄中一定會有那個女人的名字。」

「好。」脇坂回答。

「犯案現場的地點確定了嗎？」高倉問。

在案發現場周圍指揮偵查工作的組長起身回答說：

「目前已經獲得神奈川縣警的協助，在遺體發現地點周圍到上游一帶，尋找目擊證人，並蒐集監視器的影像，很遺憾，到目前為止，並沒有接獲任何重要的線報，也沒有發現可能和命案有關的影像。我們將繼續蒐集情報。」

高倉和其他幹部聽到這樣的回答當然不滿意，個個眉頭深鎖，他們一定預料到偵查工作陷入了瓶頸。

解剖結果發現，月澤克司的死因是溺死。也就是說，他可能是在活著的時候被推入河中，但因為不知道遇害的具體地點，所以甚至無法勘驗現場。

「Ｄ資料組。」高倉叫了一聲，「報告一下Ｄ資料的蒐集和分析的狀況。」

負責的刑警立刻站了起來。

「我們以河岸為中心展開搜索，蒐集了大約一百二十個菸蒂和空罐，目前已送去分析ＤＮＡ，今天計畫擴大範圍進一步蒐集。」

「本案可能得靠你們的成果決定勝負，請你們務必確實蒐集。」

「是。」負責的刑警大聲回答後坐了下來。

偵查會議結束後，所有人都分組詳細討論各自負責的工作。脇坂加入了清查被害人交友關係的小組，包括轄區刑警在內，總共有二十人左右。

脇坂坐在那裡觀察四周，等待其他人到齊，發現高倉走下高台，正在和一個男人說話。那是來自警察廳的伊庭，他那張讓人聯想到古代高官的臉上帶著優越感。脇坂也猜到了其中的理由。

「股長似乎對ＤＮＡ抱有很大的期待。」脇坂在茂上的耳邊說道。

「這也沒辦法啊，」茂上從寬額頭摸著後梳的頭髮，「因為目前完全沒有任何線索。雖然清查被害人的交友關係，或許會發現可疑人物，但如果沒有證據，就根本沒戲可唱，但是只要和我們發現的ＤＮＡ一致，就可以成為一項間接證據。」

「但是數量很驚人啊，剛才不是說有一百二十件嗎？」

「雖然是這樣，但聽說科警支援局的處理能力很驚人，而且資料庫的數量也遠遠超出我們的想像，之前已經不止一次感到驚訝了。如果有一百二十件D資料，至少可以查出一半，如果其中有可能會和被害人產生交集的人，那就太幸運了。」

「也是啦。」

他們正在聊天，高倉走了過來。伊庭也跟在高倉身後。

「現在方便說話嗎？」高倉問茂上。

「可以啊，有什麼事？」

「你也參加了剛才的會議，所以應該瞭解，今後D資料組的負擔會很重。雖然我知道你們調查交友關係也很辛苦，但考慮到作業的平衡，有時候可能需要你們派人支援，所以要做好心理準備。」

「好，我會告訴其他人。」

「那就拜託了。」伊庭走上前說，「雖然我非常瞭解高倉股的實力，但最近很多命案都無法光靠清查交友關係偵破，但是DNA一定會把凶手帶到我們面前，所以我剛才拜託高倉股長，在人員配置上盡可能避免浪費人力。」

「我瞭解。」茂上鞠躬說道。

伊庭大模大樣地點了點頭，向高倉使了一個眼色。

目送他們緩步離去後，茂上看著脇坂，聳了聳肩，臉上露出了苦笑。「ＤＮＡ一定會把凶手帶到我們面前嗎？不愧是警察廳的菁英，說的話也與眾不同。他似乎覺得我們在調查交友關係是在浪費時間。」

「他看起來自信滿滿。人家可是時下當紅的科警支援局的課長，也難免會趾高氣揚。」

科警支援局——正式名稱為警察廳科學警察支援局，是專門進行ＤＮＡ偵查的部門，負責將全國各地警局送來的ＤＮＡ，和資料庫內的ＤＮＡ進行比對。以前由刑事局負責這項工作，在規模擴大之後獨立成為科警支援局。

只不過科警支援局籠罩了一層神祕的面紗，因為從來沒有對外公開過任何詳細的情況。

日本從平成十七年（２００５年）開始使用ＤＮＡ型資料庫，資料庫中登錄的ＤＮＡ型有兩大類，分別是從嫌犯口腔內等採集的嫌犯ＤＮＡ型，和從在犯罪現場，認為是被害人留下的血液、皮脂等檢測出的遺留ＤＮＡ型。資料庫內的ＤＮＡ型資料逐年增加，據說目前每五十個日本人中，就有一個人的ＤＮＡ型資料登錄在資料庫中。

但是，最近發生的一些事例，讓人懷疑是否真的只有這兩種ＤＮＡ型。因為在現場採取到的遺留ＤＮＡ型送去科警支援局後，得到了竟然是從來不曾遭到逮捕過的人的名字。雖然即使沒有遭到逮捕，有時候也會以協助調查的名義，向關係人採集ＤＮＡ，但是照理說，一旦認為和事件無關，就必須丟棄，不可能登錄在資料庫。

到底是什麼時候、以什麼方式採集到那個人的DNA？——科警支援局沒有回答這個問題，說是極機密事項。

於是大家紛紛耳語，是不是把原本應該丟棄的DNA型，也偷偷儲存在資料庫中？但即使是這樣，數字仍然對不起來。無論怎麼想，都覺得是向不特定多數人大量採集了DNA，登錄在資料庫內，只是不知道使用了什麼方法。如果沒有告訴當事人就這麼做，當然是違法行為。

科警支援局的一切都很神祕。想到這裡，就覺得伊庭那張古代高官臉，似乎也是欺騙社會大眾的偽裝。

負責調查被害人交友關係的成員都到齊了，於是開始討論。

「從電信公司那裡調來的資料已經傳給各位了，請各位確認一下。」

聽到茂上這麼說，脇坂打開了行動裝置，發現收到了『月澤克司手機通話記錄』的檔案。看了發話記錄，發現有一整排號碼，旁邊附上了名字。應該是手機號碼持有人的名字。電信公司似乎提供了協助。

月澤克司在七月四日十八點二十九分撥打了最後一通電話，通話對象是『月澤克司』。那似乎是陸真的手機，因為陸真還是中學生，所以門號持有人是克司。

月澤克司之後就沒有再打電話，很可能代表他在那個時間點，已經和別人約好見面了。脇坂表達了這個意見，其他偵查員也都表示同意。

「問題在於他什麼時候，又是和誰約了見面。」茂上說，「七月四日並沒有其他打電話的記錄，雖然並不一定是用手機打電話。」

討論之後決定，先查出通話記錄上那些人的身分，最快的方法，就是由刑警分別問各自負責關係人。脇坂想起了月澤陸真的臉，雖然對方可能會感到不愉快，但今天也必須去找他。

討論結束，散會之後，茂上向他招了招手。

「脇坂，發話記錄中，不是有一個女人的名字嗎？」

「我知道，你是說『永江多貴子』。」

脇坂也發現，這個名字在發話記錄上出現了好幾次。

「只要問電信公司，就可以馬上查出地址，你打算怎麼處理？直接上門找人嗎？」

「不，這有點……」脇坂歪著頭說，「至少希望可以掌握一點預備知識，連對方是誰都不知道就上門，未免有點……」

「那你打算去找被害人的兒子嗎？」

「我正是這麼打算。」

「好，那我來查永江多貴子的住址。」

「不好意思，拜託了。」

脇坂決定在離開特搜總部前，撥打電話給月澤陸真的手機。如果他今天也去學校上課，電話就無法接通。

沒想到撥打電話後，聽到了鈴聲。電話很快就接了起來，電話中傳來少年有點沙啞的聲音。

『我是月澤。』

「我是警視廳的脇坂，你還記得我嗎？」

『記得啊，因為我們昨天才剛見面。』陸真用嚴肅的語氣回答。

「那就太好了，你現在說話方便嗎？」

『沒問題。』

「你今天沒去學校嗎？」

『我今天請假，因為要辦理火葬的手續，還有很多事要處理。反正今天是第一學期最後一天上課……對了，請問爸爸的遺體什麼時候送回來？』

「差不多可以送回去了，我確認一下。所以你今天很忙嗎？其實我有事想要問你，如果你方便見面就太好了。」

『可以啊，我也有一件事，覺得最好通知你一下。』

「什麼事？」

『這……在電話中不方便說。』

「好，我們約幾點比較好？」

『如果你可以來家裡，幾點都沒關係，現在來也可以。』

「那就這麼辦，為了以防萬一，我和你確認一下地址。」

脇坂說了失蹤人口報案單上填寫的地址，地址似乎沒有錯。為了有充裕的時間，他約了一小時後去月澤家，然後掛上了電話。

從車站走路到月澤陸真住的公寓大約十幾分鐘，公寓很老舊，屋齡應該已經有數十年了。

陸真穿著T恤和短褲迎接他。這身打扮很有少年的味道，但是他看起來比昨天成熟了些。難道是年輕人發育旺盛的關係？

跟著陸真來到客廳，發現即使昧著良心，也無法說房間很寬敞，剛好可以放一張正方形的餐桌和一組小型沙發，在購買傢俱之前，一定仔細量過尺寸，但是客廳整理得很乾淨，完全沒有雜亂的感覺。

陸真請他坐在沙發上，脇坂指著餐桌旁邊的椅子說：「不，要不要坐這裡？」因為客廳只有一張三人沙發，他希望可以和陸真面對面。

「可以啊。」陸真說完，在椅子上坐了下來，然後有點尷尬地抓了抓頭說：

「不好意思，家裡沒有茶……」

「沒關係，我買了這個。」脇坂把便利商店的塑膠袋放在桌上，裡面有罐裝咖啡和保特瓶裝的烏龍茶。來這裡的路上，他去了便利商店。「你可以選自己喜歡喝的，其他的就當作是伴手禮。」

「謝謝。」陸真拿起了罐裝咖啡。

「你明天就可以領回你爸爸的遺體。如果你希望越快越好，可以馬上為你辦理手續。」

「啊，關於這件事，」陸真尷尬地拉開拉環說，「可以再等幾天嗎？我今天去了市公所諮詢，發現手續好像蠻麻煩的……」

「好，那等你決定日期之後，可不可以再通知我？」

「我會聯絡你，不好意思。」

「你想告訴我的是什麼事？」

「我可以先聽你想問的事嗎？因為我很好奇。」

陸真喝了一口咖啡，然後放下了咖啡罐。

「喔，那倒是。」

刑警通常會要求對方先說，再根據對方說的內容改變問題，但脇坂判斷今天不需要這麼做。

「可不可以請你看一下這個。」他從皮包裡拿出一張紙，紙上有一排名字。他剛才影印了月澤克司手機的發話記錄。「如果裡面有你認識的名字，請你告訴我。」

陸真瞥了一眼後，指著其中一個名字說：

「這位瀨戶先生應該是爸爸的同事，我昨天也提過他。」

「對，那除了他以外呢？」

「除了他以外。」陸真小聲嘀咕著，繼續看著名單，然後視線停了下來，發出了「啊！」的叫聲。

「怎麼了？」

「這個人。」他指著『永江多貴子』的名字問：「她是誰？」

「啊？」

「這個姓永江的人是誰？」

脇坂注視著少年的臉問：

「你怎麼會問這個問題？而且這正是我打算要問你的事。」

「同一件事，」陸真說，「我想告訴你的，就是關於這個姓永江的人的事。」

「……什麼意思？」

「請等一下。」陸真站了起來，走去牆邊矮櫃那裡，打開了門，拿出資料夾走了回來，「我找到這個。」

脇坂拿出白色手套戴在手上，「我可以看一下嗎？」

「請。」

脇坂打開資料夾。裡面是一疊寫著『檢查詳細資料』的報告，上面有各式各樣的數值，就連沒什麼醫學知識的脇坂，也看到了幾個曾經聽過的名稱。

「這好像是……血液檢查的報告。」脇坂說完之後，看了病人的名字，然後吃了一驚。因為病人的名字叫『永江照菜』。「永江……」

「是不是一樣？」

「是啊。」

「然後，我還發現了這個。」陸真拿出一張收據，上面的抬頭寫著『月澤克司』的名字，上面蓋了看起來像是婦產科診所的印章，然後用手寫了『診察費』。

「你爸爸不可能去婦產科看病。」

「是啊，我在想，那家診所會不會是以婦產科為主，但也會看感冒之類的小毛小病……」

「這種可能性極低，而且這張收據上還有另一個重點。」

「你是說日期嗎？」

「你果然發現了。沒錯，我很在意日期，是八年前的日期。」

「為什麼還留著這麼久以前的……雖然很可能只是巧合。」

陸真歪著頭納悶，脇坂想到了一個可能性，只是覺得現在沒必要說出口。

「這些可以借用一下嗎？雖然不知道和事件有沒有關係，但我想詳細調查一下。」

「沒問題，反正我留著也沒用。」

「謝謝。」

脇坂把資料夾和收據放進了皮包。

「脇坂先生，你不知道這個叫永江多貴子的人是誰嗎？」

「正因為不知道，所以才來問你啊。」

「如果你查到她的身分，可以請你告訴我嗎？」

脇坂想了一下，緩緩開了口。

「不好意思，我無法答應你這件事。因為其中也許有什麼隱情，所以你爸爸才沒有告訴你。上司對我們耳提面命，在處理個資的問題上要格外謹慎。雖然我問了你很多問題，卻不願意回答你想知道的事，一定會讓你感到很不爽，但希望你能夠諒解。」

陸真一臉難以接受的表情，但還是不甘不願地點了點頭說：

「我爸爸也常說同樣的話，警方幾乎不會向民眾透露任何消息，因為對雙方都沒有幫助，他還說，發佈通緝令真的是情非得已。」

「是啊，對警方來說，發佈通緝令也要冒很大的風險。」

「啊，對了，」陸真接過話題，「我想起一件事，雖然可能和事件沒有關係。」

「是什麼事？」

「爸爸以前在當警察時代的名冊放在那裡的矮櫃上，雖然我不記得什麼時候放在那裡的，但我覺得應該是爸爸失蹤前不久……」
這是很重要的線索。
「我可以看一下名冊嗎？」
「好。」陸真說完後站了起來，他再次打開了矮櫃的門，拿著一本厚厚的名冊走了回來，
「就是這本。」
名冊的厚度差不多將近三公分。「好驚人啊。」脇坂忍不住嘀咕。
翻開名冊，發現裡面全都是照片，照片下方也寫了那些通緝犯所犯下的事件概要。
目前已經掌握月澤克司曾經在警視廳刑事部的偵查共助課任職，他是追逃刑警，接下來應該會向他當時的同事打聽他的情況。
脇坂並不太瞭解追逃刑警的工作，因為需要有特殊的才能，才能勝任那份工作，所以向來認為和自己無關。他甚至覺得在馬路上打量來往的行人，從行人中找出不知道什麼時候會出現的通緝犯，根本是不現實的行為。
但是，追逃刑警的確做出了成果。聽說優秀的追逃刑警平均每個月可以抓到一名通緝犯，所以真的不容小覷。
只不過這種專業技術也漸漸消失。如今，無論走到哪裡，到處都是監視器，監視器的影像資料會即時傳到警方的監視系統，除了運用臉部辨識以外，還會同時運用步容鑑識系統和３Ｄ鑑識

系統，AI在短時間內可以辨別大量行人，通緝犯越來越沒有藏身之處。

因此，追逃偵查組的規模縮小，目前偵查共助課的主要業務是和其他道府縣警合作。

脇坂翻閱著月澤克司的名冊。

「數量太驚人了，總共有多少人？」

「應該超過四百人。」

「你爸爸全都記在腦海裡嗎？簡直難以置信。」

「據說記住長相有訣竅。」

「訣竅？什麼訣竅？」

「並不是單純記住長相而已，而是要發揮想像力，這個人以前過著什麼樣的生活，現在又帶著怎樣的心情生活。他在想什麼，珍惜什麼，又犧牲了什麼。努力發揮想像力，照片中的臉就會在腦海中不斷變化。人只要活在世上，臉一定會改變，一個人的人生都會刻在臉上，所以在記長相的時候，也要結合這些變化。雖然只有一張照片，但只要每天用這種方式記憶，就會覺得對方就像是認識多年的老朋友。一旦變成了朋友，即使在人群中看到，也很快就會發現。我爸爸說，追逃偵查就是這麼一回事，沒辦法用邏輯說明。」陸真滔滔不絕地長篇大論，想必曾經聽父親說過很多次。

脇坂搖著頭說：

「聽起來很神奇，簡直就是超能力。」

他問了紅色貼紙和『A』的記號所代表的意思，陸真也告訴了他。他能夠理解在逮捕歸案的通緝犯照片上做記號，但是特別標示出透過AI抓到的通緝犯這件事，令人感到好奇。

「我爸爸一定覺得AI不可能勝過追逃刑警，所以才會做這些記錄。」

脇坂認為這樣的分析很冷靜。陸真的意見很合理。

「你很尊敬你爸爸。」

陸真聽了脇坂的話，露出了苦笑說：

「不知道算不算是尊敬，只是覺得他對自己的能力很有自信，或者說為自己的能力感到自豪很了不起。我爸爸在離開警界之後，也曾經發現通緝犯。」

「啊？是嗎？」

陸真翻開了名冊，指了其中一張照片說：「就是這個人。」照片中的男人理著平頭，留著鬍子。根據照片下方個人檔案的內容顯示，他是在全國各地偷竊的慣竊。

「爸爸是在做保全工作時發現的，於是立刻報警，順利將通緝犯逮捕歸案。監視器拍到了通緝犯，而且影像也傳到了監視系統，但是AI並沒有發現。你認為AI為什麼沒有發現？」

「不知道，為什麼？」

「我爸爸發現那個人時，他比照片上瘦了很多，看起來比實際年齡蒼老了超過十歲。我爸爸說，即使是認識他的人，如果有一段時間沒有見面，恐怕也認不出來。」

「但是無法逃過你爸爸的眼睛。」

「對，」陸真點了點頭，「因為這個人去偷東西時，在現場留下了喝酒的痕跡，於是爸爸覺得既然他這麼愛喝酒，可能有酒癮，所以想像他應該比照片上的樣子更加蒼老，結果有一天，爸爸想像中的男人真的出現在爸爸眼前。」

「原來是這樣，AI的確無法有這種本事。」

「爸爸說，AI對整型過的臉也沒轍。聽說之前曾經發生去國外整型回國的人，因為無法通過在機場的人臉辨識而引發了問題，爸爸很神氣地說，即使整型或是變裝，也無法騙過追逃刑警的眼睛。」

「即使整過型，也可以看出來嗎？為什麼？」

「我爸爸說，無論怎麼整型，眼睛都不會改變，即使割雙眼皮，或是開眼頭，兩眼之間的距離都不會改變，光憑這一點，就可以辨別了。之前不是因為傳染病大流行，所有人都戴上了口罩嗎？那時候也完全沒有問題，因為通緝犯原本就經常戴口罩，所以在記通緝犯的長相時，也會想像他戴了口罩的樣子。」

脇坂嘆了一口氣，搖了搖頭說：

「雖然難以置信，但我相信就是這麼一回事。」

「爸爸經常說，雖然ＡＩ有為數龐大的大數據，但是光靠這些明顯的數據根本無法知道真相。想要找到通緝犯，必須運用心這個內在的數據。那時候我並沒有很認真聽，只覺得原來是這樣，但現在覺得我爸爸搞不好說了很深奧的道理。」

陸真的視線看向斜上方，似乎在回想和父親之間的對話，但突然「啊！」了一聲，「對了……但是爸爸說，只有那張照片是例外。」

「哪張照片？」

陸真伸手拿起名冊，翻到名冊後半部分的其中一頁說：「就是這張照片。」

他指向一張寬額頭、小眼睛的男人照片。年紀大約三十五、六歲，姓名欄寫著『新島史郎』這個名字，因為強盜殺人罪遭到通緝。事件發生在十七年前，他闖入高級住宅區的一戶民宅，殺害了屋內的夫妻和他們的女兒，搶走財物逃走了。

原來是那起事件。脇坂也知道那起命案。Ｔ町一家三口強盜殺人案——俗稱Ｔ町命案。案情陷入膠著多年，幾年前終於破案。照片下方也貼了紅色貼紙，而且寫了『Ａ』這個字母。

「這張照片有什麼問題嗎？」

「爸爸說了很奇怪的話。」

「他說了什麼？」

「爸爸問我，看了這張照片，覺得凶手是什麼樣的人？我打量了照片，但完全沒有任何想法，於是我就對爸爸說，我完全不知道。」

「結果你爸爸說什麼？」

「爸爸說，這樣很正常，爸爸也一樣，看了照片也完全沒有任何想法。通常可以從一個人的臉上感受到他過往的人生，即使只看照片，也可以感覺到，但是從這張照片中，完全感受不到他的人生。因為完全不知道他是什麼樣的人，所以也無法想像隨著歲月的流逝，他會變成什麼樣。爸爸說，如果只有這張照片，自己絕對不可能找到這名通緝犯。於是我問爸爸，AI能夠逮到這名通緝犯，是不是代表AI果然很厲害？爸爸想了一下後回答，從某種意義上來說，也許是這樣。」

「從某種意義上來說，也許是這樣嗎？真是意味深長的一句話。」

「是不是？所以我就問爸爸，這句話是什麼意思，但是爸爸說，就先聊到這裡，然後結束了這個話題。我猜想爸爸可能有什麼不愉快的回憶，所以就沒有追問下去。」

這件事太奇妙了。脇坂再次注視著『新島史郎』的照片，那張臉的確讓人無法想像他在想什麼，以及一路走來的人生，甚至有一種令人心裡發毛的感覺，但脇坂也不知道自己為什麼有這種想法。

「這本名冊可以借給我嗎？」

脇坂問，陸真露出一絲猶豫的表情問：「要拿去做什麼？」

「當然是為了作為辦案的參考。」

「但是，這本名冊上只有通緝犯的照片，警察不是有很多這種資料嗎？」

「雖然是這樣，但是你爸爸親手做的名冊這一點很有價值，其中可能隱藏了什麼訊息。」

「訊息……嗎？」

「有什麼問題嗎？」

「不，並沒有什麼問題，」陸真闔起名冊，撫摸著封面後抬起頭問：「你覺得有辦法找到殺害爸爸的凶手嗎？」

「一定可以找到，」脇坂毫不猶豫地回答，「而且必須繩之以法，這是我們的工作。」

「目前有線索了嗎？」

「還在積極蒐集，所以希望可以借用這本名冊。」

陸真用力深呼吸了一次，點了點頭說：

「好，那就交給你了，但是先讓我把所有的內容都拍下來以防萬一，因為我想留下備份。」

「當然沒問題。」

「除此以外，請你答應一件事，絕對不可以弄髒或是損毀。因為這是爸爸的遺物。」

他的眼中有不像是少年的威懾。

「我答應你。」脇坂回答。

5

在班導師長篇大論地說明過暑假的正確方式這種無聊的主題後，第一學期的結業式終於結束了。陸真把之前一直放在學校的書和文具塞進書包，走出了教室。他在走廊上等了一會兒，隔壁教室的門也打開了，學生紛紛走出教室。純也的身影也在其中。

「火葬的事辦好了嗎？」

陸真聽了純也的問題，滿臉愁容地說：

「我突然覺得很麻煩。好像還是委託葬儀社比較好，他們介紹了幾家價格便宜的葬儀社給我，但聽說也要五萬圓左右。」

「好貴啊，能不能想想其他辦法？」

「我上網查了一下，如果只是火葬而已，價格會便宜一些，但之後還有很多事要張羅，算下來就沒差多少。」

「這樣啊……」純也似乎感同身受，說話的聲音很嚴肅，「我爸媽很關心你，說不知道你家有沒有存款，雖然我知道問這種問題很失禮。」

「完全不會。嗯，雖然應該不至於完全沒存款，但恐怕不值得期待。我也想確認一下這件事，所以正打算去銀行一趟。除了餘額，我還想知道每個月有多少錢進出，我爸爸完全沒在用存摺，所以存摺上沒有任何記錄。」

「ＯＫ，那我陪你去。」

梅雨季節終於結束了，他們在盛夏的陽光下走出學校，走去銀行所在的商店街。中學生當然知道無法在便利商店補登存摺。

「既然要去銀行，我想去爸爸當初開戶的分行，也要向銀行的人說明情況，問他們我可不可以領錢。」

純也停下腳步說：「我勸你最好別這麼做。」

「為什麼？」

「因為我曾經聽說，如果告訴銀行的人，帳戶主人已經死了，就無法把帳戶裡的錢領出來了。不僅不能領錢，而且房租或是信用卡自動扣款，還有水電那些公共事業費用的自動繳款也會被停止。」

「啊？是這樣嗎？」

「聽說銀行會凍結帳戶，在明確繼承人之前，不能讓其他人把錢領走。」

純也不愧是立志當作家的人，什麼事都知道。

「繼承人只有我啊，這不是很明確的事嗎？」

「對你來說很明確，但是銀行並不知道，所以必須向他們證明，除了你以外，並沒有其他繼承人。」

「那我該怎麼辦？」

「今天就先去補登存摺，到時候只要用提款卡領錢就好。」

「提款卡？我沒有提款卡。」

「你爸爸的隨身物品中——」純也說到這裡，摸著額頭說：「不行……」

「他的皮夾和駕照都在河底，而且我也不知道提款卡的密碼。」

「好吧，那我回家問我爸媽要怎麼處理。既然他們關心你家有沒有存款，應該願意援助你。」

陸真垂頭喪氣地嘆了一口氣。

「真是不好意思，我就像你家的寄生蟲。」

「你不必放在心上，我們是朋友，當然要幫忙啊。」純也摟住了陸真的肩膀。

「謝謝，但是你可不可以放開我？熱死人了，而且你的汗都黏在我身上很不舒服。」

「幹嘛這樣？難道你討厭友情的證明嗎？」純也用自己肥胖的身體更用力貼在陸真的身上。

他們一路打打鬧鬧來到了銀行，銀行內的冷氣很強，和戶外簡直是不同的世界。一名戴著眼鏡的中年女行員走過來問他們：「請問有什麼事嗎？」言下之意，似乎覺得這裡不是兩個中學生來的地方。

「我同學的爸爸叫他來補登存摺。」純也毫不猶豫地說，然後轉頭看著陸真問：「對不對？」

「對。」陸真對女行員說。

「存摺可以借我一下嗎？」

陸真從書包裡拿出存摺，交給了女行員。

「你等一下。」女行員說完，走去了櫃檯的窗口，不知道開始進行什麼作業。陸真聽到了列印的聲音，應該是在補登。

不一會兒，女行員走了回來。「讓你久等了，這樣可以了嗎？」

陸真接過存摺打開一看，發現上面有密密麻麻的數字。

「謝謝。」陸真在道謝後，走出了銀行。

「沒想到這麼快就搞定了，我鬆了一口氣。」陸真說。

「看他們剛才的樣子，顯然還不知道你爸爸已經去世了。」

「太好了，如果自動扣繳被停的話，我真的會很慘。」

「聽說行員發現有地方舉行葬禮，就會去看是誰死了，然後確認是否有在自家銀行開戶，一旦發現有在自家銀行開戶，就會立刻凍結。很多遺族都是事後才知道這件事。」

「這樣啊，差一點搞砸了。」

陸真很慶幸和純也討論這件事。出外果然要靠朋友。

他們覺得肚子餓了，於是決定去吃午餐。附近有一家他們常去的食堂，是由一對老夫婦經營的老店，那裡的餐點便宜又大碗。

純也說，他要請客。雖然陸真有點不好意思，但還是決定接受他的好意。現在沒有能力打腫臉充胖子。

吃了大碗的炸豬排咖哩後，滿身都在流汗。純也說要吃刨冰，陸真也表示同意。

他在吃草莓刨冰時，翻開存摺。他最先確認了餘額。原本很擔心餘額很低，但發現有兩百萬圓左右。這個金額很微妙，但至少暫時不必為生活發愁。

接著，他依次看了交易明細。大部分都是自動扣繳公共事業費用，看到手機費也是自動扣繳，忍不住嚇出一身冷汗。如果帳戶被凍結，就連手機都不能用了。

除了支出以外，偶爾也有存入。當然就是克司的薪水。每個月的薪水金額有微妙的差異，應該是工作時間和津貼不同的關係。陸真發現父親的薪水比自己想像中低，忍不住有點失望。克司靠這些收入維持父子兩人的生活，所以應該算是節儉的人。

咦？他發現突然有一筆一百萬圓的匯款。匯款人名字叫『弘田直樹』。這筆是什麼錢？

但是，兩天之後，這筆錢又匯到別人的帳戶。陸真看到那個名字，差一點把嘴巴裡的刨冰吐出來。因為戶名是『永江多貴子』。

「怎麼了？」純也問他。

陸真把存摺出示在他面前，向他說明了克司保管了名叫『永江照菜』的少女的血液檢查結果，以及刑警脇坂帶來的手機發話記錄中，有『永江多貴子』的號碼這些事。

「這件事太令人在意了。」

「對不對？」陸真繼續翻著存摺。不一會兒，又發出了「啊！」的叫聲。

「這次又怎麼了？」

「又發現了一筆，這次是五十萬。」

這次的匯款人叫『田中良介』，兩天後，那筆錢又如數匯給了『永江多貴子』。

「這到底是怎麼回事？」陸真抱著手臂思考著，刨冰已經溶化了，但他已經不想吃了。

「要不要去見一面？」純也提出了意想不到的提議，「去見那個姓永江的人。」

「要怎麼見到她？我連她住在哪裡都不知道。」

「去那個女孩接受治療的醫院，可能會有什麼線索。是哪家醫院？」

「嗯，我記得是……」陸真拿出手機，打開了相簿。他拍下了其中一份檢驗報告，以備不時之需。「是開明大學醫院，上面寫著神經外科。」

「從這裡過去並不會太遠，我們去看看，搞不好那個女孩還在住院。」純也放下了湯匙。

「現在去嗎？」

「現在才剛過中午，還是說，你等一下有事？」

「我是沒什麼事。」

「俗話說，好事不宜遲。」純也猛然站了起來，大腿撞到了桌子，溶化的刨冰都濺了出來。

他們走去車站，搭上了電車。第四站就是開明大學所在的車站。

「終於放暑假了，我爸媽整天叫我讀書，為考高中做準備。」純也說。

「考高中喔，我不知道會怎麼樣。」

「啊？你不讀高中嗎？」

「我也想啊，只是不知道有沒有辦法讀。」

「一定可以，有很多人雖然沒有父母，但也照樣讀高中和大學，也有偶像是這樣。」

「不知道他們是怎麼讀那些學校。」

「聽說那個偶像是從育幼院上學。」

「育幼院喔……」

雖然目前還沒有接到兒少福利課的電話，但不可能讓中學生一個人生活，所以可能很快就會有人上門。即使聽到育幼院這個詞他也毫無概念，以前從來沒有想過那是什麼樣的地方。

電車到站了，陸真和純也從座位上站了起來。

車站前有拉麵店、冰淇淋店和可麗餅店，主要客層應該是學生，而且也看到像是學生的年輕人走在路上，每個人看起來都是高材生。

走了一段路，就看到了開明大學的漂亮建築物。抬頭看了一下，也不知道是幾層樓的大樓。

他們從玻璃大門走了進去，來到服務台前，陸真說：「我們想去永江照菜的病房。」

「請問是什麼科？」服務台的女人問。

「神經外科。」

女人操作平板電腦，注視著螢幕後，微微歪著頭說：

「目前本院病人中，並沒有叫這個名字的病人。」

女人說話的語氣很堅定。

陸真和純也互看了一眼，「這是怎麼回事？」

純也轉頭看向服務台說：「這裡可以查到門診病人的住家地址嗎？」

女人苦笑著搖了搖頭說：「醫院規定我們無法回答這類問題。」

純也聳了聳肩，離開了櫃檯。他的表情似乎在說「果然是這樣」，他顯然是抱著姑且一試的心態問這個問題。

「沒想到出師不利，接下來該怎麼辦？」純也抱著雙臂。

即使純也問陸真該怎麼辦，陸真也不可能有什麼好主意。

「今天只能放棄，改天再說了。我回去再檢查一下我爸爸的東西，搞不好會找到什麼線索。」

「但是既然已經來到這裡了，再努力看看，一定有什麼好主意。」

「即使你這麼說——」陸真不經意地看向周圍，忍不住倒吸了一口氣。有一台輪椅停在不遠處，但他認識坐在輪椅上的少年。

「怎麼了？」純也問。

「那個男生，」陸真指著輪椅上的少年說，「我不久之前在圖書館見過他。」

「圖書館？」

「就是車站前的市立圖書館。」

這時，一個女人不知道從哪裡走來推起輪椅。並不是之前在圖書館遇到那個玩劍玉的女人。還有兩個少年從候診的椅子上站了起來，和他們會合。兩名少年看起來都是小學生，但年紀明顯不同。年紀比較大的少年走路有點不自然，似乎有什麼障礙。

女人和幾個少年走出醫院。陸真看著他們。這時，停在不遠處的一輛白色廂型車駛了過來，停在站在車道旁的少年身旁，一個身材壯碩的男人從駕駛座走了下來。

陸真看向車身側面，發現車身上寫著『數理學研究所』幾個字。

另外兩名少年和那個女人也跟著輪椅少年上了車。男人把輪椅折了起來，裝在廂型車後方，回到了駕駛座上。

陸真看著廂型車沿著車道離去。

「那幾名少年是怎麼回事？」純也歪著頭納悶。

陸真拿出手機，搜尋了『數理學研究所』，很快就找到了官網，但官網上的內容很費解。雖然不是很清楚，但似乎是研究智能相關的最先進科學的地方。

最新的新聞內容是『「換稟者相關報告（第二份）」已上線』。陸真點開那份報告，發現是一篇看不太懂的論文，他完全不想看，但看到標題旁的文字，忍不住瞪大了眼睛。因為那裡寫著『羽原全太朗　開明大學醫學院腦神經外科』。

陸真把手機出示在純也面前，純也興奮地說：

「永江照菜搞不好也在那裡。」

「我來查一下地址。」陸真操作著手機，也許因為太激動了，手指微微顫抖。

數理學研究所就在離這裡不到兩公里的地方，但沒有公車可以去那裡。

「只能走路了。」陸真嘀咕著。他看向戶外，發現馬路在烈日下發光。

「要防止中暑。」純也從書包裡拿出帽子。

大約三十分鐘後，陸真和純也站在一棟白色房子前。

「終於到了。」純也拿著在半路上買的瓶裝水，熱得臉都皺成一團。他們只是稍微加快腳步走了不到兩公里的距離，但兩個人都滿身大汗。

建築物的入口掛著『獨立行政法人　數理學研究所』的牌子。

「辛辛苦苦走到這裡，結果白跑一趟的話，就太令人傷心了。」陸真說。

「不要還沒有確認，就說這種喪氣的話。」純也邁開步伐，毫不猶豫地站在玄關前，自動門打開了。

「你就這樣走進去嗎？」陸真也慌忙跟了上去。

燈光微暗的大廳內，有一種冰冷的感覺，沙發和桌子排放在那裡。後方有一道好像自動驗票機的管制門，沒有門禁卡應該無法進入。旁邊的櫃檯有一名女性，正看向陸真和純也。

「不好意思，」純也邊說邊走了過去，「請問這裡有一位名叫永江照菜的女孩嗎？」

櫃檯小姐面帶微笑，輕輕搖著頭說：

「研究所規定無法回答這種問題。」

和剛才醫院服務台的女人說的話完全一樣。

「我們不是什麼可疑的人，你只要向當事人確認一下，應該就可以知道了。」

不能只靠純也一個人。陸真也跑了過去。

「我們真正要找的不是照菜，而是永江多貴子小姐。」

「永江多貴子……」女人操作著手邊的電腦後，抬起頭問：「不好意思，請問你叫什麼名字？」

中了。陸真確信一件事。永江母女就在這裡。

「我姓月澤，月澤陸真。」

櫃檯小姐想了一下後，指著沙發說：「請你們在那裡等一下。」

陸真和純也一起坐在沙發上，櫃檯小姐不知道打電話去了哪裡。

「我們似乎猜對了，」純也向陸真咬耳朵說，「永江小姐就在這裡。」

「問題在於她想不想和我們見面。她聽到月澤這個姓氏，不可能不知道我是誰。」

櫃檯小姐掛上電話後，走過來說：

「相關人員馬上就過來，你們再等一下。」

「相關人員是誰？」陸真忍不住問。

「等她來了，你就知道了。」櫃檯小姐的嘴角露出笑容。

「這是怎麼回事？永江小姐不會來這裡嗎？」陸真目送著櫃檯小姐的背影說。

「我也不知道。」純也歪著頭。

不一會兒，一個人影出現在門後。是一個嬌小的女人，但並不是剛才和那幾名少年在一起的女人。她和櫃檯小姐不知道在說什麼。

陸真和純也同時站了起來。

背對著他們的嬌小女人轉過頭，然後走了過來。陸真看到她，忍不住「啊」了一聲。這個女人有一雙令人印象深刻的鳳眼，她不是別人，就是之前在圖書館看到的女人——可以接住沒有繩子的劍玉木球的女人。

那個女人也馬上發現了，她目不轉睛地注視著陸真的臉。當她走到他們面前時問：「請問哪一位是月澤？」

「是我。」陸真回答。

「這樣啊，」她點了點頭，抱起雙臂，「我想確認一下，今天的重逢是巧合吧？還是你調查了我之後，找到這個地方？」

「有一半是巧合。」

「一半？」

「我在開明大學看到了之前在圖書館遇見的那個輪椅少年，他們搭了這裡的車子，所以我就想到也許我們在找的人也在這裡，所以就來這裡了。」

「你們在找的人是永江照菜嗎？」

「對。」

「但其實你們真正想見的是多貴子小姐。」

「對。」陸真點了點頭。

嬌小的女人吐了一口氣說：「我們坐下來聊。」

她在沙發上坐了下來，陸真和純也也坐了下來。

「為了謹慎起見，我確認一下，」女人轉頭看著陸真問：「你是月澤克司先生的兒子嗎？」

「對，妳認識我爸爸？」

「不算很熟。昨天聽說了事件的事，很驚訝，也很難過。」

「是聽誰說的？」

「刑警，一名姓脇坂的刑警。」

「喔喔。」陸真點了點頭，「我認識他，他昨天上午也來找過我。」

所以脇坂在昨天離開後來過這裡。

「脇坂雖然只想和永江母女見面，但我在多貴子小姐的要求下，也一起見了面。先不說這件事，你們為什麼想見永江多貴子小姐？」

「因為……」陸真正打算回答，純也制止了他。「等一下。」然後看著那個女人問：「妳是誰？妳不是永江多貴子小姐吧？」

「對，我不是。」

「那可以讓我們見永江小姐嗎？因為陸真想和永江小姐本人談事情。」純也說完這句話，轉頭看著陸真問：「對不對？」
真慶幸自己帶這個朋友一起來。陸真再次體會到這件事。自己差一點把克司的事告訴來歷不明的陌生人。
「對，」陸真對那個女人說，「請讓我和永江小姐本人談。」
女人那雙像貓一樣的眼睛輪流看著陸真和純也後，嘴角露出了笑容。
「你們看起來不像壞人，所以我就實話實說了。永江母女的確在這裡，但是現在情緒很不穩定。因為一直聯絡不到月澤克司先生，所以她很擔心，結果刑警突然上門，說月澤先生被人殺害，任何人都會情緒不穩定，而且現在他兒子又找上了門，會陷入混亂也很正常吧？所以她就請我來瞭解情況。怎麼樣？你們現在瞭解了嗎？」
「聽你剛才這麼說，永江小姐似乎和我爸爸很熟……」陸真鼓起勇氣問：「請問他們是男女朋友嗎？」
女人露出了柔和的眼神說：
「你果然還不知道。多貴子小姐也說，克司先生應該還沒告訴你。你說的沒錯，他們是男女朋友，但是嚴格來說，是更進一步的關係。」
「更進一步的關係是什麼意思？」
「你的這位朋友可以信任嗎？」女人指著純也問：「他會保守祕密嗎？」

陸真看著純也。純也挺起胸膛，似乎在說：「你是在懷疑我？」

「他可以信任。」陸真斷言道。

「好，多貴子小姐說，反正你遲早會知道，把實話告訴你也沒問題，所以我就告訴你實情。我相信你已經知道，永江照菜是多貴子小姐的女兒，而且——」她豎起食指說：「父親是月澤克司先生，也就是說，照菜是你的妹妹。」

6

窗外的天色還很亮，但已經將近傍晚五點了。陸真和純也坐在像是會議室的房間內。

那個女人自我介紹說，她叫羽原圓華，是這家研究所的職員。雖然不知道她在這裡做什麼工作，但似乎和永江母女的關係很密切。她和羽原全太朗的姓氏相同，他們之間有什麼關係嗎？

她剛才說的內容很震撼。雖然陸真隱約察覺到克司有關係特別的女人，聽到永江多貴子就是克司的女友也並不感到意外，只是完全沒有想到，他們之間已經有了孩子。

「你似乎很震驚，所以今天還是先回去比較好，」羽原圓華說，「雖然你們以後必須見一面，但要不要等你冷靜之後再說？今天就突然見面，你也會覺得很尷尬吧？」

她說的話也許有道理。陸真意識到自己心慌意亂，當需要做出判斷時，沒有自信能夠冷靜地回答。

但是，他身旁有一個可以在這種時候發揮作用的可靠朋友。他徵求了純也的意見。

「你可以自由決定，但如果是我，就會今天見面。」純也語氣堅定地說，「即使延後見面，也只會讓自己陷入煩惱。我覺得會胡亂想像對方是什麼樣的人，只會一直往壞處想。既然這樣，還不如趁早見面，了卻一樁心事。」

陸真覺得很像是純也得出的結論，而且也很合理。

「我想和她見面。」陸真對羽原圓華說，「我看了存摺，爸爸匯了很多錢給永江多貴子小姐，我想我有權利知道，那到底是什麼錢。」

羽原圓華聽了陸真的話之後，閉上眼睛思考了片刻，然後站了起來說：「你們跟我來。」她把陸真和純也帶進了這個房間後說：「我去問一下多貴子小姐。」說完之後，就走了出去。

「陸真，感覺你之前就見過那個女人。」純也說。

「我剛才不是說，在圖書館遇到了那個坐輪椅的男生嗎？當時就是她和輪椅男生在一起。」

「這樣啊。雖然很漂亮，但感覺個性很強。」

「雖然個性很強，但她有超厲害的本事。」

「什麼本事？」

「比方說，劍玉。她的劍球沒有綁上繩子，然後把劍球拋向空中，她可以用劍頭接住劍球，一次就成功。」

「原來是這種事。」純也發出冷笑聲，「YouTube上有太多無繩劍玉高手的影片了。」

「不是你想的那樣。我也上網查過了，所以很清楚。你說的那些影片，劍球都沒有旋轉，而且最多只是往上丟幾十公分而已，但是她可以用劍頭接住丟到天花板高度的球，而且是我丟的球。我什麼都沒想，只是隨手往上一丟。劍球當然會旋轉，而且還撞到天花板才掉下來。她用劍頭接住了劍球的洞……不，不是，她不是用劍頭接住劍球，而是把劍頭朝上，等在那裡，然後劍球就掉落，劍球的洞就剛好套進她手上的劍頭。普通人有辦法完成這種事嗎？」

「怎麼可能……」純也的臉上仍然帶著懷疑的表情，「是不是巧合？」

「那天看起來並不是這樣，因為是坐在輪椅上的男生說，她有辦法做到這種事，這不就代表她以前曾經表演過很多次嗎？」

純也發出低吟說：「我無法相信。」

「什麼意思？你是說我在說謊嗎？」

「不，我不是這個意思。」

「除此以外，還有其他不可思議的事。」

陸真把那天電梯門即將關上時，有一顆球滾過來，剛好卡在電梯門中間的事告訴了純也。那顆球就是她丟的。

純也歪著頭說：

「我覺得這應該並不難，只要抓對時機……」

「問題在於要抓對時機不是很難嗎？你沒有看到當時的情況，所以會說這種話，那根本是奇蹟。對了，還有，她還完美預言了下雨的情況，幾分鐘後雨會停，幾分鐘後會再下雨，又過幾分鐘後會再次雨停，多虧了她，我那天沒帶傘，也完全沒淋到雨。」

「她可能看了網路的天氣預報吧？」純也仍然深表懷疑。

「網路上哪裡有以分鐘為單位預報天氣？」

純也似乎想不到反駁的話，一臉凝重的表情，用大拇指和食指夾著下巴。

「如果真的像你說的那樣，她的確不只是個性很強的美女而已，那她到底是誰？」

「這我就不知道了。」陸真也只能歪著頭。

咚咚。這時，響起了敲門聲。陸真說：「請進。」

L字型的門把轉動，門打開了，羽原圓華探頭進來說：

「永江母女來了。」

「是。」陸真回答後站起身，直直地站在原地面對著門。純也也站在他的身旁。

一個瘦削的女人和矮小的女孩在圓華的示意下走了進來。永江多貴子看起來四十歲左右，臉上沒什麼化妝，相貌平平，微微低頭站在牆壁前片刻，才終於抬頭看著陸真他們，但又立刻垂下雙眼。

那個女孩目不轉睛地看著陸真和純也，一雙大眼睛和微翹的鼻子令人印象深刻。從她的臉上可以看到克司的影子，陸真有一種奇妙的感覺。雖然母親不同，但這個女孩和自己有血緣關係

——

門關上後，圓華站在永江母女和陸真他們之間。

「這兩位是永江多貴子小姐和照菜。」她對陸真說完後，又對著她們母女說：「這位是月澤陸真，旁邊是他的朋友宮前純也。」

陸真調整了呼吸，自我介紹說：「我是月澤陸真。」

多貴子深深鞠了一躬。

「你父親很照顧我們，這次發生這樣的事，真的很難過，也很遺憾，我不知道該說什麼。」她的聲音很小聲。

陸真感受到內心湧起複雜的感情。他以前從來沒有見過她們，而且父親克司和她們共度了好幾年特別的時間。

父親有一個自己完全不知道的世界，而她們就是生活在那個世界的人。

圓華看著陸真說：

「我把你剛才說的事告訴了多貴子小姐，因為有關金錢的疑問，還是說清楚比較好，多貴子小姐也和我的意見相同，所以下定決心和你見面。總之，大家先坐下再說。——多貴子小姐，妳請坐，照菜，妳也坐下吧。」

永江母女一起坐在椅子上，陸真和純也見狀，也坐了下來。

「多貴子小姐，請妳向陸真說明。」圓華催促道。

「好。」多貴子回答，她吞了幾次口水後，微微看向陸真的方向。

「我是在一場東京都內舉辦的研討會上認識了克司，研討會的主題是如何關懷末期癌症病人，每個月舉辦一次。因為我當時在安寧病房工作，所以是協助舉辦研討會的工作人員之一。克司也參加了那個研討會，他太太罹患了乳癌末期，在日常照顧期間，有很多煩惱。」

那是自己五、六歲的時候。陸真心想。他當然不知道克司曾經去參加這樣的研討會。

「不久之後，他太太去世了，於是克司來告訴我這件事。那次之後，我們有時候會見面。」

聽到她叫父親「克司」，陸真有一種不自在的感覺。

也未免太快了吧。陸真忍不住在心裡吐嘈。媽媽才剛死，爸爸就馬上去找其他女人了嗎？通常不是會暫時克制一陣子嗎？

「當我發現懷孕時，感到不知所措，也猶豫要不要生下來。但是我告訴克司後，他說希望我生下來，所以我也就下了決心。」多貴子看向坐在她旁邊的女兒。

照菜面無表情地低著頭，不知道她是否能夠理解眼前的狀況。不，七歲的孩子不可能無法理解。

「陸真，」圓華叫了一聲，「我可以問多貴子小姐一個問題嗎？」

「好，請便。」

圓華轉頭看向多貴子。

「你們沒有討論過結婚的事嗎？」

多貴子又吞了一次口水。

「我們曾經討論過，我說由他決定就好。因為我真的並不在乎，他說孩子出生後，他會認領。因為我知道克司很關心他兒子的想法。」

終於提到自己了。陸真心想。因為剛才好像在談論陌生人的事。

「所以是月澤先生決定你們不結婚嗎？」

「克司說暫時不結婚，等到兒子長大之後，再好好向他說明，如果他也同意，希望可以辦理結婚。」

圓華點了點頭，轉頭看著陸真說：「就是這麼一回事。」

原來她是代替陸真問了這個問題。陸真的確想知道這件事。

「等我長大之後是什麼意思？」陸真嘀咕著。「我覺得自己已經長大了。」

「他曾經說，差不多是時候了。」多貴子回答，「他說你要考高中，現在不希望你為這種事分心，所以等你考完之後再說。」

所以是明年春天。爸爸打算向自己這個兒子坦承一切，然後提出想和多貴子結婚嗎？如果爸爸這麼問，自己會怎麼回應？陸真思考著這個問題。突然多了母親和妹妹，自己能接受嗎？

「請問……你和我爸經常見面嗎？」

多貴子微微歪著頭說：

「算是經常嗎？差不多兩個星期見一次。」

「他來這裡嗎？」

「不，通常都是我和他約在外面後，然後一起來這裡。」

「呃……」陸真看著圓華問：「我一直很好奇，這裡是什麼地方？是醫院的一部分嗎？」

「不是醫院，但可以說是相關設施。」圓華將視線移向多貴子後說：「接下來可以由我說明嗎？」

「好，麻煩妳了。」多貴子欠身說道。

圓華再次轉頭看向陸真和純也。

「雖然數理學研究所這個名字聽起來枯燥無味，但這裡針對人類的本質進行研究，尤其從各個方面研究智能到底是什麼。其中之一，就是換稟者相關的研究。」

「啊，這個名詞……」

「你知道？」

「我看了這家研究所的官網，是開明大學醫學院腦神經外科的羽原全太朗寫的論文。」

「羽原全太朗是我爸爸，我也以助理的身分協助研究工作。這種事不重要，你們聽過天賦異稟嗎？」

陸真不太清楚，身旁的純也說：

「我知道，就是天生具有高度智能的天才，像是小學生就會解高等數學的題目，或是學會好幾種語言。」

「沒錯，」圓華點了點頭，「英文稱為『gifted』，就是『天賦的禮物』的意思，在歐美國家，會讓這些人接受特別的教育，但還有很多不解之謎。這家研究所也在研究這些有特殊才華的孩子的智能，尤其從醫學的角度加以分析。研究對象並不是一般的天才，而是天生有腦部疾病的孩子，是建立在『障礙是否對大腦功能產生了影響』這個假設上進行研究。」

「像是學者症候群之類的嗎？」純也問。

「你似乎很博學多聞。沒錯，學者症候群也是其中的一種，最近發現，在罹患腦神經疾病的孩子中，有許多人具有這種特殊的能力。在這家研究所內，稱這些孩子為換稟者，就是用有某種障礙作為交換，得到了異稟的意思。」

陸真想起了在開明大學醫院看到的那幾個孩子。

「那個坐在輪椅上的男生也是換稟者嗎？」

「沒錯，他就像剛才宮前所說的，具有理解高等數學的能力，瞬間就能回答出代數方程式的答案，但是身體缺乏平衡能力，無法順利行走。外出時很危險，所以都坐在輪椅上。」

「所以，該不會……」陸真看向照菜。

「照菜具備了優秀的記憶力，」圓華說，「她能夠過目不忘，完整地記住所有看過的文字和圖像，但是她無法發出聲音。」

陸真大吃一驚，看著少女的臉。兩人四目相對，他慌忙移開了視線。

「不僅無法發出聲音，而且天生手腳的活動不靈活，很容易跌倒。」多貴子開口說道，「雖然我們去了很多家醫院，但醫生都說找不出原因，我們差一點放棄，幸好在三年前，請開明大學醫院的羽原醫生診察，結果發現腦神經有先天性疾病，醫生說如果不及時治療，可能會惡化，需要及時動手術。於是就請羽原醫生為照菜動了手術，現在她的手腳都可以自然地活動，但是仍然無法發出聲音，而且她的先天性疾病並沒有完全治癒，今後需要長期觀察。有一天，羽原醫生說，希望照菜接受智力測驗，然後就聽說了換稟者的事。」

「在持續觀察的過程中，我爸爸發現照菜可能是換稟者。」圓華在一旁補充說明，「在進行測驗後，爸爸發現他的預測正確，照菜的確具有特殊的記憶力，於是研究所正式向永江母女提出協助研究的要求。照菜基本上在這裡生活，由我們照顧她的飲食和日常起居，但要成為研究所的實驗對象。」

「就像白老鼠嗎？」

圓華聽了純也的問題笑了起來。

「如果你想像的是動物實驗，只能說並不算是太大的誤解，但我們完全不會傷害實驗對象的身體，只是根據每個孩子的能力做測驗，分析他們如何使用大腦，每天一次，每次差不多兩個小時左右。」

「聽我女兒說，並不會太累。」多貴子補充說明，「還說很開心。」

陸真聽了之後，內心產生了疑問。

「妳們怎麼交談？用筆談嗎？」

「即使她無法發出聲音，我也知道她想說什麼，」多貴子語氣堅定地說，「因為我們一起生活了這麼多年。」

「我爸爸……呢？他有辦法瞭解嗎？」

永江母女聽了陸真的問題，立刻臉色大變。陸真在她們的臉上看到了緊張。多貴子輕輕嘆了一口氣後問照菜：「妳覺得呢？妳覺得爸爸瞭解妳想表達的意思嗎？」

照菜用力點了點頭，然後一雙大眼睛看著陸真。她的眼神中完全感受不到絲毫的愧疚。也許對她來說，這是理所當然的事。因為克司就是她的「爸爸」。

「陸真，」純也叫了他一聲，「存摺的事呢？」

對喔。差點忘了重要的事。

「我今天去銀行補登了爸爸的存摺，發現爸爸曾經匯錢給妳。呃……」陸真從書包中拿出存摺。「兩年前的二月九日匯了一百萬，然後……同年十一月又匯了五十萬。請問這是怎麼回事？」

多貴子放在桌上的雙手交握，用力吐了一口氣之後點了點頭說：

「我盡可能避免在生活上接受他的援助。因為克司要養兒子，而且我自己也有工作，但是照菜的手術費很貴，我無法一下子拿出這麼大一筆錢。我用分期付款的方式支付手術費，結果克司突然匯錢給我。我問他哪來的錢，他說是賽馬贏的錢。」

「賽馬？」

「對，他說以前當警察時經常去賽馬場，現在偶爾也會去那裡當作散心，結果隨手買的馬票贏了一大筆錢。」

「不，那不是賽馬贏的錢，是別人匯給他的。」

「別人匯給他的？」

陸真低頭看著存摺說：

「一個叫弘田直樹的人匯了一百萬，五十萬是一個叫田中良介的人匯的，爸爸每次都在收到錢的兩天後，匯入你的帳戶。」

「弘田直樹和田中……」多貴子想要重複這兩個名字。

「田中良介。你不認識他們嗎？」

多貴子搖了搖頭說：「我從來沒有聽過這兩個名字。」

「這樣啊……」陸真再次低頭看著存摺。

那到底是怎麼回事？這兩個人是誰？為什麼匯這麼多錢給克司？

「照菜，你怎麼了？」

聽到圓華的聲音，陸真抬起頭，發現照菜不停地揮動雙手，向她媽媽說著什麼，而且不時指向陸真手上的存摺。

「怎麼了？」一旁的純也擔心地問。

「啊？是這樣嗎？那名刑警的名冊上？是這樣嗎？」多貴子問照菜，少女注視著母親的眼睛，用力點了好幾次頭。

「多貴子小姐，照菜說什麼？」圓華問。

「是關於陸真剛才說的那兩個名字，她說昨天刑警給我們看的名冊中，有這兩個名字。」

「就是有很多照片的名冊嗎？」圓華問。

「對。」多貴子回答。

「啊？照片？你們說的名冊，」陸真瞪大了眼睛，「該不會是我爸爸以前當追逃刑警時的通緝犯名單？」

「對。」多貴子點了點頭，「昨天，刑警給我們看了那本名冊，問我們是不是有什麼線索。我們從頭到尾看了一次，照菜也在旁邊一起看。她剛才說，在名冊倒數第三頁和第四頁上，有你剛才提到的那兩個人的名字。雖然姓名是用漢字寫的，但是下方標了讀音。」

「怎麼可能只看一次就……」

「你沒有聽我剛才說的話嗎？」圓華露出嚴肅的眼神看著他，「我不是說了，照菜是換稟者嗎？她有特殊的記憶力。」

陸真倒吸了一口氣，和純也互看了一眼之後，拿出了手機。他之前用手機拍下了名冊上所有的內容。

他找出了照片確認之後，發現照菜果然說對了。在倒數第三頁上有『弘田直樹』的照片，第四頁中間有『田中良介』的照片。兩個人的名字都標了讀音，但字很小。光是聽了剛才的說明，很難相信在瞬間可以連讀音都記住。

弘田直樹在五年前肇事逃逸，根據生日計算，目前三十三歲。田中良介因為詐欺罪遭到通緝，今年應該五十歲。兩個人的照片旁都沒有貼上紅色貼紙。

陸真拿著手機嘀咕著：「該怎麼辦才好……」

「我表達一下我的意見。」圓華舉起了手，「我認為應該馬上聯絡刑警脇坂先生。」

陸真沒有理由反對。多貴子也說：「我也覺得這樣比較好。」

「誰打電話？也可以由我來打電話。」圓華舉起手機說。

「麻煩妳了。」陸真說。多貴子也異口同聲地說。

圓華打了電話。電話似乎馬上接通了。圓華開始說明情況，她的說明簡潔易懂。掛上電話後，她對其他人說：「他會馬上趕來這裡，但可能超過三十分鐘。你們打算怎麼辦？有時間等他嗎？」

陸真和純也互看了一眼。肥仔朋友用力點了點頭。陸真見狀，對圓華說：「我們在這裡等。」

「我們可以回房間嗎？」多貴子語帶遲疑地說，「照菜有點累了……」

「妳們回房間休息吧。」圓華不加思索地回答後，徵求陸真的同意：「沒問題吧？」

「沒問題。」陸真回答。

多貴子母女站了起來，走向門口。原本以為她們會直接走出去，沒想到照菜看著陸真，輕輕揮了揮手向他道別。她天真的臉上完全感受不到任何邪念，陸真茫然地看著她們母女離去。

「我也先離開一下。」圓華說：「走廊上的自動販賣機有賣飲料，如果口渴，可以去那裡買。出去後往左就是廁所。你們還有什麼問題要問嗎？」

「不，沒有了。」

「那就先休息一下。」圓華說完，也走了出去。

房間內只剩下陸真和純也兩個人時，陸真感到渾身疲憊。他趴在桌子上說：「啊，真是被打敗了。」

「這樣的發展太出乎意料了。」純也雖然這麼說，但說話的語氣很悠閒。

「每一件事都令人難以置信，我腦袋已經一片混亂。突然冒出來一個妹妹，怎麼會有這種事？我完全不知道這種事，爸爸，這也太扯了吧？」

「但是她很可愛啊。我也想有一個這樣的妹妹。他們叫換稟者？她是天才兒童這件事也很有趣。」

「哪裡有趣？你不要覺得事不關己，就樂在其中。」

純也沒有吭氣。陸真好奇地轉頭一看，發現他一臉生氣的表情。

「我並沒有覺得事不關己，你覺得有人會因為好奇心，來這種地方嗎？」

純也尖銳地反擊，陸真無言以對，坦承地向他道歉說：「對不起。」

「因為事情沒有我想像的那麼糟，所以我鬆了一口氣。」純也說，「我很好奇匯錢的原因。我原本擔心你爸爸欠了一大筆錢，所以才匯錢還債。這樣一來，你就會有還債義務，為了避免這種情況發生，你必須放棄繼承，到時候就只能放棄你爸爸帳戶裡的錢了。」

陸真大吃一驚。他完全沒有想到。原來還有這種可能性。

「純也，你對銀行還有繼承的事知道得真清楚。」

「家裡做生意的話，就會經常聊到這些事。」

應該不是只有這個原因。純也基本上很博學多聞。

「我問你，你覺得那是怎麼回事？」陸真很難以啟齒地開口問道。

「你問哪一件事？」

「就是匯錢給我爸爸的人，剛好在通緝犯的名單上。」

「你說那件事……」純也有點尷尬地抓著臉頰，「到底是怎麼回事呢？」

「那種人為什麼會匯錢給爸爸？」

「我也不知道。」純也歪著頭回答，但動作很不自然。

「純也，你是不是有什麼想法？」

「不是啦，也不是說有什麼想法，只是剛好想到一件事，但我並沒有自信，所以覺得還是不說比較好……」

「不要吞吞吐吐，真會吊別人的胃口。你想說什麼就說啊。」

「我並沒有想說什麼。好吧，如果我說出來，你不會生氣嗎？」

「我不會生氣，你說看看。」

「嗯。」純也應了一聲後端正了坐姿。

「我猜想，你爸爸會不會在路上看到了那兩名通緝犯，因為他還是保持了以前的習慣，而且還叫住了對方。通緝犯一定嚇到了，但是得知你爸爸現在已經不當警察了，於是就提出交易，只要你爸爸願意放過他們，他們可以付錢。」

「於是就匯了那一百萬和五十萬嗎？」

「這只是我的想像，是不負責任的想像。也許事實完全不一樣。」

陸真握緊右拳，用力敲向桌子。

純也一臉害怕的表情抖了一下，「你不是說好不生氣的嗎？」

「我沒有生氣，至少沒有對你生氣。不瞞你說，我也覺得是像你說的那樣。果然就是這樣，這是唯一的可能。爸爸到底是怎麼回事？他以前的工作就是抓通緝犯，但是不當警察之後，竟然收錢放人嗎？他身為追逃刑警的自尊心去了哪裡？簡直太可恥了。」

「現在還沒搞清楚是不是真的如此，即使真的是這樣，我覺得也不是什麼罪該萬死的事。因為對方是通緝犯，拿他們的錢有什麼問題？而且你爸爸並不是把錢拿去賭博或是花天酒地，是因為不得已的原因。父母為了孩子，願意去做任何事。」

「孩子……」

陸真發現自己內心的怒氣急速消失。想到父親除了自己以外，還有其他想要保護的生命，許許多多的回憶似乎頓時褪了色。

兩個人沉默片刻。接下來不知道會發生什麼事。不安在內心擴散。

「你會不會口渴？」純也嘟噥著，「剛才說，外面有自動販賣機，我們去買飲料。」

「好啊。」陸真站了起來。

來到走廊上，立刻看到了自動販賣機，但是飲料的種類很少，只有水和無咖啡因的茶，無奈之下，只好買了保特瓶裝的麥茶。

「哇，這個超猛。」純也抬頭看著旁邊的牆壁叫了起來。

那裡有一幅巨大的風景照。長度超過一公尺，寬也有八十公分左右。看起來像是某個城市的風景，好像不是日本。

「好漂亮的照片。」陸真說，純也瞪大了眼睛說：

「你在說什麼啊，你仔細看清楚，這不是照片，而是一幅畫。」

「啊？」陸真驚訝地走過去，定睛仔細看，發現的確是一幅畫，「也太逼真了……」

「這幅畫使用的是油性彩色筆，總共有一百八十四種顏色。」後方傳來說話的聲音，回頭一看，發現圓華正向他們走來。「這是一個十歲的女孩畫的，她的爸爸是英國人。幾個月前，她和父母一起去了倫敦，這幅畫就是她從當時的飯店窗戶看到的景象，回國之後，她花了幾個星期的時間，完成了這幅畫。」

「她也是換稟者嗎？」陸真問。

「對。」圓華回答，「她只要看到令她印象深刻的景象，就會完整地記在腦海中，而且具備了能夠用繪畫表現出來的能力。如果說，這是上天賦予她這種能力，她就是用對語言的理解能力和上天交換。她和照菜不同，雖然可以發出聲音，但是無法說話，也不認得字。」

陸真重新看著牆上的畫，這幅畫不僅很精緻，而且色彩很豐富，無法相信有人能夠只靠記憶，而且是用畫筆畫出這幅畫。

「這裡有各式各樣的孩子。我不知道對這些孩子來說，他們具有這些特殊能力是不是幸福，但是，我們無論如何都必須防止他們走向錯誤的路，這也是我們的職責。」圓華將視線從牆上的畫移到了陸真他們身上，「而且也必須療癒照菜內心的創傷。」

「內心的創傷……」

「她的爸爸被人殺害了，她的內心當然會受到傷害。」

「但是，看她的樣子，似乎並沒有很難過。」

「很多換稟者的孩子都不擅長表達感情，照菜也一樣，但是她很難過。聽多貴子小姐說，她從昨天開始就完全沒睡，這就是她表達悲傷的方式。」

陸真的心一沉。這種悲傷方式比淚流不止更令人震驚。

「我要盡最大的努力幫助她，讓她能夠安然入睡。」圓華斬釘截鐵地說完後，又繼續說，「脇坂先生快到了，我們去會議室等他。」

脇坂走進會議室後，脫下了西裝，挽起了襯衫的袖子，脖子上的領帶也鬆開了。他一定是火速趕來這裡的。

他帶了那本名冊，然後比對著陸真交給他的存摺，發出好幾聲低吟。

「接到電話時，我還半信半疑，但的確沒錯，兩個人都在名單上。我來這裡之前確認過了，這兩個人都還沒有逮捕歸案。他們匯了一大筆錢到克司先生的戶頭，其中顯然有什麼蹊蹺。」脇坂自言自語般說道。

「通緝犯可以有自己名義的帳戶嗎？」圓華不解地問。

「應該不行，」脇坂立刻回答，「如果有的話，應該是別人名義的帳戶，但匯款時，又在匯款人欄內填上自己的本名。」

「這麼做有什麼目的？」

「也許是月澤指示他們這麼做，要求他們用本名匯款。雖然我不瞭解其中的理由。」

「會不會並不是通緝犯匯的款，但只是在匯款時用了他們的名字？」

脇坂倒吸了一口氣，似乎感到很意外。

「雖然並不是完全不可能，但這麼做有什麼目的？」

「我只是覺得不能完全排除這種可能性。」圓華說完，瞥了陸真一眼。

脇坂摸著下巴說：

「是啊，的確需要考慮到各種可能性。謝謝妳寶貴的意見。——陸真，我可以影印存摺的內容嗎？我可以向你保證，絕對不會對外透露。」

「好，沒問題。」

「謝謝。請問這裡有影印機嗎？」脇坂問圓華。

「當然有，如果你不介意，我可以幫你影印。」

「可以嗎？那就拜託妳了。」脇坂鞠躬道謝後，把存摺交給了圓華。

圓華離開後，脇坂看向陸真和純也。

「沒想到你竟然會找到這裡，可以請你告訴我，你是怎麼找到這裡的嗎？」

「純屬巧合，而且是好幾個巧合聚集在一起。」

陸真向他說明了來到這裡的過程，所以也必須說明之前在圖書館遇到圓華等人的事，但是陸真省略了劍玉的事。

脇坂聽完之後，感嘆地搖著頭說：

「原來是這樣，話說回來，你的行動力太驚人了。」

「脇坂先生，聽說你昨天來過這裡。」

「是啊，在離開你家之後。永江小姐似乎並不知道月澤先生去世的消息，所以有點嚇到她了。」脇坂看向多貴子後繼續說道。照菜還在房間內休息，並沒有來這裡，「所以，那個……你當然已經聽說了永江多貴子小姐和你父親的關係吧？」

「我聽說了，也知道他們有一個孩子。」

「這樣啊。」脇坂說完，摸了摸人中，「老實說，想到下一次和你見面，我就很憂鬱。我昨天也說了，我們不能輕易透露個資，但假裝不知道也很痛苦。」

「現在不必煩惱了。」

脇坂默默點了點頭。

圓華走回會議室，把存摺還給陸真之後，把手上的一疊A４影印紙遞給脇坂說：「給你。」

「謝謝，太好了。」

「希望有助於抓到凶手。」圓華說。

「我也希望。」脇坂把影印紙放進皮包後站了起來，「那我就先告辭了，感謝你們的協助。」

「不必謝我們，但是請你告訴我一件事。」圓華說，「就是發現月澤克司先生遺體的時間和地點，我想知道盡可能正確的資訊。」

「時間和地點？是七月十日上午，地點在多摩川。」

「我剛才說了，我想知道正確的資訊。你身為辦案的刑警，應該知道吧？可以請你告訴我嗎？」

「妳為什麼要知道？」

「因為我想用自己的方式進行推理。偵查工作當然交給警方，但即使是外行人，或許也有幫得上忙的地方，今天我們也提供了重要的線索。」

「即使妳知道了正確的時間和位置，又能夠推理出什麼呢？」

「你需要在意這種事嗎？發現遺體的時間和地點，應該並不算是偵查上的祕密吧？因為遺棄屍體的凶手，也無法預測屍體會在什麼時候、什麼地方被人發現，並不算是揭露在審判時可以作為有罪證據之一、只有凶手知道的祕密，難道不是嗎？」

陸真無法完全理解圓華一口氣說的內容。揭露只有凶手知道的祕密是什麼？但是他發現脇坂露出了為難的表情。也就是說，他無法反駁圓華說的話。

「我覺得知道這種事，也完全無法有任何幫助。」脇坂又重複表達了和剛才相同的意思，但他甚至失去了用敬語說話的從容。

「你不用管這麼多，請你告訴我。我剛才不是幫你影印了存摺嗎？」

脇坂皺起眉頭，不甘不願地拿出手機，操作之後，遞到圓華面前說：「這樣就行了吧？」螢幕上出現了數位地圖，「警方是在七月十日上午八點三十八分接獲報案。」

圓華立刻用自己的手機拍了照，說了聲「謝謝。」

「妳滿意了嗎？」脇坂苦笑著嘆了一口氣。

圓華露出嚴肅的眼神看著刑警說：

「只有抓到殺害月澤克司先生的凶手時，我們才會滿意。」

脇坂聽了圓華這句話，也露出了嚴肅的表情說：

「我知道，我們會全力偵辦，那我就先告辭了。」

他向所有人鞠了一躬後，走出了會議室。

陸真看著純也說：「我們也差不多該走了？」

「我沒問題啊……你可以嗎？」純也似乎在意多貴子的事。

「嗯，今天就先這樣。」陸真站了起來，低頭看著多貴子說：「那我們也告辭了。」

多貴子默默點了點頭。

「等一下。」當他們走向門口時，圓華叫住了他們，「你們明天有事嗎？」

陸真轉過頭說：「我沒有什麼特別的事。」

「那你要不要陪我？可能會稍微活動一下身體。」

「要做什麼？」

「你剛才沒有聽到我和刑警的對話嗎？我要用自己的方式推理，首先要查明月澤克司先生是在哪裡被人殺害。」
「要怎麼查？」
「你跟著我就知道了。如果你有此意，明天就來這裡。」圓華出示了手機螢幕。
上面是剛才從脇坂那裡問到的地圖。

7

脇坂回到特搜總部，發現茂上正在電腦前抱著頭煩惱。電腦螢幕上有一整排姓名和地址。
「這是什麼名單？」脇坂在茂上的身後問。
茂上一臉憂鬱的表情轉過頭反問他：「你覺得是什麼名單？」
「正因為不知道，所以才問你啊。」
「這是科警支援局的回答，他們分析了D資料組送去的大約一百二十件DNA樣本，發現是八十八個人的DNA。因為像是菸蒂，同一個人可能丟了好幾個，所以有重複。這八十八個人的DNA中，有四十九個人和資料庫內的DNA一致。」
「八十八個人中有四十九人一致？」

「沒錯，你看吧，果然超過半數。我不是之前就說了嗎？」

脇坂再次看向螢幕。

「這些人都有犯罪記錄嗎？」

「將近一半都有某種程度的犯罪記錄，但幾乎都是輕微的犯罪或是交通違規，有兩個竊盜犯，但都是偷東西，也有一個人犯了詐欺罪，但其實是吃霸王餐。還有一個人犯了傷害罪，這個傢伙曾經入獄服刑。這些人看起來都和這次的被害人沒有交集，但也許需要確認一下他們的不在場證明。」

偷東西和吃霸王餐──該不會是在多摩川附近打轉的遊民？脇坂這麼猜想。

「既然是沒有犯罪記錄的人的DNA，到底是用什麼方法查出他們的身分？」

「不知道，這次也同樣附上一句，有關資料庫的詳細情況無法公開。」

「聽起來很有問題啊。」脇坂皺起眉頭，「他們絕對用了某種方法，蒐集了和犯罪完全無關的人的DNA。」

「我也這麼認為，問題是他們用什麼方法蒐集？很久之前，國會曾經審議過為了防止犯罪，要登記所有國民的DNA資料的法案，結果遭到大多數國會議員的反對而廢案。那次之後，就沒有再提過這件事。一直以來，DNA被認為是終極個資，最近以協助辦案為由，向關係人要求採集DNA也變得很困難。」

「我當然知道這些事。以前大家都擔心一旦拒絕，自己會遭到懷疑，所以幾乎所有人都會配合，但是現在很少有人願意配合。八成是因為網路上流傳，一旦被警方採集了DNA，相關檔案就會一直留在警方，但是我身為刑警，也漸漸覺得那並不是傳聞而已。」

「正因為這樣，所以更覺得蒐集不特定多數國民的DNA是不可能的事。你倒是想一想，如果有人撿起自己剛丟掉的菸蒂，或是剛喝完咖啡的空罐，不是會覺得很噁心嗎？搞不好還會報警，但是目前並沒有發生這種事。」

脇坂忍不住咂著嘴說：「不知道科警支援局的那些傢伙是怎麼蒐集的。」

他又想起了伊庭那張像古代高官的臉。有沒有什麼方法可以撕下伊庭的假面具？

「你現在想這種事也沒用，你必須關心這份名單上的人和被害人之間是否有關係。明天早上的偵查會議之前，把這份名單傳給所有調查被害人交友關係的人。明天也會很忙。」

脇坂聽了茂上說的這句話，心情憂鬱起來。下藥讓被害人昏睡，然後推進河裡溺死的凶手，會坐在河邊抽菸、嚼口香糖嗎？但是，既然送來這份名單，當然就必須查證。

脇坂拉了椅子，在茂上身旁坐了下來。他打量四周，發現滿臉疲憊的偵查員都坐在電腦前。他們應該都在寫今天工作內容的報告，但顯然都沒有獲得出色的成果。

「目前還沒有掌握被害人死前的行蹤嗎？」脇坂小聲問道，「和各種監視器連線的監視系統，不是早就應該發現了嗎？」

「顧名思義，監視系統的專長就是監視，也就是即時進行分析，但是要從過去的影像中篩出想要的內容就會很耗費時間。這也是理所當然的事，因為即時就是當下這個瞬間，但過去就有龐大的資料。目前已經有被害人的臉部辨識和步容認證的資料，所以已經由AI開始解析七月四日到五日期間，整個東京的監視器影像，遲早會發現。」

「雖然聽起來好像還要很久，但大致什麼時候會有結果？」

「這種事別問我，先不說這個——」茂上露出冷靜的表情伸出右手說：「給我看那本存摺的影本，只要重點部分就好。」

脇坂打開皮包，拿出了月澤克司存摺的影本。茂上剛才一如往常地監聽了他在數理學研究所和月澤陸真、羽原圓華的談話，所以不需要向茂上報告見面的狀況，可以直接進入正題。

「通緝犯匯了很大一筆錢給他，兩天後，他又把這筆錢匯出作為女兒的治療費嗎？這種情況，只有一種可能。」

「他運用以前當追逃刑警時的眼力，在街上發現了通緝犯，但是，月澤現在已經不再是刑警，於是就走到對方面前，以不報警為條件，向對方索取金錢——是不是這樣？」

「也可能是對方提出這項交易。既然能夠匯一百萬和五十萬，可見那兩個人手頭很寬裕。這兩個人之前犯了什麼罪？」

脇坂拿出記事本。

「弘田直樹是肇事逃逸。五年前，由大阪府警發出了通緝令。他的職業是上班族，在電腦相關的公司任職。目前三十三歲。田中良介是詐欺罪，今年五十歲，他騙了有錢人的錢，帶了超過三億圓的錢逃走了。」他問了行動裝置中的ＡＩ，ＡＩ立刻告知了結果。

「兩個人都只匯了一次錢嗎？」

「存摺上只有一次的記錄。」

「這代表他並沒有一再要錢嗎？」

「也可能即使想再要錢，也沒辦法做到。因為對方一定會躲起來，不再和他聯絡。」

「如果只要求一次，我不認為會成為殺人的動機。」

「通常是這樣。」

「雖然是這樣，但還是要調查一下這兩個通緝犯。雖然他們應該使用了別人名義的帳戶，但也許可以從使用記錄中發現什麼線索。如果用來扣房租，就可以循線找到住址，要派人去查一下。」茂上好像在自言自語般嘀咕後，打開了放在一旁的記事本寫了起來。他的表情淡然，顯然覺得這項作業對破案的幫助不大。

茂上寫完後抬起頭說：

「雖然目前不知道這兩名通緝犯和命案有沒有關係，但月澤克司身為前刑警，做出了不該有的行為似乎是事實。這件事怎麼樣？你認為和命案有什麼關係嗎？」

「雖然無法很有自信地說，一定有關係，但我認為可能性相當高。聽月澤的兒子說，他在失蹤之前看了那本名冊，也許他發現了新的通緝犯，正準備向對方索取金錢。」

「然後，他就去和通緝犯接觸，向對方提出交易後，被對方幹掉了嗎？」

「不可能嗎？」

「不，」茂上搖了搖頭，「不僅有可能，而且可能性相當大。如果是這樣，嫌犯的範圍就一下子縮小了。」

脇坂再次從皮包裡拿出月澤的名冊，放在茂上面前的桌上說：

「你所說的範圍，就是這本名冊上貼了照片，但還沒有遭到逮捕的通緝犯嗎？」

「就是這麼一回事。雖然不能武斷地認定，但我會在下次偵查會議之前告訴股長，應該就可以多派幾個人手給我們。」

「我可以問一個問題嗎？」

「什麼問題？」

「如果月澤發現了通緝犯，你認為是在什麼時候、在哪裡呢？」

茂上聽了脇坂的問題，輕輕攤開雙手說：

「我怎麼可能知道？八成是在哪裡的路上，追逃刑警的工作，就是從路上的行人中發現通緝犯。」

「這我當然知道，但月澤先生已經不是刑警了，即使站在路上找出通緝犯，也不會有人付薪水給他。但是，他在辭去警視廳的工作後，從事了相似的工作。」

「是啊，」茂上露出完全瞭解的表情說：「他去當了警衛。」

「但不是普通的警衛，而是潛伏監視員，工作的內容是把攝影機裝在身上，把周圍的人都拍下來。」

「所以他不僅用攝影機拍下周圍的人，而且還用自己的眼睛看周圍，然後和名冊上的照片進行比對嗎？」

「他兒子說，他離開警界，開始做警衛的工作後，也曾經發現過通緝犯，然後順利逮捕了那名通緝犯。」

茂上立刻露出了銳利的眼神。

「所以這次也是在做潛伏監視員的工作時發現的嗎？」

「如果是這樣，監視器和月澤拍的影像中很可能都有那名通緝犯的身影。」

「但是，月澤不是每天都去工作嗎？影像的數量會很驚人。」

「雖然是這樣，但是如果我的想像正確，就可以縮小範圍。」

「你想像什麼？」

「假設月澤在以潛伏監視員的身分工作時發現了通緝犯，但他沒有報警，而是打算向對方要錢，接下來會怎麼做？」

「一定會查明對方的身分。」

「怎麼查？」

「當然就是跟蹤對方啊。」茂上說到這裡，點了點頭說：「原來如此，原來是這麼一回事。如果繼續做監視員的工作，就無法跟蹤。」

「所以會怎麼做？月澤是不是會找某個理由翹班？至少必須離開工作崗位一陣子。」

「只要確認他在工作時，有沒有發生過這種情況就好……」

「這個推理不合理嗎？」

「你的臉上寫著，非但很合理，而且這是唯一的可能。趕快派人去查一下。」

「現在才七點，我去跑一趟。那種性質的公司，應該二十四小時都有人。」脇坂不等茂上的回答就站了起來，轉身離開了。

月澤克司生前任職的警備保全公司總公司位在中央區日本橋茅場町，根據曾經去那裡瞭解情況的偵查員回報，有一個姓瀨戶的人是和警方聯絡的窗口。之前也從月澤陸真口中聽過這個名字。打電話之後，發現瀨戶還在公司上班，說晚上十點之後就有空。

脇坂決定去警察局附近的定食屋吃晚餐，這是轄區警局的刑警介紹的店。雖然特搜總部準備了便當，但他希望吃飯的時候能夠離開工作的地方。

定食屋看起來像是木造民房改造的，散發出昭和年代的氣氛。天花板附近有一台電視，正在播放老人綜藝節目。店內有幾個客人，但沒在看電視。

脇坂在四人桌旁坐了下來，看了牆上的菜單，點了味噌鯖魚定食。雖然很想叫一瓶啤酒，但等一下還有工作，所以就忍住了。

他拿出記事本，喝著店裡免費提供的茶水，回想著在數理學研究所的對話。昨天和今天都去了那裡，確認了幾件事實。

在向月澤陸真瞭解情況時，就猜到永江多貴子可能是月澤克司的女友，永江照菜可能是他們的孩子。因為通常不會細心保存和自己無關的人的血液檢查結果，看了報告的詳細內容後，發現病人是七歲的女孩，而且月澤克司在八年前向婦產科付了診察費，而且也小心保管了當時的收據，所以當時就猜想那是女孩的母親懷孕時的診察費用，然後留下來作為紀念。這就意味著月澤得知有這個孩子後很高興。

只不過當時並沒有把自己的推理告訴陸真。因為這只是自己的想像，不希望影響少年的心情。但是去研究所聽了永江多貴子說明的情況後，發現自己果然猜對了。

永江多貴子對這起事件毫無頭緒。她已經有將近兩個星期沒有和月澤見面，月澤在七月三日最後一次打電話給她，之後她就聯絡不到月澤了。她說不知道這起事件的供詞沒有任何不自然，現在有很多人只看自己有興趣的新聞。

接著是今天，發現通緝犯名冊和存摺之間的交集是意外的重大收穫。那兩名中學生是很厲害的偵探。

話說回來，那個女人到底是誰——脇坂想起了羽原圓華端正的臉。

她自我介紹說是研究所的職員，似乎負責照顧永江照菜，永江母女很信任她，在脇坂去向她們瞭解情況時，永江母女也希望她在場。當時她並沒有插嘴，當脇坂向永江母女發問時，她目不轉睛地注視著脇坂。她的眼神有一種神奇的力量，被她雙眼注視的部分似乎有點微微發熱。

昨天離開時，羽原圓華送他到門口，中途突然轉過身，指著他的腳下說：「你的鞋子該換新了。」

「鞋子？」脇坂一時不知道她想說什麼。

「你的鞋底磨損很嚴重，而且左右兩隻鞋子的磨損程度不一樣，如果繼續穿這雙鞋子，可能會引起腰痛。」

「啊……沒錯，之前去修鞋時，店裡的人也這麼說。」

「那最好趕快去修鞋。」

「我會找時間去修。妳真厲害，光看我走路的樣子就知道了。」

羽原圓華的嘴角露出笑容，搖了搖頭說：「我並沒有看，只是聽到而已。」

「聽到什麼？」

「腳步聲。」

「啊？」脇坂低頭看著自己的腳，「光聽腳步聲就知道嗎？」

她沒有回答這個問題，恭敬地鞠躬說：「今天工作辛苦了，路上請小心。」

今天在臨別時，她又提出了奇怪的要求。即使知道發現月澤克司遺體的正確時間和地點，到底能夠推理出什麼事？

脇坂覺得這個女人很奇怪，但也希望有機會再見到她。這個女人有一種不可思議的魅力。

味噌鯖魚定食送了上來。轄區警局的刑警說的沒錯，的確很好吃。脇坂拿起免洗筷，暫時專心填飽肚子。

他在吃飯時，不經意地看向電視。電視正在播放新聞報導，男性主播正在報導新聞。

『本月七日，大田區發生了一起某家電量販店倉庫遭竊事件，住在東京都內的一名十九歲的專科學校學生遭到了逮捕。他因為繳不出學費而煩惱，於是就接了網路上的非法打工，據該名學生說，他並沒有想到是協助他人竊盜。根據警方公佈的消息，是從掉落在現場的一頂針織帽上採集到的ＤＮＡ，查出了這名專科學校的學生。』

脇坂猛然停下了手上的筷子，凝視著電視，但這則新聞並沒有後續的深入報導。

從ＤＮＡ查到？怎麼查到的？

從針織帽上驗出ＤＮＡ這件事很容易理解，可能帽子上附著了毛髮或是皮脂。難道資料庫中有分析出來的ＤＮＡ型嗎？十九歲專科學校學生的ＤＮＡ型為什麼會登錄在資料庫中？如果這名學生曾經遭到逮捕，應該就是當時登錄的資料，但是聽剛才新聞報導的內容，那名學生過去似乎並沒有犯過罪。

最近這種情況越來越多，感覺只要現場有遺留物品，轉眼之間就可以抓到歹徒。不，實際就是如此。科警支援局的ＤＮＡ偵查網的威力實在太可怕了。

他在吃飯的時候思考著這些事，轉眼之間就把菜餚吃完了。原本放味噌鯖魚的盤子空了，他根本不記得是什麼味道，感覺虧大了。

走出定食店，搭上了地鐵，在茅場町下了車，走出車站時，已經晚上十點多了。

警備保全公司就在車站旁，單行道上的公司大樓很氣派，有幾扇窗戶仍然亮著燈，但大門的燈已經暗了。

他打電話給瀨戶，瀨戶請他繞去夜間出入口。夜間出入口位在大樓的左側角落。

他走過去一看，發現有一道小門。一個戴著眼鏡的瘦削男人站在警衛室前。

「請問是瀨戶先生嗎？」

「我就是。請問……」

「我是脇坂。」脇坂在說話時，出示了警徽。「不好意思，突然來打擾。」

「沒關係，請戴上這個。」瀨戶遞給他一張繫在繩子上的出入證。

瀨戶帶他來到一個像是休息室的空間。休息室內有簡單的桌椅，牆邊有一台自動販賣機。雖然已經很晚了，但仍然有幾個人在那裡。

「大家都工作到這麼晚，真辛苦啊。」脇坂說。

「沒有沒有，」瀨戶搖著手，「只是錯開上班的時間而已，我今天晚上是棒球場的監控員，所以就上晚班。」

「監控員是什麼？」

「就是在這裡的監控室內，監控監視器和潛監攝影機拍到的影像，同時向潛監發出指示。因為一直停留在相同的位置，能夠拍到的影像有限，而且一旦發現可疑人物，就必須通知他們，以便蒐集更多現場的資料。」

「不好意思，請問潛監是什麼？」

「啊，不好意思，就是潛伏監視員，呃，潛伏監視員就是……」

「這我知道，就是身上裝攝影機，拍下周圍的情況，對嗎？聽你剛才的說明，我猜想每次辦活動，都會拍攝大量影像，對嗎？」

「因為這是我們的工作，」瀨戶用得意的語氣說，「雖然我們被歸類為保全公司，但我們的賣點並非只是防止犯罪。為數龐大的影像就是大數據，分析這些大數據，運用在行銷上也是我們公司的重要功能。比方說，可以分析活動會場的人潮，驗證什麼活動會如何吸引人，會場的配置是否適當，以及動線設計是否合理這些防止犯罪以外的項目提供給客戶。也可以鎖定某個參加活動的客人，觀察他怎麼逛，在哪裡花錢，對哪個區域完全不感興趣。如果有需要，還可以觀察客人什麼時候上廁所。」瀨戶就像業務員般滔滔不絕地介紹著公司業務。

「這些分析會使用臉部辨識嗎？」

「也會使用臉部辨識。」瀨戶點了點頭，「所以會要求潛伏監視員盡可能拍到更多人的臉，不需要在意拍攝角度或是手抖的問題，能拍多少是多少，其他問題都可以交給ＡＩ處理。」

「聽說月澤先生也是潛伏監視員？」

瀨戶立刻露出愁容。

「是啊，他是我們同組的成員，完全沒想到竟然會發生這種事……那個、我也對上次來這裡的刑警先生說了，我和月澤幾乎沒有私交，即使問我對這起命案有什麼線索，我也完全無法回答。在工作上，也只是潛伏監視員和監控員之間的關係。」

之前來向他瞭解情況的刑警似乎問了他很多問題，可能是因為克司的發話記錄上有瀨戶名字的關係。月澤七月四日請假，所以打電話告訴瀨戶。

「今天我並不是來打聽你和月澤先生的私人關係，敬請放心。」脇坂露出親切的表情說，「我想瞭解月澤先生工作的狀況。」

「什麼意思？」

「潛伏監視員從活動開始到結束，都必須一直留在會場嗎？」
「基本上是這樣，但有些活動的時間太長，這種時候就會輪流。」
「會不會中途離開？」
「可以離開去上廁所。盛夏季節的戶外活動時，也會請潛伏監視員適度休息，以免中暑。」
「如果不是上廁所或是休息，突然不得不停止工作時該怎麼辦？比方說，身體突然不舒服，或是接到家屬發生不幸的通知時該怎麼辦？」
「喔喔，」瀨戶開了口，「發生這種情況就沒辦法了，只能請潛伏監視員先離開，也就是所謂的早退。」
「月澤先生最近曾經早退嗎？」
「月澤嗎？」瀨戶皺起眉頭，用拳頭抵著下巴，「你這麼一說，他最近好像的確曾經早退。他說突然身體不舒服，所以希望可以提早離開……」
「什麼時候？」
「什麼時候呢，查一下就知道了。」
「可以麻煩你確認一下嗎？」
「沒問題，可以請你稍等一下嗎？」
「我可以和你一起去嗎？我不會影響你。」

瀨戶一臉懶得拒絕的表情點了點頭。

「可以啊，反正這麼晚了，也沒什麼人了。」

「謝謝。」脇坂向他鞠躬道謝。

他們搭電梯前往其他樓層。掛著監控室牌子的房間用玻璃圍起，裡面有很多監視器。

瀨戶在看起來像是他座位的椅子上坐了下來，敲打著鍵盤。眼前的螢幕上出現了日程表，那似乎是月澤克司的出勤記錄，但脇坂不知道要怎麼看那張表。

「啊，我想起來了。」瀨戶看著日程表說，「就是那天，是汽車展的最後一天。」

「汽車展那一天？確定嗎？」

「千真萬確。月澤在下午五點二十分早退。他說身體不舒服，所以我對他說，先離開沒有關係。」

「日期是六月二十七日，對嗎？」

瀨戶瞥了螢幕一眼回答說：「沒錯。」

中了。脇坂很想打響指。不愧是父子。月澤陸真的直覺完全正確。那天果然發生了什麼狀況。月澤克司在那天發現了某個人。

「瀨戶先生，我還有一個要求，可以請你幫忙嗎？」

「什麼要求？」瀨戶露出了警戒的表情。

「我想借用那一天拍到的影像，就是在車展上拍到的所有影像。」

「啊？所有影像？」瀨戶的臉頰抽搐著，「這無法由我決定……」

「你們公司應該有和警察廳合作，否則不可能知道通緝犯和服刑期滿出獄的人的詳細資料，你們提供即時影像給警察廳作為回報，我沒說錯吧？」

「不，這，呃……」汗水從瀨戶的太陽穴流了下來。

「如果需要相關公文，我改天再送過來，請你把那天拍的影像借給我，拜託了。」脇坂深深鞠了一躬。

真傷腦筋啊。頭頂上傳來這句嘟囔。

8

陸真被陌生的電子鬧鐘聲吵醒，一時不知道自己身在何方。強烈的陽光穿越窗簾照了進來，但窗簾也很陌生。

看到放了書的書架，才想起是在純也的房間。昨天晚上住在這裡。當然還在純也家吃了晚餐。昨晚吃的是咖哩。

電子鬧鐘聲停了下來，聽到「早安」的聲音。往床下一看，發現純也躺在被褥上，正在把鬧鐘放回地上。

「喔，早安。」

「睡得還好嗎？」

「睡得超好，不好意思，我搶走了你的床。」

「你不必介意，偶爾睡地上也不錯，我也睡得超熟。」

「我們昨天都很晚才睡。」

昨晚準備睡覺前，兩個人聊了很久。除了第一學期的回憶，還一起說老師的壞話，聊了心儀的女生，都是一些平淡無奇的事，只是幾乎都沒聊命案的事。因為他們都很清楚，即使聊了，也不會有任何進展。

「現在幾點了？」陸真問。

「七點半，只剩下兩個半小時了，趕快起床吧。」

看到純也坐了起來，陸真也下了床。

宮前家的巨大餐桌上，已經準備了早餐。陸真看到烤鮭魚、蘿蔔乾絲、蛤蜊味噌湯的日式早餐，不禁感動不已。克司在世的時候，家裡的早餐幾乎都是土司加荷包蛋。

「多吃點。」純也的媽媽說，於是陸真添了兩碗飯。

「今天的天氣也很熱，你們都要小心別中暑了。純也，冰箱裡有保特瓶裝的水，你和月澤各帶兩瓶水。」

「不用兩瓶啦，一瓶就夠了。」

「一瓶很快就喝完了，要多帶一瓶。」

「唉，好啦。」

今天他們兩個人要騎腳踏車出門，昨天已經告訴純也的母親了。

他們當然不是單純騎腳踏車去玩，而是答應了羽原圓華的邀約，要去克司的遺體被發現的地方，距離陸真他們住的地方有將近十公里，但圓華要求他們騎腳踏車去，而且還向他們說明，因為騎腳踏車行動比較靈活。

雖然陸真搞不清楚狀況，但還是決定聽從圓華的指示。昨天來純也家之前，他先回了自己的家，準備了今天要用的東西後，還把停在停車場的腳踏車騎了過來。

吃完早餐，已經八點多了。他們在純也母親的目送下出了門。他們和圓華約在上午十點在現場見面。

「我騎在前面，你跟著我。」純也說。他的手機可以架在腳踏車把手上，能夠隨時確認路線。陸真完全沒有意見。

好久沒騎腳踏車了，但是踏板很靈活，煞車也沒有奇怪的聲音。因為純也的爸爸昨天特地保養了這輛腳踏車。

在風中騎著腳踏車，就連夏天的烈日也變得很舒爽，最近發生的很多事都變得不再重要，就連克司的死，好像也是遙遠的過去發生的事。毒品等造成茫茫然的欣快感在英文中稱為「trip」，陸真覺得自己目前的感覺差不多。而且「trip」還有旅行的意思，騎腳踏車就是一種旅行，所以自己目前的確是「trip」的狀態。

多摩川出現在前方時，純也放慢了速度，大聲問他：「要不要休息？」陸真也大聲回答：「ＯＫ。」

橫跨河面的大橋前有一片樹叢，剛好形成了陰影。他們坐在樹蔭下的水泥磚上，從後背包中拿出保特瓶補充水分。

「不知道圓華到底想幹嘛。」純也看著多摩川說。

「不知道。」陸真歪頭回答後，看著朋友的側臉說：「你剛才叫她圓華？」

「對啊，她不是叫圓華嗎？」

「雖然是這樣，但通常不會直接叫名字吧？」

「為什麼？即使這樣叫她也沒問題啊，因為叫她羽原小姐有點太嚴肅了，而且我覺得她也希望別人叫她的名字。」純也臉上帶著笑容，看向了遠方。

「純也，你該不會喜歡上她了吧？」

純也聽了，立刻一臉生氣的表情轉過頭。陸真以為他會否認，沒想到這個肥仔朋友竟然說：

「不行嗎？我喜歡她啊，她那麼漂亮，喜歡她很正常啊。誰都會喜歡她，難道你不喜歡她嗎？」

「我沒喜歡她，她比我們大很多歲欸。」

「年齡不是問題，而且也沒大很多啊，差不多十歲左右。這種年齡差距的情侶多得是。這樣啊，原來你沒有喜歡她，太奇怪了。」

「你才奇怪吧？」

「但是聽你這麼說，我就放心了。因為至少你不會成為我的情敵，太好了，太好了。」

這傢伙果然是怪胎。陸真再次體會到這件事，但他心裡很清楚，純也的獨特拯救了自己。

休息之後，立刻感到全身充滿了電。他們再次騎上腳踏車出發。在大橋前左轉，河邊的道路禁止車輛通行。因為只有一條路，所以這次由陸真騎在前面。

陸真輕快地踩著踏板，不時看向右側的多摩川。有小孩子在河岸玩球，每個人都似乎在充分享受暑假。

也許在別人眼中，自己也一樣。他不希望別人同情自己，也不希望別人覺得自己可憐。

以後——暑假結束後，也許生活會發生改變。也許不久之後，就會接到兒少福利課的電話，被送去育幼院。到時候可能要轉學，就無法像現在這樣整天和純也見面了。

即使真的變成這樣，也絕對不要讓別人覺得自己是一個可憐的少年。要笑著轉學，也要笑著向純也道別。

他看著右側的足球場和網球場，繼續踩著踏板。輪子下的柏油路不知道什麼時候消失了，變成了泥土路，有很多人在慢跑和散步。

中途，河岸變得很狹窄，禁止腳踏車通行。他們改在車道上騎了一陣子，再次回到了河岸旁的路。鑽過橋下後，視野一下子開闊起來。河岸對面是川崎的一片大樓。

「陸真，停下來。」

身後傳來叫聲，陸真握住了煞車。純也騎到他身旁。

「應該就在這附近。」純也跳下腳踏車，把手機從把手上拿了下來。

陸真打量周圍，這裡沒有可以踢足球或是打棒球的空間，也沒什麼人。氣候宜人的季節，或許會有很多人在這裡散步，但目前天氣這麼炎熱，應該不會有人想在這裡散步。

陸真看到一個女人站在河邊。她戴著粉紅色帽子，穿了一件薄質連帽衫的背影散發出不可思議的感覺。雖然看不到女人的臉，但陸真確信她就是羽原圓華。

「是羽原小姐。」陸真嘀咕道。

「啊？在哪裡？」

「那裡。」

「啊！」純也在發出叫聲的同時跑了過去。陸真也跳下腳踏車追了上去。

純也似乎叫了一聲，女人轉過頭。她戴著運動太陽眼鏡，但果然就是羽原圓華。

「早安，你們很準時。」圓華說。

「是不是超準時？因為我們很拼啊。」純也立刻邀功。

「早安。」陸真也向她打招呼，「妳在看什麼？」

圓華微微偏著頭說：

「你問我在看什麼，我也很難回答。簡單來說，就是看各式各樣的東西，像是地形、水流、水位、風向，還有其他的各種情況。」

「還有多少人在玩嗎？」純也問。

「那沒有關係。」圓華回答後，轉頭看向河面的方向，「七月十日，月澤克司先生的遺體在這裡被人發現，但是，他並不是在這裡溺死。如果是在這裡遭到殺害，他的屍體會出現在更下游的地方。」

「所以是被河水沖走嗎？」純也問。

「沒錯。」她點了點頭，「溺死的情況，在被推入河中的當下很可能還活著。因為肺部有空氣，所以會暫時浮在水面上，但時間一久，就會沉入水中。身體整體的比重比水重，遺體會沉入河底，然後暫時留在那裡，不太會移動。當身體開始腐敗時，才會發生變化。在目前的季節，快的話可能隔天就開始了。一旦開始腐敗，就會產生氣體，當氣體漸漸積在體內，就會產生浮力，遺體就會從河底浮上來。浮上來之後，就會隨著水流移動。」圓華看著陸真問：「你爸爸是在七月四日晚上下落不明，對嗎？」

「對。」

「他的遺體在十日上午被人發現。如果是在四日夜晚遇害，就代表經過五天的時間移動到這裡。你爸爸的身高和體重是多少？」

「身高大約一百七十公分，體重大約六十五公斤。」

「如果遺體浮在水面，應該會更早被人發現，所以應該是在水面下移動，才會直到十日才發現。在腐敗的同時隨著河水漂流，在七月十日，終於浮出了水面。」

「太厲害了，」純也說，「妳怎麼會知道這些事？」

「我不是知道，只是整理了目前發生的現象，接下來要根據這個事實，查明月澤先生是在哪裡被人推下河。」

「要怎麼查？」

「我剛才在觀察各種情況，就是為了查明這件事。那我們走吧。」圓華邁開了步伐。

「要去哪裡？」純也追上去問道。

「跟我來就知道了。」

「我可以叫妳圓華嗎？」

「喂！」陸真忍不住叫了起來，「你這樣很沒禮貌，而且你從剛才就沒說敬語。」

圓華停下腳步，回頭看著他們說：

「叫我什麼都沒關係，也不必用敬語，但是有一個條件。接下來無論發生任何事，都不可以問我私人的事，知道嗎？」

圓華說話的語氣很嚴肅，陸真忍不住一驚。純也可能也有相同的感受，用畢恭畢敬的語氣回答說：「知道了。」

圓華的腳踏車就停在旁邊，是一輛很有時尚感的粉紅色公路車。她騎上腳踏車時，陸真看到了她短褲下露出的大腿，不禁有點心慌意亂。

圓華英姿煥發地騎了出去，純也和陸真也都跟著她。他們沿著剛才來這裡的路線往回騎，剛才出現在右側的風景換到了左側。

騎了幾分鐘後，圓華停了下來。看到她下了車，陸真他們也跟著下車。

河流太遠了，在目前的位置無法看到。圓華停下腳踏車，走進棒球場和足球場之間的小路。陸真他們跟了上去。

走過球場後，河流出現在一片雜草前方。圓華踩著雜草往前走，走到河邊後拿下了太陽眼鏡，轉頭環顧四周。

「這裡是犯案現場嗎？」陸真問。

「不是。」圓華回答，「遺體應該在被人發現的前一天晚上經過這裡。」

「是嗎？」

「河面和河底的水流速度不同，河面的流速比較快，但其實水面稍微下面一點的位置流速最快。遺體還沒有浮到水面時，應該以相當快的速度在移動。」

「妳怎麼知道？」

純也問，但圓華沒有回答，閉上了眼睛，一動也不動。

「圓華，」純也叫著她，「妳在幹什麼？」

但是，她沒有回答，輕輕舉起右手，似乎示意純也不要說話。過了一會兒，她才放下手，睜開眼睛，重新戴上了太陽眼鏡。

「妳剛才在幹什麼？」純也又問了一次。

「我在聽聲音。」

「什麼聲音？」

「各式各樣的聲音，風聲、水聲。」

「為什麼要聽這些聲音？」

「當然只有一個原因啊。走吧。」圓華快步轉身離開。

「風聲、水聲。」純也嘀咕著，然後看向陸真問：「你有聽到嗎？」

陸真默默搖頭，然後跟在圓華的身後。

又走了幾分鐘後，圓華又停下腳步。不遠處就有一個水渠。

「這裡的水流有點複雜。」圓華站在河邊嘟噥著，「但是四日到十日期間並沒有下大雨，水位應該很穩定。身高一百七十公分，體重六十五公斤……嗯，沒有問題。」她點了點頭，似乎同意自己得出的結論。

「犯案現場也不是這裡吧？」陸真向圓華確認。

「對，不是這裡。」圓華回答後，轉身離開了。

圓華一路上都這樣走走停停，慢慢走向上游。陸真和純也只能跟在她身後。

中途看到一群警察正在搜索。剛才和純也一起經過時，並沒有看到這些警察。總共有超過三十個人，手拿著棍棒之類的工具，在草叢中尋找著。

圓華停下腳踏車，看向警察的方向。

「他們在幹什麼？」純也問。

「應該在找遺留物品。」圓華嘆著氣說，「只可惜犯案現場並不是在這裡，還在更上游的地方。」

「妳可以去告訴他們啊？」

「要對他們說什麼？叫他們要相信我嗎？」

「我就會相信妳。」

「那是你啊，反過來說，你無法當警察。走吧。」圓華說完，又騎上了腳踏車。

不一會兒，他們來到了二子玉川。後方是一片集合住宅。

圓華環視河面後，用力點了點頭說：「終於到了。」

「這裡就是犯案現場嗎？」純也問。

「對。」圓華回答後，用力張開雙手，「就在前後一百公尺的區域，月澤先生就是在這裡遭到殺害。」

「啊！」純也的身體向後仰。「妳怎麼知道？妳到底是誰啊？」

圓華雙手扠腰，瞪著純也說：

「你想瞭解我為什麼知道嗎？我只能告訴你，我就是知道。如果你對這個回答不滿意，那我可以這麼告訴你，因為我是魔女，這樣行了嗎？」

圓華一口氣說道，純也愣在原地，驚訝地瞪大了眼睛，最後無力地回答說：「我知道了。」

圓華抱著雙臂，轉身看向河面的方向。「接下來該怎麼辦呢……？」

「妳剛才說是前後一百公尺的區域，就代表總共有兩百公尺。」陸真說，「範圍很大啊。」

「可以想像一下凶手的心理。即使用安眠藥讓月澤先生陷入昏迷，但要把一個男人推入河裡並不是一件簡單的事，所以應該會避開周圍沒有任何障礙物，不知道別人會從哪裡看到犯案現場的地方。」

陸真聽著圓華的話，打量周圍，視線很快就停了下來。

「我知道了，就在那裡。」他指著一座大橋，橋下就可以避人耳目。

「看來和我的意見一致。」圓華笑了起來。

他們下了腳踏車，一起走去橋下。雖然長了草，但路並不算太難走，所以很快就來到河邊。

「我認為就是這裡。」圓華說，「凶手讓月澤克司先生昏睡後帶來這裡，然後丟進河裡。我認為應該就是這樣。」

「這種地方……」

陸真注視著橋下照不到陽光的河岸，心情也陰鬱起來。他至今仍然無法相信，克司在這種地方溺水身亡。克司以前是刑警，腕力應該並不輸人。

圓華和純也不知道什麼時候離開了，陸真轉頭一看，發現他們兩個人蹲在地上，注視著長了雜草的地面。

「你們在幹什麼？」陸真走過去問道。

「我們在看有沒有拖行的痕跡。」

「妳是說，凶手把我爸爸拖來這裡嗎？」

「也許是這樣，但也可能有其他方法。總之，我不認為月澤先生是自己走來這種地方，更何況雖然是溺死，但並不一定是活著的時候被推進河裡。也可能是在其他地方，比方說是在浴室溺死，搬來這裡時，可能已經死了。」

這樣的想像令人難過。陸真很不願意想像這樣的畫面。

「如果讓你感到不舒服，我向你道歉，但是必須思考各種可能性，才有辦法瞭解真相。如果你不想面對，可以先回去。」

「不，沒關係，我也一起找。」陸真彎下腰，瞪大眼睛注視地面。

但是，這裡真的是命案現場嗎？多摩川很長，流域範圍很廣，總覺得聚焦在這樣的定點毫無意義，也不認為他們三個外行人能夠幫上什麼忙。偵查工作還是應該交給警方處理——

「月澤。」陸真聽到叫聲吃了一驚，他感受到圓華銳利的視線。

「怎麼了？」

「你還問我怎麼了，我剛才就在觀察你，你根本意興闌珊。」

「不，沒這回事。」

圓華大步走了過來。

「你就老實說吧，你是不是覺得做這些事是在浪費時間？是不是一開始就不抱希望？」

陸真皺起眉頭，咬著嘴唇，看到純也一臉為難的表情。

「我不認為憑我們幾個外行人就能夠找到線索，因為大批警力展開搜索，也沒有找到任何線索……」

「我剛才已經說了，他們根本找錯了地方。」

「雖然是這樣……」

「好吧，我知道你不相信我，那也沒辦法勉強你。ＯＫ，那就隨你的便，你們可以走了，留在這裡反而礙事，你們快走吧。」

「我要留下來。」純也嘟著嘴說，「只要圓華不走，那我也不走。」

「我當然會留在這裡調查，因為我已經答應別人了。」

「答應……誰？」

「照菜。我答應她，一定會找出殺害她爸爸的凶手。」

陸真聽到這句話，內心感受到沉重的衝擊。

圓華目前做的事對她沒有任何好處，她只是為了保護研究所的孩子。

純也也一樣。對考生來說，這個暑假很重要，照理說不該把時間耗費在這種事上，但是他仍然陪陸真來這裡，因為他覺得陸真是重要的朋友。

圓華和純也再次蹲在地上尋找著。陸真看到他們的樣子，感到無地自容。

「圓華，」他叫了一聲，「對不起，我會認真找。我會努力不去想，我們在做的一切可能是徒勞，所以，請妳同意我也一起加入。」他雙手放在身體前方，深深地鞠躬。

「我說啊，」圓華說，「你和我說話為什麼要用敬語？你可以像純也一樣，說話輕鬆點。」

「哇，圓華剛才直接叫我的名字。」純也興奮地合起雙手。

「那我以後會注意。」

「不是以後會注意。」

「啊……我現在就會注意。」

「很好，這樣就對了。偵探不需要有上下之分。」圓華說完再度看著地面慢慢移動。

偵探嗎？——陸真撥開腳下的雜草，玩味著這句話。自己追查父親死亡的真相，簡直就像是推理小說的情節。

三個人在附近找了將近一個小時，但是並沒有發現可疑的痕跡。克司在七月四日失蹤，至今已經過了兩個星期。即使凶手真的曾經把克司拖到這裡，能夠找到拖行痕跡的可能性也很低。

「算了，這裡的搜索就暫時告一段落吧。」圓華似乎決定放棄。陸真和純也早就滿身大汗，她的皮膚也因為微微流汗而發光，但她仍然沒有脫下連帽衫，似乎是為了預防紫外線。

「太遺憾了。」純也依依不捨地說，「真希望可以找到什麼證據，證明這裡就是案發現場。」

「即使沒有證據，這裡絕對就是現場。」圓華指著地面說，「更何況即使在這裡發現拖行的痕跡，也無法成為證據。」

「那倒是。」純也垂頭喪氣地說。

圓華走向散步道，純也跟在她的身後。陸真有點不捨地回頭看向橋下。由於太陽的位置改變了，所以陰影部分減少了。

正當他打算移回視線時，發現地面有什麼東西閃了一下。

那是什麼？

因為很好奇，所以走過去看了一下。那裡的雜草比較少，剛才在這裡尋找時，並沒有發現任何東西。

他粗略地看了一下，果然沒有看到任何東西。

他感到很奇怪，正準備轉身時，又看到有東西閃著光。

陸真再次仔細注視地面，終於發現是什麼在閃光。心臟在胸膛內用力跳了起來。他緩緩蹲了下來，把手伸向那個東西。

但是，在手即將碰到時，他又縮了回來。因為之前曾經聽克司說過，這種時候，不能隨便用手碰。

「喂！」純也叫著他，「你在幹嘛？」

陸真舉起右手向他們招手，純也和圓華互看了一眼之後跑了過來。

「怎麼了？」圓華問他。
「這個。」陸真指著地上說。
「啊！」純也叫了起來。
有一把放大鏡掉在地上。直徑五公分左右，邊框是銀色，握把是白色。鏡片並沒有破碎。因為是玻璃，所以很透明，剛才沒有發現。
「這是爸爸的放大鏡。」陸真說，「絕對不會錯。」
「月澤先生平時都帶著放大鏡嗎？」
「平時並不會帶在身上，但以前當警察時都會隨時帶著。」陸真繼續看著圓華的臉說：「他在看那本名冊上的照片時，就會用這個放大鏡，用它放大照片，記住通緝犯的長相。」
圓華連續點了好幾次頭，似乎瞭解了狀況。她把手伸進口袋，拿出一條粉紅色手帕。「結果是你到最後關頭都沒有放棄呢。」
陸真默默接過手帕，蓋在放大鏡上，小心翼翼撿了起來。

9

茂上聽了脇坂從多摩川回來後報告的情況，坐在旁邊的桌子上，皺起眉頭，露出了苦笑。

「太丟臉了，警方真是顏面無光啊。怎麼會有這種事？外行人瞎貓撞到死老鼠，竟然發現了被害人遺留的物品？怎麼會有這種事？」

脇坂確認周圍沒人後，聳了聳肩說：

「鑑識課的人都很尷尬，然後說沒想到四、五天的時間，竟然從那裡沖到那麼遠的地方。」

茂上冷笑著說：「那根本是在找理由。」

「但是包括D資料組在內，所有人都士氣大振，全力展開搜索。無論如何，確定了案發現場應該是很大的收穫吧？」

「不光是很大的收穫，如此一來，可以縮小尋找目擊證人和監視器的範圍。」茂上看了周圍後，壓低聲音說，「股長剛才打電話給搜查一課的課長，說話也變得很大聲，連我這裡都聽到了。」

「真希望偵查工作可以有所進展。」

「是啊。」茂上拿起裝了咖啡的紙杯。

今天正午過後，脇坂邊吃著三明治，邊用筆電寫報告時，手機響了。是羽原圓華打來的。昨天也在接到她的電話後，去了數理學研究所，今天又有什麼事？脇坂邊納悶邊接起電話。

聽了羽原圓華說明的情況，脇坂大吃一驚。她和那兩名中學生一起去了多摩川，結果發現了被害人的物品。那是一個小型放大鏡，月澤陸真說，那是他父親以前當追逃刑警時使用的東西。雖然有點難以置信，但他們沒有理由說謊，於是脇坂立刻和鑑識人員趕往現場。

現場位在二子玉川的一座橋下。鑑識當場調查了他們找到的放大鏡，將握把上留下的指紋圖像傳回總部後，確認的確是月澤克司的指紋，於是立刻召集了在更下游的位置搜索的偵查員。

令人納悶的是，他們究竟用什麼方法找到那個放大鏡。羽原圓華針對這個問題回答說：

「因為我想調查月澤先生遇害地點，就和陸真他們騎車來到這裡。因為凶手一定想要避人耳目，猜想可能會在橋下。於是我們就在這裡找了一下，最後陸真發現了這個放大鏡。」

「不是有很多座橋嗎？為什麼會在這座橋下找？」脇坂問。

「沒什麼，」羽原圓華冷冷地說，「沒什麼特別的原因，就是憑感覺。」

脇坂無法接受這樣的回答，但即使堅持己見，也問不出名堂。

他問了兩個中學生，他們的回答也一樣。他們只是聽圓華的指示，然後開始在這裡找，但他們也不知道圓華為什麼選擇這裡。

這個女人太不可思議了。脇坂想起羽原圓華的臉。她昨天提出想要知道發現遺體的正確地點時，就預料到會有這樣的結果嗎？怎麼可能？不可能有這種事——

脇坂怔怔地回想著這些事時，茂上突然從自己的懷裡拿出手機。有人打電話給他。

「我是茂上。……喔，這樣啊，那就帶去三號會議室。……嗯，我馬上過去。影像已經準備好了嗎？……好。」他簡單說了幾句後，便掛上電話，然後喝完了紙杯中的咖啡。

「誰來了？」

「警視廳的小倉副警部。」茂上把紙杯捏扁後問：「現在剛到，你要不要一起去？」

「當然啊，也不想一想那些影像是誰拿到的。」

「既然這樣，這件事就由你負責說明。」

「好。」

兩個人同時站了起來。

小倉副警部是月澤克司以前在偵查共助課時的同事。月澤陸真在提到和父親交情不錯的朋友時，也提到了「小倉先生」的名字。

昨天晚上，脇坂透過警備保全公司的瀨戶拿到了汽車展的影像資料，在今天早上的偵查會議上報告此事後，股長高倉指示，要委請專家確認。所謂專家，當然就是追逃刑警，專家應該能夠從影像中找到月澤克司發現的通緝犯。

原本就需要找人瞭解月澤克司生前情況，茂上認為可以發揮一舉兩得的效果，於是聯絡了小倉。小倉回答說，他可以來特搜總部。小倉似乎也很關心這起事件，正在等待警方的聯絡。

走進三號會議室，女警正在設置電腦和螢幕，隨時都可以播放影像。

女警離開後，一名中年男子立刻走了進來。他捲起襯衫的袖子，上衣掛在手臂上。雖然髮際有點後退，但黝黑的臉看起來很健康。

男人看著脇坂和茂上問：「請問哪一位是茂上副警部……」

「是我。」茂上說完，遞上了自己的名片，「請問是小倉副警部嗎？今天謝謝你特地來這裡。」

兩人交換名片後，脇坂也遞上了名片，向他自我介紹。

脇坂、茂上和小倉面對面坐在會議桌旁。

「請問你什麼時候聽說這起事件的？」茂上問小倉。

「在瞭解遺體身分後就知道了。資料組內的朋友告訴了我，我當時難以相信。因為我一直以為他離開警界之後，每天過著平靜的生活。」

「言下之意，你對這起事件毫無頭緒？」

「完全沒有，如果問我對月澤的近況瞭解多少，我也不知該如何回答……」小倉咬著嘴唇。

「你和月澤先生認識很久嗎？」

「他離開偵查共助課之前，我們一起工作了四年。」

「所以你們一起追緝通緝犯。」

「對，我們在同一組。」

「你們的私交也很好嗎？」

小倉無力地點了點頭。

「因為一起工作，交情自然會變好。在街上持續盯著行人的臉這項工作，比想像中更加耗神。瞭解這種痛苦的人，會很自然地產生強烈的集體意識。」他這番話很有說服力。

「你最後一次見到他是什麼時候？」

「我知道你們會問這個問題，所以我來這裡之前，確認了我的行事曆。今年一月，我們曾經見面。四個老朋友說要舉辦新年會，於是就聚在一起。」小倉拿出記事本，說出了自己和月澤以外，另外兩個人的名字。那兩個人目前也已經調至其他部門。

「當時月澤先生看起來和之前有什麼不一樣嗎？」

「並沒有特別令人在意的地方，和以前一樣。」

「所以也沒有說什麼讓你感到不對勁的話？」

「應該沒有，我們每次聚會時，聊天的內容都差不多。」

「你們都聊些什麼？如果不介意的話，是否可以告訴我們？」

小倉聽了茂上的問題，露出了自虐的笑容。

「說白了，就是在抱怨，應該說是在批評。」

「批評？」

「批評ＡＩ，」小倉吐了吐舌頭，「因為受到警察廳的防犯警備系統——也就是監視系統的影響，許多追逃刑警都失去了工作，所以大家至今仍然為這件事感到不滿，覺得這種行為太愚蠢了。警察廳洋洋得意地認為，在引進這個系統之後，通緝犯的逮捕率持續提升，但絕對因為裁掉了追逃刑警，導致很多通緝犯成為漏網之魚。問題在於他們不願承認這個現實，簡直太離譜了。雖然我剛才說是在批評ＡＩ，但機械沒有人格，所以其實是在批評過度肯定ＡＩ的高層。」雖然小倉說話的語氣很平靜，但眼中帶著怒火。

「月澤先生平時也經常這麼說。」脇坂在一旁插嘴，「他兒子告訴我，他曾經說，ＡＩ根本無法取代追逃刑警。」

「是啊，你們是否知道，月澤在離開警界之後，也曾經發現了通緝犯？」

「知道，聽說他是在當潛伏監視員時發現的。」

「既然他在當潛伏監視員，至少保全公司的監視系統在運作，卻沒有發現那名通緝犯，而是由月澤發現，這就代表ＡＩ根本是有眼無珠。」小倉發洩著內心的怨氣。

「聽說你目前仍然在偵查共助課，請問目前的工作內容是？」

「主要業務就是和其他道府縣警合作，但也會被派去辨識人臉。」

「辨識人臉……你的意思是？」

「當警察廳的監視系統發現通緝犯，就會聯絡管轄該地的警察總部，由那裡的刑警前往逮捕，有時候會請追逃刑警協助最終確認。這就是我說的人臉辨識。因為警察廳的人也很清楚，Ａ

I可能會認錯人。」

「所以，你目前仍然是追逃刑警。」茂上說話時充滿了敬意。

小倉聽了之後似乎心情愉悅，瞇起眼睛說：「就像快瀕臨絕種的動物。」

「脇坂，」茂上叫了一聲，「你向小倉副警部說明一下那些影像的事。」

「好。」脇坂回答後，轉頭看向小倉說：「月澤先生在遇害不久之前，曾經在工作時早退。我們手上有當時的影像，可以請你看一下嗎？因為我們認為，月澤先生很可能在那時候發現了通緝犯，為了跟蹤對方確認身分才早退。」

「這樣啊。」小倉雙眼發亮，「真是太令人好奇了，請問你們是基於什麼理由這麼認為？」

「不好意思，關於這個問題——」

脇坂說到這裡，小倉立刻舉起右手制止說：

「偵查不公開，對嗎？那就不用說了。」

「不好意思。」脇坂鞠躬道歉。即使小倉是警察，現在也不能告訴他，月澤克司曾經兩次收了通緝犯的錢。

「可以請你協助我們看一下影像嗎？」

「好。」小倉點了點頭。

脇坂用鍵盤操作後，液晶螢幕上開始播放影片。設計新穎的車子、衣著性感的車模，還有來來往往的男女老少——

「喔，這個是——」小倉探出身體，「好像是車展。」

「這是上個月舉辦的展覽，月澤克司先生是潛伏監視員，拍攝這些參觀的民眾。」

脇坂又操作鍵盤。畫面切換，出現一個身穿Polo衫的男人後，按下了暫停。

「是月澤。」小倉小聲嘀咕。

「這是月澤先生向保全公司要求早退後的影像，是附近的監視器拍到的。我們將幾個監視器拍到月澤先生離開會場之前的影像都剪接在一起，如果月澤先生在跟蹤通緝犯，那個人應該會出現在他的前方，我們希望你可以協助我們找到這個人。」

「好，那我就來試試。」

脇坂繼續播放影片。月澤緩慢移動。前方有很多人。為了能夠確認臉部，在剪接時只挑從前方拍攝到的影像，但是光看剪接完成的影片，仍然不知道月澤在跟蹤誰。因為刑警在跟蹤時，不可能一直凝視跟蹤對象。

設置在會場出入口的監視器拍到了月澤最後的身影。當月澤離開會場後，脇坂按下了停止鍵問：「有沒有看到？」

小倉露出沉思的表情後豎起食指說：「我可以再看一次嗎？」

「當然沒問題。」脇坂又從頭開始播放影片。

即使播放完第二次，小倉臉上的表情仍然沒有任何變化。他微微偏著頭，發出了低吟。

「有沒有看到？」茂上問。

「剛才的影片中，沒有出現刺激我記憶的人，也就是說，並沒有看到通緝犯。只是有一個但書，那就是在我記憶範圍內。」雖然他說得很委婉，但可以從話語中感受到他的自信。

脇坂感到很失望。難道猜錯了嗎？

「聽說追逃刑警都會把通緝犯的照片彙整成冊，每天都會過目。小倉副警部，你現在還會做這種事嗎？」

小倉似乎察覺了脇坂這個問題的意思，嘴唇露出了冷笑。

「你似乎覺得因為瀕臨絕種了，所以現在可能不再做這種事，對通緝犯的記憶也變得模糊了？」

「如果造成你的不愉快，我向你道歉。」

「那倒是不必。我知道刑警的工作就是懷疑別人。我可以回答你的問題，我現在和以前一樣，只要有空，就會看這些通緝犯的照片。貼了通緝犯照片的名冊，也都隨時帶在身上。我剛才也說了，因為現在仍然有臉部辨識的工作。」小倉從放在一旁的皮包中拿出了名冊放在桌上說：「你們看，就是這個。」

那是大約三公分厚的名冊，一眼就可以看出使用了很多年。

「我可以看一下嗎？」茂上問。
「請便。」小倉說完，主動遞上了名冊。
脇坂坐在茂上旁探頭看著名冊。雖然和月澤的名冊整理方式小有不同，但是都貼滿了照片。
「你看過月澤先生的名冊嗎？」脇坂問。
「很久以前看過，有什麼問題嗎？」
「我失陪一下。」
脇坂站了起來，走去特搜總部，從證物中拿出月澤的名冊，走回會議室。
「可以請你看一下嗎？」脇坂把名冊交給小倉，「如果有什麼發現，可以告訴我們嗎？」
小倉一臉好奇的表情翻開了名冊，立刻了然於心地點了點頭說：
「我以前看過，的確是月澤的名冊。他寫下了通緝犯的臉部特徵，但表達的方式很獨特，像是黃瓜臉或是青椒臉。」
小倉在中途微微偏了頭，然後又繼續翻閱著，看完最後一頁，把名冊放在桌上。
「怎麼樣？」脇坂問。
「他的資料停留在他離開警界的時候，只要和我的名冊比較一下就知道，他的名冊上並沒有最近的通緝犯照片。」
「除此以外，還有其他發現嗎？」

「只有一張照片讓我感到好奇。」小倉翻開中間的一頁，指著一張照片說：「就是這張照片。」

脇坂看到那張照片，忍不住一驚。那是『新島史郎』的照片，月澤克司曾經對兒子陸真說「完全感受不到他過往人生」的照片。

「這張照片有什麼問題嗎？」

「不是有什麼問題，而是很陌生。我以前沒看過這張照片。」

「啊？」

小倉拿起自己的名冊翻開後，和月澤的名冊放在一起。

「我們都是按照事件發生的時間順序貼這些通緝犯的照片。你們看，我的筆記上，並沒有這張照片。」

小倉說的沒錯，他的名冊上並沒有『新島史郎』的照片。

「這是怎麼回事……？」茂上小聲嘀咕著。

「如果我沒記錯，」小倉指著照片下方寫的『T町一家三口強盜殺人案』那行字說，「那起事件發生後，就因為線索太少，並不知道誰是嫌犯，所以根本不可能發佈通緝令。」

「你說的沒錯。」茂上表示同意。

「和我同期進警界的人就在那個分局，我曾經聽他聊過這件事。雖然當時成立了特搜總部，但最後無法找到凶手，特搜總部就解散了，成為多年的懸案。雖然有專人持續偵辦，但是我沒有聽說查明了凶手，發佈了通緝令這件事。」

「那月澤先生為什麼在這裡會貼這張照片？」脇坂指著月澤的名冊說，「而且旁邊寫了『A』這個字母，據說是代表AI監視系統發現的意思……」

「不可能。」小倉搖了搖頭，「既然沒有遭到通緝，AI怎麼可能發現他？」

「我也和小倉副警部同感。我記得凶手是在幾年前遭到逮捕，但聽說是有人匿名提供線報，最後順利破案，我沒有聽過遭到通緝這件事。」

脇坂陷入了沉默。既然兩名資深刑警都這麼說，應該不可能有差錯。

「太奇怪了。」小倉再次指著新島史郎的照片說，「為什麼要把並沒有遭到通緝的凶手照片貼在名冊上……」

「不，等一下，」茂上用指尖抵著太陽穴，「這個凶手好像並沒有落網。」

「什麼？」脇坂看著茂上的臉。

「脇坂，你查一下那起事件。」

「好。」脇坂回答後，立刻拿起行動裝置，設成搜尋模式後，對著麥克風說：「T町一家三口強盜殺人案。」

液晶螢幕上立刻出現了詳細的內容。搜尋到的內容顯示——

事件發生在十七年前的三月。一對夫妻和他們的女兒在江東區T町的透天厝內遭到殺害，凶手搶走了屋內的財物。案情陷入膠著多年，五年前，警視廳接獲了匿名線報，線報聲稱，住在池袋的一名酒保新島史郎就是T町一家三口強盜殺人案的凶手。線報提供的地址的確有那個人，在詳細調查那個人的身分後，發現他涉及T町一家三口強盜殺人案的可能性相當高。但是，新島可能發現自己遭到監視，某一天逃亡就失去蹤影。警察廳的防犯警備系統發現他試圖在千葉搭渡輪，於是刑警急忙搭上同一艘渡輪，正準備逮人時，新島在船內四處逃竄，最後跳進海裡——

「沒錯。」茂上打了響指，「他跳海了，之後展開搜索，但並沒有發現他，於是就根據當時的狀況判斷，他應該死了。」

「上面的確這麼寫。」脇坂注視著螢幕說，「從他的住家找到了遇害的太太的戒指等物品，而且驗出的DNA和在命案現場遺留的DNA型一致，成為破案的關鍵，一年後移送檢方，但因為嫌犯死亡，當然就不起訴。這就是事件的始末，之所以花了一年的時間才移送檢方，應該是失蹤一段時間之後，才能向法院聲請死亡宣告。」

「原來是這樣，總算解開了幾個疑問。」小倉抱著手臂，「警方應該是在有人告密之後，才拿到凶嫌的照片，監視系統是在他逃亡後發現了他。」

「問題在於月澤先生從哪裡拿到這張照片，而且為什麼貼在自己的名冊上。」茂上說，「如果在新島逃亡期間，曾經請求追逃刑警協助追捕，事情就可以有合理的解釋。」

「不，我們並沒有接到這樣的請求。」小倉語氣堅定地否認。

三個人都默默看著新島史郎的照片。

「聽說月澤先生和他兒子提到這張照片時說，」脇坂開了口，「從這張照片中，完全感受不到他過往的人生，完全不知道他是什麼樣的人，所以也無法想像隨著歲月的流逝，他會變成什麼樣。即使拿到這張照片，月澤先生說他自己絕對不可能找到這名通緝犯。」

「月澤這麼說嗎？那是什麼意思呢？」

小倉說了一聲「不好意思」，把手伸進了內側口袋。脇坂看到他從口袋裡拿出的東西，不禁倒吸了一口氣。因為小倉拿出了放大鏡。

小倉把月澤的名冊拿到自己面前，用放大鏡仔細觀察新島史郎的臉。小倉的表情很嚴肅，讓人不敢打擾他。

不一會兒，他抬起頭，輕輕點了點頭。

「怎麼樣？」脇坂問。

「我大概瞭解月澤想要表達的意思了。」小倉把放大鏡放進內側口袋，「這張臉上的確沒什麼顏色。」

「顏色？」

「就是所謂的第一印象，資訊量太少了。很少看到這種照片，只是我並不瞭解月澤如此斷定的理由。因為偶爾也會看到這種程度面無表情的照片，但是我對另一件事感到好奇。」

「什麼事？」

「是關於新島史郎的事，他死的時候幾歲？」

脇坂確認了行動裝置的螢幕說：「上面寫著五十歲。」

「是嗎？但是據我的觀察，這張照片中的人並不到這個年紀，最多四十歲，不，不能排除更年輕的可能。」

「所以……這是什麼意思？」

「這張照片並不是接獲線報之後拍的，而是更早之前拍的。」

10

「哼嗯。」圓華一走進房間，就用鼻子發出了聲音，「沒想到整理得很整齊。原本聽說只有你們父子兩人生活，我還以為家裡更髒亂。」她拿下運動太陽眼鏡，打量著室內。

「我爸爸很一絲不苟，」陸真用遙控器打開了冷氣的電源，站在房間中央，輕輕攤開了雙手，「你們隨便坐。」

「那我要坐這裡。」純也倒在沙發上，「唉，好累啊，我已經累癱了。」
圓華仍然站在原地。她拿下了背上的背包，一臉沉思的表情看著陸真。
「怎麼了？」
「我想拜託你一件事。」
「什麼事？」
「浴室可以借我用一下嗎？因為騎了半天腳踏車，渾身都是汗。」
「啊，沒問題啊……」
「另外，可不可以借我一件T恤。」
「T恤……你是說我的嗎？」
「對，我猜到可能會有這種情況，所以帶了毛巾和換洗的內衣褲，但忘了帶T恤。既然洗了澡，不就不想再穿上被汗水溼了的T恤嗎？我想你的T恤我應該穿得下。」
「好……妳等我一下。」
陸真走去隔壁的自己房間，打開衣櫥，看著衣櫥中的架子。洗好的T恤都塞在裡面，他隨手抓了五件，走回客廳。
「妳可以挑喜歡的。」他把T恤排放在餐桌上。
圓華打開每一件T恤打量後，挑選了一件用白色的字寫了大大的『鬥』字的紅色T恤。忘了那是哪裡來的贈品，陸真以前從來沒穿過。他沒想到圓華會挑選這件T恤，大吃一驚。

「妳真的要這件？」

「對啊，這件很帥。那我先去洗澡，呃，是在那裡吧？」圓華拿著背包和T恤走去浴室。

陸真收起其他T恤，放回了自己房間內的衣櫥。回到客廳時，純也正在打電話。

「……啊，我是純也。……在陸真家裡。……沒為什麼啊，來幫忙他整理他爸爸的遺物。……呃、嗯。……對啊。……晚餐之前應該會回家。……沒事，我會想辦法。……嗯，我會跟他說。那就先這樣。」他掛上電話後，抬頭看著陸真問：「陸真，你今晚要不要再去住我家？」

「要不要去呢？我還沒決定。」

「我媽說，即使你來我家也沒問題。」

「是嗎？謝謝。」陸真坐在地上，伸出雙腳，「今天真的超累。」

「我沒想到會騎那麼久，但是圓華好像完全不覺得累。她真的超神奇，而且還有體力去洗澡，我根本已經懶得動了。」

「但是多虧了她，終於知道我爸爸遇害的現場了。」

「嗯，那真的很厲害。」

圓華打電話給脇坂後，大批警力很快就趕到現場。鑑識人員當場檢查了放大鏡，發現的確是克司的。

脇坂苦苦追問，為什麼會認為那裡就是殺害現場。陸真回答說，他們只是聽從圓華的指示，而且並沒有說出找到那裡的過程。因為圓華曾經叮嚀他不要亂說話。

脇坂似乎無法接受那樣的回答。

其他警察都開始調查河岸的草叢，他們手上拿著容器，把撿到的東西都丟進了容器。陸真好奇地看著，不知道他們在幹什麼，圓華告訴他說：「他們在蒐集D資料。」

圓華告訴他，「D資料」就是菸蒂、口香糖、空罐和保特瓶之類的東西。

「因為這些東西上都有人類的DNA，他們會進行分析，如果和警方資料庫內的DNA型一致，不是就代表那個人曾經來過這裡嗎？目前警方在辦案時，都會在犯罪現場蒐集DNA。」

「但是，不是只有那些有前科的人，才會登錄在警方資料庫內嗎？」博學多聞的純也問。

圓華露出複雜的表情微微歪著頭說：

「照理說應該是這樣，只不過事實如何就不得而知了，有傳聞說，警方也蒐集了沒有前科的人的DNA。」

「啊？是嗎？」

「雖然只是傳聞。」

陸真聽了他們聊天的內容，不由得感到不安。自己的DNA也會在不知情的情況下，被登錄在警方的資料庫嗎？他突然覺得那些蹲在草叢內找東西的警察看起來很可怕。

之後，他們三個人騎著腳踏車在附近觀察，試圖瞭解克司為什麼來這種地方。圓華對陸真說：「只要發現任何可能和你爸爸有關的東西，就馬上告訴我。」

但是他們繞了很久，沒有發現任何可能和克司有交集的東西，附近只有普通的住宅。他們來到熱鬧的街上，走進了漢堡店。因為純也說他餓了。

吃完漢堡後，圓華提出要來陸真家。她說檢查克司的遺物，或許會發現什麼線索。於是三個人又騎著腳踏車回到這裡。

浴室傳來動靜。圓華似乎已經洗完了。陸真努力克制自己不去想像她裸體的樣子。

圓華很快就出來了。她把毛巾掛在脖子上，寬鬆的鮮紅色T恤上印了一個很大的「鬥」字。陸真之前覺得很醜，所以一直沒有穿，沒想到穿在她身上，看起來很有型。

「謝謝，舒服多了。」圓華坐在餐桌旁，從背包裡拿出保特瓶裝的運動飲料，「我不抱希望地問一下，你們家有通訊錄嗎？」

「通訊……？」

「通訊錄啊，就是寫了親朋好友家的住址和電話號碼的本子。」

陸真的腦海中終於浮現了『通訊錄』這三個字，但是歪著頭回答說：

「我從來沒看過這種東西。」

「我想也是。」圓華翹著腿。她短褲下光著的腿令人目眩，陸真移開了視線。

「那你們家有沒有書信或是明信片？或是賀年卡？這些東西全都丟了嗎？」

「啊，這些都還留著。」

陸真站起來，打開了矮櫃的門。裡面是克司整理的各種資料夾。之前也是從這些資料夾中發現了存摺。現在回想，在發現存摺之後發生了很多事，才知道克司在外面有女朋友和女兒。

除了資料夾，還有幾個四方形的箱子堆在一起，其中有一個用麥克筆寫著『書信類』，於是陸真把那個箱子拉了出來。

「找到了。」他把箱子放在地上，打開蓋子，裡面塞滿了書信和明信片，還有綁在一起的賀年卡。

「確認一下寄信人的地址。」圓華說，「看有沒有在命案現場附近的地址。」

「附近是要多近？」

「你們不是中學三年級的學生嗎？這種問題要自己思考。」

「因為每個人對遠近的感覺不一樣——對不對？」陸真徵求純也的同意，肥仔朋友也「嗯」了一聲，點了點頭。

「既然這樣，那我就問一下你們的距離感。你們認為走路幾分鐘算距離很近？」

陸真和純也互看了一眼。「五分鐘吧。」「我也這麼覺得。」兩個人討論著。

「好，那就五分鐘。在不動產業界，通常認為一分鐘可以走八十公尺，五分鐘就是四百公尺，所以就設定命案現場周圍四百公尺以內的範圍。」

陸真用手機找出了命案現場周圍的地圖，從箱子內拿出裝了信的信封，確認寄信人的地址。因為不是東京的地址，所以他沒有看地圖，就排除了那封信。

純也走到陸真身旁幫忙。雖然純也身上的T恤一股汗臭味，但陸真無法抱怨。因為自己也一樣。

圓華走向矮櫃檢查抽屜裡的東西。雖然家裡沒有見不得人的東西，但陸真仍心神不寧。

「這是誰的？」圓華從抽屜裡拿出智慧型手機問。

「是爸爸的舊手機。」

「你爸爸什麼時候換的手機？」

「我不太記得了，可能兩年前吧。」

「兩年……嗎？」

圓華從抽屜裡拿出充電器，找到插座後，開始為舊手機充電。

「妳有什麼打算？」

「目前還不知道，看了手機之後再決定。」圓華又回到了餐桌旁坐了下來。

陸真和純也專心為郵件分類，也確認了每一張賀年卡，但是完全沒有任何寄信人的住址在命案現場半徑四百公尺的範圍內。

「太可惜了，白忙了一場。」

純也垂頭喪氣地說，但圓華否定了他的說法。

「沒這回事。你們知道刪去法嗎？逐一刪去不正確的答案，最後就剩下正確答案。陸真，你爸爸以前不是刑警嗎？有沒有當時使用的記事本之類的東西？」

「就是那本貼了通緝犯照片的名冊啊，除此以外，還有用其他記事本嗎？我不記得了。」

「還是先找找看，你想一想，如果有這種東西，你爸爸會放在哪裡？」

「應該都放在那個矮櫃……」陸真說到這裡，想到一件事，「啊，對了，還有皮包。」

「皮包？」

「以前當追逃刑警時，有幾個經常用的皮包。因為通緝犯名冊很厚，而且還有其他要帶出門的東西，所以出門時就會帶皮包裝這些東西。」

「太好了，皮包放在哪裡？」

「八成在這裡。」陸真說完，起身走到沙發後方。牆上有拉門，裡面是壁櫥，壁櫥內有一根橫桿，可以用來掛衣架，克司的西裝和大衣都掛滿了橫桿。壁櫥中間有隔板，分成上下兩個部分，皮包都放在上層，有小腰包、肩背包和公事包。

「他最常使用這個。」陸真把小腰包拿了出來。

「沒想到他都用這麼休閒的包。」圓華說，「不像是刑警。」

「因為追逃刑警要站在街上找人，所以盡可能不要引人注意。爸爸平時都不穿西裝，而是穿便服出門，如果拿公事包，不是很奇怪嗎？更何況一旦發現通緝犯就要上前逮捕，所以手上不能拿東西。」

「原來是這樣。你檢查一下裡面有沒有東西。」

陸真打開小腰包，裡面雖然不是空的，但都是一些不重要的東西。還沒用完的面紙、便利貼、原子筆和咖啡因錠劑。咖啡因錠劑應該是用來預防工作時想睡覺。

「再檢查一下肩背包和公事包。純也，你檢查一下衣架上那些衣服的口袋，因為可能有隨手放進口袋，然後就一直沒有拿出來的東西，也不要忘記檢查長褲和上衣的內側口袋。」

純也站在壁櫥前，逐一檢查衣架上所有衣服的口袋。

陸真開始檢查背包和公事包，從背包裡找出了名片夾，裡面裝了克司在警視廳時的名片。可見已經很久沒用了。

公事包內有幾張印刷紙。陸真一看，發現是有關警察升等考試的內容。日期是好幾年前。

沒想到爸爸也曾經考慮過這種事——

發現克司對升遷有興趣讓陸真很意外，但隨即想起克司曾經向他提過在警界的地位問題。

「雖然是警察，但並不是隨時都能夠做自己認為正確的事。相反地，大部分警察都不能想做什麼就做什麼。至於到底在做什麼，其實就是聽從上面的命令。一旦做其他的事，十之八九會遭到警告，有時候甚至會被上司討厭。如果無論如何都想按照自己的意志行事，就必須成為發號施令的那個人。」

難道父親曾經遭遇什麼不如意的事？陸真思考著，然後想起克司就是在說這番話後不久辭職離開了警界。

「怎麼樣？」圓華問，「有沒有發現什麼？」

陸真搖了搖頭說：「沒有，沒什麼重要的東西。」

「我也一樣，」純也無精打采地說，「只有在長褲口袋裡發現手帕而已，而且幾乎所有的長褲口袋都有一塊手帕。」

「喔，那是我爸的習慣。手帕洗乾淨之後，他不會收起來，而是直接放在長褲口袋裡，所以並不是用過的髒手帕一直放在口袋裡。」

「是嗎？但這搞不好是個好主意，這樣就絕對不會忘記帶手帕了。」純也正在檢查西裝的上衣，發出了「咦？」的叫聲。「好像有什麼東西。」說完，他把手伸進了內側口袋。

純也拿出了意外的東西。圓圓、扁扁的，看起來像硬幣。直徑大約四、五公分，邊緣有紅色和白色的圖案，中間寫著『＄５』。陸真覺得以前好像在哪裡看過。

「是籌碼。」圓華說，「是賭場用的籌碼。」

聽到圓華這麼說，陸真也想起來了。以前曾經在外國電影中看過。在玩撲克牌時，可以用籌碼代替現金賭博。

「你爸爸去過賭場？」純也問。

「我以前從來沒有聽說過，而且賭場不是違法嗎？」

「那這是什麼？玩具籌碼嗎？」

「給我看一下。」圓華攤開粉紅色手帕，和剛才發現放大鏡時一樣，不希望沾到指紋。

圓華仔細打量後，露出了陷入沉思的表情。

「做得很精緻，完全不粗糙，不像是市售的玩具。」

「所以真的是賭場的籌碼？」陸真問，「但是日本並沒有賭場啊。」

「沒有合法的賭場，」圓華看了看籌碼，又看了看壁櫥問：「不知道你爸爸是什麼時候穿這件西裝。」

陸真起身檢查了西裝，長褲口袋裡沒有手帕。

「等一下。」陸真說完後走出客廳，浴室旁有一台洗衣機，旁邊有一個專門放髒衣服的籃子。他最近都沒有洗衣服，所以洗衣籃都滿了。

他把洗衣籃裡的髒衣服都倒了出來，撥開衣服，找到了想要找的東西，然後拿起那樣東西走回客廳。

「爸爸最近穿過這套西裝。我在洗衣籃裡找到這個。」陸真甩著灰色手帕說，「我認為這條手帕原本放在那套西裝的口袋裡，爸爸回家之後，把手帕丟進了洗衣籃。」

「所以你爸爸最近去過使用這個籌碼的地方。」圓華把籌碼放在桌上。

「但那裡並不是合法的賭場，對嗎？」純也問：「所以是去了違法的賭場？這不太妙吧？」

陸真沉默不語。克司去了違法賭場？他完全無法想像這件事。

「不能因為你爸爸身上有籌碼，就認定他曾經去過那裡。」圓華用手帕包起籌碼，遞到陸真面前說：「你要好好保管，小心不要沾到你的指紋。」

「好。」

「那裡應該快好了。」圓華走向正在充電的舊手機，拿下了充電器。她在開機的同時走了回來，把螢幕對著陸真問：「你知道密碼嗎？」

「不知道，你試試0914。」

「那是什麼號碼？」

「我的生日。」

「原來是這樣。」圓華在說話時操作著手機，輸入了陸真說的號碼，但皺著眉頭聳了聳肩說：「不對。」

「那我就不知道了。」

圓華想了一下後，指尖伸向螢幕。陸真在一旁探頭張望，發現她輸入了「０５１８」這個數字。輸入這個密碼後，手機果然打開了。

「啊？為什麼？這是什麼數字？」

「照菜的生日是五月十八日。」

「啊……」陸真用力抿著嘴，他無法克制自己的嘴角下垂。

圓華斜眼看著他，她的眼神很冷漠。「你似乎感到很不滿。」

「老實說，心裡不太舒服。」

「雖然不是不能理解你的心情，但請你先冷靜思考。如果用兒子生日當密碼，不是很容易被人猜到嗎？但只有一小部分人知道照菜的存在，就不必為這個問題擔心了，只是這麼簡單。」

「我也這麼認為。」純也拍了拍陸真的肩膀，「我們趕快來看手機裡有什麼。」

圓華開始操作手機，她的表情越來越凝重，顯然結果並不理想。

「電子郵件全都刪了，訊息也一樣。如果他打算丟掉這隻手機，這也很正常。通訊錄裡也完全沒有資料，雖然交給專家，就有辦法把資料都找回來。」

「是不是交給脇坂比較好？」陸真問。

「如果你想這麼做，我不會制止，只是我並不建議你這麼做。」

「為什麼？」

「因為不知道會發現什麼，到時候你爸爸的所有隱私都會曝光。除了電子郵件和訊息的內容，甚至曾經在網路上查過什麼都會被警方知道，你不會排斥嗎？」

陸真聽了圓華的說明，立刻動搖起來。如果是自己呢？即使死了之後，也不希望警察這些陌生人看到自己所有的隱私。

「那我還是再想一下。」

「我也認為這樣比較好。」圓華繼續檢查著手機，她的手指停了下來。

「怎麼了？」

「雖然幾乎所有的照片都刪掉了，但還剩下一個檔案，而且是影片。」

陸真看向圓華的手，純也也走了過來。

影片中是某個商場，一個男人走過鏡頭前，然後畫面就切換，變成電梯內的情況。剛才那個男人在電梯上。攝影機的角度很理想，可以清楚看到那個男人的臉。男人走出電梯後，畫面再次切換。這次是走出超市的場景。根據男人的服裝，可以知道是同一個人。影片就到此結束。

「好像是監視器的影像。」純也說。

「對。而且是很久之前的影像。」圓華再次播放了影片，在中途按了暫停。那是商場內的人走來走去的畫面。「你看，這個男人使用的是折疊式手機，那幾個在拍紀念照的女生拿的也是相同的手機。從他們的打扮來看，應該是十五年前，甚至是更久之前的影片。」

「為什麼要保存這種影片？」陸真問了內心的疑問。

「月澤先生刪掉了其他所有的影像資料，只留下這段影片，顯然認為這段影片很特別。我認為是備份，他的新手機裡也一定有這段影片。」

陸真注視著手機螢幕，內心有一種奇妙的感覺。他似乎見過影片中的男人。

「借我一下。」陸真從圓華手上拿過手機，繼續播放影片，在切換到電梯內的影像時，按下了暫停。

他看到男人的臉，立刻倒吸了一口氣。他想起在哪裡看過那個男人。

從這張照片中，完全感受不到他過往的人生——影片中的男人酷似克司說的那張照片中的人。

11

脇坂聽了茂上的話，忍不住皺起了眉頭。

「不必在會議上報告？這是什麼意思？」

茂上嘆了一口氣說：

「你好好聽我說話，不是不必報告，而是不可以報告。今天的偵查會議上，完全不要提新島史郎的照片的事，瞭解了嗎？」

脇坂瞥了一眼在不遠處的座位上看資料的高倉，又將視線移回茂上身上。

「這是股長的指示嗎？」

「沒錯，你在報告時，只要說請偵查共助課的小倉副警部看了汽車展的影像，可惜並沒有發現通緝犯就可以了。」

「怎麼……為什麼？」

「你不必去想這種事，只要聽從指示就好。」

脇坂轉過身，大步走向高倉。「脇坂！」背後傳來叫聲，但他沒有停下腳步，繼續走了過去。

「股長。」脇坂叫了一聲，高倉沒有說話，抬起了頭。

「請問這是怎麼回事？為什麼不可以在會議上報告新島史郎照片的事？」

高倉沒有看脇坂，而是看向他的後方。脇坂聽到腳步聲，知道茂上走了過來。

「你是怎麼向他說明的？」高倉問茂上。

「我沒有說理由，只叫他不要報告那張照片的事。」

高倉嘆了一口氣，終於轉過頭看著脇坂。

「因為目前還不確定和事件有關。我也看了那本名冊，上面貼了很多照片，沒有理由拘泥於其中某一張照片。」

「那張照片和其他照片不一樣，偵查共助課的小倉副警部說，他以前沒看過那張照片，而且被害人的兒子也證實，被害人在生前說了意味深長的話，不是可以根據這些情況，推測被害人對那起事件有自己的想法嗎？」

即使脇坂激烈爭辯，高倉仍然不改冷淡的表情。

「我不瞭解你的情況，但是當警察多年，內心總會有一、兩起耿耿於懷的案子，你憑什麼斷定和被害人遇害的原因有關呢？」

「正因為無法斷定，所以才有必要詳細調查。」

「還有更多更值得調查、更有必要調查的事，首先做好那些事。還是說，你沒有其他事可做嗎？如果你閒得發慌，我可以分派很多工作給你。」

「不，並不是這樣……」

「那就別再爭辯了。既然你已經瞭解了，那就趕快回去做事，很快就要開偵查會議了。」高倉好像在趕蒼蠅般揮了揮一隻手，再度低頭看資料。

雖然脇坂完全無法接受，但知道繼續爭辯也無濟於事。於是向股長鞠了一躬，轉身離開了。

「你過來一下。」茂上抓住了他的肩膀。

茂上默默走在前面，脇坂跟在他身後。茂上來到走廊後，走上旁邊的樓梯。在樓梯轉角處停下腳步，回頭看了過來。

「你到底想幹什麼？怎麼會有人突然跑去質問股長？而且說話還那麼大聲？你別忘了除了我們股的人以外，還有其他刑警也在。如果其他偵查員開始討論你剛才大吼大叫的內容，到時候該怎麼辦？你認為我負責協調的目的是什麼？在採取行動之前，要先動一下腦筋。」

「但是，你不覺得奇怪嗎？竟然說什麼還不確定和事件有關這種鬼扯的理由，如果要這麼說，所有的事不都這樣嗎？平時不是向來都強調，任何枝微末節的事，都不要認定和事件無關嗎？」

茂上的肩膀起伏著，用力嘆了一口氣。

「如果是平常的事件，這種態度當然沒問題，但那起事件很特別。那是四年前已經結案的事件，因為凶嫌死亡而不起訴，是一起微妙的事件，而且當時並不是我們股偵辦那起案子，你知道是哪一股偵辦的嗎？」

「哪一股？不是持續偵查的那組人員嗎？」

「沒錯，是特命偵查股的懸案偵查組，和警察廳也有密切關係。你這種基層刑警怎麼可以隨便亂挖這麼敏感的案子呢？」

脇坂縮起下巴，抬眼看著茂上。「所以禁止碰觸嗎？」

「並不是這樣，我的意思是，股長有股長的考量。決定著手調查時會下達指示，在此之前，你就稍安勿躁。」

「如果股長不下達指示呢？」

「那就代表股長真心認為沒必要調查，我們就只能聽從指示。總之，目前關於照片的事，就先放在你這裡。」茂上用指尖指著脇坂的胸口，然後轉身走下樓梯。

在接下來召開的偵查會議上，脇坂聽從高倉的命令，只報告了請偵查共助課的人看了汽車展的影像，但並沒有任何成果。因為內容乏善可陳，當然也沒有引起太大的反應，但高倉仍然指示：「可以去問一下ＳＳＢＣ，是否有可能從影像中查出走在被害人前方的參觀者的身分。」ＳＳＢＣ是偵查支援分析中心的簡稱，有警視廳獨自的臉部辨識系統，聽說最近精準度大為提升，還可以和駕照上的照片進行比對。

鑑識人員報告說，已經透過民間人士提供的線索，確定了命案現場。所謂的民間人士，當然就是羽原圓華等人，他們在找到的放大鏡中，並沒有發現被害人月澤克司以外的指紋。

高台上有人舉起了手。是科警支援局的伊庭。

「既然已經確定了命案現場，Ｄ資料的蒐集就更加重要了，請問你們有辦法因應嗎？」

「沒問題，」高倉回答，「我們已經動員了所有人。」

「那就好。」伊庭滿意地點了點頭。

負責向周圍民眾打聽的偵查小組報告說，已經開始蒐集現場周圍監視器的影像，他們似乎打算把所有影像資料都輸入臉部辨識系統和步容鑑識系統進行比對。

偵查會議結束後，一如往常地分組進行討論。茂上負責指揮調查被害人交友關係的小組，為所有人分配了工作。主要的工作內容就是清查月澤克司的人際關係，調查是否有人和命案現場周圍有地緣關係。

偵查員瞭解各自的工作內容後紛紛離去，茂上轉身面對脇坂說：

「你負責調查D資料上的名單，剛才已經傳到你的行動裝置上了。」

「D資料名單？」脇坂看著茂上的臉，「等一下，目前名單上的人，不都是根據在遺體發現地點周圍蒐集到的D資料所查出來的人嗎？」

「沒錯，剛才在偵查會議上也提到了，命案現場附近蒐集到的D資料還沒有完成解析。」

「那不是應該等新的解析資料出爐後再去調查嗎？去追查在毫無關係的地方找到的D資料也完全沒有意義。」

「你憑什麼認定沒有關係呢？凶手可能曾經在多摩川附近走動，尋找行凶的最佳地點。」

「雖然有這種可能……」

茂上迅速打量周圍，然後把臉湊了過來，壓低聲音說：

「你只要去找已經查明身分的這些人，確認他們什麼時候去過多摩川就解決了，應該不會花費太多時間。其他時間你可以自由安排。」
「自由安排……」脇坂眨著眼睛，「我可以去調查那件事嗎？你剛才說，要等股長下達指示……」
「我的意思是，你不要做得太明顯。雖然不需要我提醒你也知道，絕對不可以告訴其他偵查員，只要你能夠遵守這件事，而且不要做得太離譜，我就可以對你睜一隻眼，閉一隻眼，但是，一切後果自負，如果有什麼狀況，沒人會罩你。」
脇坂終於知道，茂上同意他單獨展開調查。
「我瞭解了。」他回答後，正準備離開，茂上又叫住了他。「等一下。」茂上看著自己的手機，在記事本上寫著什麼，然後撕下那一頁遞給他說：「這是我給你的慰問品。」
脇坂接過那張紙，發現上面寫了『福永』的名字，還有電話號碼。
「他是誰？」
「昨天和小倉副警部聊到T町一家三口強盜殺人案時，我不是提到轄區分局有和我一起進入警界的同期嗎？就是那個人，他目前在生活安全課。」
「茂上主任……」
「你不要去找特命偵查股，但是向轄區警局打聽當時的狀況沒有問題。我會先聯絡福永，說我下面的年輕人可能會去問他有點麻煩的事，請他私下和你見面。」

脇坂看著茂上的臉，然後鞠了一躬說：「謝謝主任。」

「我對你的特立獨行已經見怪不怪了，而且之前也做出過不錯的成果。但是，脇坂，」茂上比剛才更加壓低聲音說，「你一定要謹慎行事，搞不好會打開可怕的潘朵拉盒子。我剛才也說了，這次不會有人罩你。」

茂上的語氣很嚴肅。脇坂吞著口水，默默點了點頭。

12

陸真正在用料理缽打蛋，睡在沙發上的純也起床了。

「哇，已經這麼晚了，我睡得好熟啊。」純也看著自己的手機後叫了起來。已經快上午十一點了，也難怪他這麼驚訝。

「早安。」陸真向他打招呼後，把煎蛋器放在瓦斯爐上。「昨天晚上真的玩太瘋了。」

「太不可思議了，為什麼偶爾玩以前的電玩，就會這麼投入呢？」純也歪著頭納悶。

「就是因為偶爾玩的關係啊，如果多玩幾次，又很快就膩了。」

「嗯，有道理。」純也站在原地，高舉起雙手伸著懶腰，發出了「嗯」的聲音。

昨天晚上，圓華離開之後，陸真決定不去純也家。因為接連發現了賭場的籌碼、舊手機裡的影片這些可能和克司的死有關的東西，就覺得可能還有其他東西，暫時不想離開家裡。

於是純也就說，那他也要住在陸真家。他打電話回家問媽媽，他媽媽二話不說就答應了。純也的媽媽可能覺得與其讓一個國三的中學生獨自留在家裡，還不如讓兒子留下來陪陸真。

他們晚餐吃了便利商店的便當，和朋友在一起，即使只是吃便利商店的晚餐，也是愉快的晚餐時光。

吃完晚餐後，原本打算繼續找克司的遺物，但純也在壁櫥內發現了一台舊遊戲機。那是陸真小學的時候，爸爸買給他的遊戲機，兩個人懷念了一陣子後，決定玩玩看。接到電視上玩了一下，覺得太好玩了，很快就樂在其中。他們接連換了不同的軟體，連續玩了好幾種遊戲。當他們回過神時，已經深夜兩點了。於是兩個人慌忙上床睡覺，陸真早上醒來時，也已經十點多了。

「你在做什麼？對了，你昨天晚上在便利商店買了雞蛋，如果你在做煎蛋，似乎有點太薄了。」純也站在陸真的身後問。

「這不是普通的煎蛋，是錦絲蛋。你這位未來的作家，竟然連這也不知道嗎？」

陸真把好幾片薄蛋片放在砧板上，用菜刀切成細絲。

「陸真，沒想到你還會做這個。」

「這又不是什麼了不起的事，因為我想整天吃便利商店的便當很膩，而且天氣很熱，我想吃素麵。」

他想起廚房的抽屜裡有之前特價時買的素麵。

「今天要吃素麵嗎？太好了，要不要我幫什麼忙？」

「那你用大鍋子煮開水，要裝滿水。」

「收到。」

十幾分鐘後，兩名中學生面對面吃著素麵。雖然因為沒有冰塊，素麵無法充分冷卻，但他們吃完了六綑，總共六百公克的素麵。

他們在飯後喝麥茶時，陸真的手機響起了來電鈴聲。是圓華打來的。昨天臨別時，她曾經說，明天決定行程後，就會和他聯絡。

陸真接起電話，圓華在電話中劈頭說：『你下午兩點可以來數理學研究所嗎？』

「兩點嗎？應該沒問題。」

『記得帶那個賭場的籌碼。』

「好。」

『那就拜託了。』圓華掛上了電話。

陸真放下電話時，向純也說明了電話的內容。

純也抱著手臂說：「不知道圓華今天想幹什麼？」

「不知道。」陸真也歪頭感到納悶。他無法預測那個神祕的女人想做的事，昨天她就穿著那件寫著『鬥』的紅色T恤回家了。

純也說，他要先回家換衣服。陸真送他離開後，收拾了早餐的碗盤。他已經很久沒洗兩人份的碗盤了。

洗好碗後他坐到沙發上。克司的舊手機放在茶几上，密碼是0518——是照菜的生日。圓華說的話很有道理，考慮到安全性的問題，的確不該使用陸真的生日作為手機密碼。雖然陸真瞭解這一點，但仍然忍不住想要抱怨，難道克司就想不到其他數字嗎？

他又播放了相簿中的那段影片。

無論看幾次，都覺得就是名冊上的那個『新島史郎』。這段影片到底是怎麼回事？圓華說的沒錯，那是很久之前拍的影片，其他資料都已經刪除了，只留下這段影片，難道真的很重要嗎？

陸真絞盡腦汁，也完全想不透。他把手機放回茶几站了起來，脫下衣服，走進浴室。昨晚玩遊戲太投入，沒有沖澡就上床睡覺了。

他在下午一點出了門，去了純也家。純也的媽媽對他們說：「你們要加油。」聽純也說，他騙他媽媽說要去圖書館溫習功課。

「其實現在真的該認真讀書。」陸真走去車站的路上說，「雖然我的未來不明，但純也你絕對要去上高中。」

「你在說什麼啊，你當然也要讀高中啊。我查了一下，即使你去了育幼院，也可以讀高中，而且不僅是高中，還可以上大學。」

「大學喔……」

陸真完全沒有真實感。他無法想像五年後的自己。

他們在也兩點時抵達了數理學研究所，在櫃檯報上姓名後，櫃檯小姐讓他們進入了管制門，並請他們去A廳等待。

他們看著櫃檯小姐給他們的示意圖來到A廳，發現很多小孩子都在玩不同的遊戲。之前在圖書館看到的那名輪椅少年也在，顯然在這個房間內的小孩子都是換稟者。

「哇，好厲害。」

純也跑向正在畫畫的少女。陸真之前也看過宛如照片般超細緻的畫。那名少女應該就是圓華之前提到的、父親是英國人的混血兒。純也站在她身後張望，不知道對她說了什麼，但少女完全沒有反應。陸真想起圓華之前曾經說，這名少女無法理解語言。

陸真也看到了照菜。她坐在地上，手上拿著筆，面對一張很大的紙。那張紙上印了密密麻麻的文字。陸真從後方悄悄走過去，看到那張紙，忍不住大吃一驚。原來紙上印的都是數字，那些數字看起來沒有任何規律性，完全不知道是什麼數字。

「你為什麼不問她？」耳邊響起一個聲音，陸真驚訝地回頭一看，發現穿著牛仔褲的圓華雙手扶著腰站在那裡。

「圓華……」

「你可以問她那是什麼數字。你不是很好奇嗎？」

「嗯，雖然好奇……」

「照菜，」圓華叫著她的名字，照菜停下手，轉頭看了過來。「他想知道那是什麼，妳告訴他。」

照菜轉身面對陸真，跪坐在他面前，做出雙手拿著一根細棒的動作，然後又做出把細棒折彎成圓形的動作，比較了圓形的直徑和細棒最初的長度。陸真看了她的動作後恍然大悟。

「我知道了，是圓周率。」

陸真似乎答對了，照菜開心地拍著手。

「啊，但是……」陸真看著開頭的數字，「並不是從３．１４開始……」

「那當然啊，」圓華說，「因為上面的數字是圓周率中間的數字。」

「中間的數字？為什麼要印這些數字……」

「這是我們工作人員和照菜一起想出的遊戲。我剛才也說了，上面印的是圓周率中間的數字，但有幾個地方的數字錯了。那是我們刻意換上別的數字，這個遊戲就是照菜必須在限定時間內找出那些數字。如果從３．１４開始，能夠變動的數字不是有限嗎？」

「啊？所以她可以完全記住圓周率嗎？」

「嚴格來說，她是看了好幾萬位數的圓周率，以圖像的方式記下來。在玩這個遊戲時，她會和記憶中的圖像進行比較，然後找出不同之處。」

「原來是這樣——」

「只有換稟者有辦法做到。」圓華說完，對照菜笑了笑說：「對不對？」

照菜也開心地點了點頭，然後轉頭看向陸真。

但是，陸真沒有笑。這種完全超乎他想像的能力，讓他感到很可怕。他無論如何都無法接受有這種超能力的少女是自己的妹妹這個事實。

照菜似乎察覺了他的抗拒，也收起了臉上的笑容，再次低頭看著印滿數字的紙。

「走吧。」圓華輕輕碰了碰陸真的手肘，「純也。我們要走了。」

純也跑了過來。

「那個孩子超厲害，可以把鏡子裡看到的東西畫得栩栩如生，簡直真的像是鏡子裡的東西，怎樣才有辦法做到？真想看看她的腦袋裡是怎麼回事。」純也興奮地說。

「這家研究所不就是在調查這個問題嗎？」

「是啊，現在瞭解多少？」

「幾乎一無所知。」圓華邊走邊聳著肩，做出投降的動作。「因為我們的研究才剛開始，他們的大腦內部就像是黑盒子，但是，目前已經知道，他們比普通的孩子內心更敏感，也更容易受傷。」圓華突然停下腳步，轉頭看著陸真說：「你剛才那樣不行，至少也要對她露出笑容。」

「對不起。」陸真垂頭喪氣地說。圓華再次邁開步伐，純也不知道發生了什麼事，輪流看著他們兩個人。

走出大樓後，圓華繞去停車場，走向停車場內的一輛車子。那是一輛粉紅色小型轎跑車。

「啊？今天要坐車嗎？」純也問。

「因為今天可能要去好幾個地方，而且我也不想像昨天那樣熱得滿身大汗。啊，對了。」圓華停下腳步，從背包中拿出紅色T恤。T恤似乎已經洗乾淨了，折得很整齊。「這個先還你，謝謝。」

「妳不用還我也沒關係。」

「為什麼？你不要了嗎？」

「如果你不要，那就送給我。」純也伸出手。

「我可沒這麼說。」陸真接過了T恤。

圓華坐在駕駛座上，陸真和純也繞去副駕駛座，純也打開車門，把副駕駛座的座位向前推。

「你先上車。」

純也似乎把後車座讓給陸真。雖然應該只是他自己想坐在副駕駛座，但陸真還是接受了他的好意。

「好猛喔，是新款的自動駕駛系統。」純也一坐在副駕駛座上，就興奮地叫了起來，「聽我爸爸說，再笨的人也能開。」

「真不好意思啊，我就是笨蛋。」圓華啟動了電源。

「不，我不是這個意思。」

「你不必擔心，我不會和ＡＩ作對。」

車子靜靜地駛了出去。陸真從後車座觀察，發現圓華只是把右手輕輕放在方向盤上。正如她所說，是ＡＩ在駕駛這輛車子。

「我們要去哪裡？」純也終於問了核心的問題。

「我們要去見一個人。」

「見什麼人？」

「你們不認識的人，對方以前曾經和我一起行動。雖然我不想驚動他老人家，但事到如今，也顧不了那麼多了。雖說他是老人家，但至少比你們厲害。」

「什麼意思嘛，真讓人好奇。」純也轉頭看向圓華的方向，嘟起了嘴。

「我並不是故弄玄虛，而是覺得與其由我說明，還不如帶你們去見他本人。」

前方就是首都高速公路的入口，車子經過入口，駛入了幹線。

「加速好快啊。」純也發出感嘆的聲音，「這是純電動車吧？沒有內燃機吧？可以這麼快加速嗎？圓華，妳設定到目的地的優先事項是什麼？能效嗎？」

「抵達時間。」

「我就知道。ＡＩ無視能效的話，當然就可以迅速加速。因為會計算出避開塞車路段的最短距離，一路疾馳。」

純也說的沒錯，車子精準地變換車道和加速減速，在車子並不少的高速公路上輕快地行駛，轉眼之間就來到出口。

車子穿越辦公街，駛入了散發出老城區感覺的區域，在轉彎駛入深處的道路後，車子突然放慢了速度。

「怎麼了？ＡＩ迷路了嗎？」陸真問。

「不是，它在找停車場。」純也回答，「在找離目的地最近，而且有空位的停車場。」

不一會兒，投幣式停車位出現在前方，車子順暢地駛進了停車空格。陸真坐在後車座觀察，發現圓華幾乎沒有操作方向盤，她只有在車子完全停止後，關閉了電源而已。

「我們走吧。」

圓華一聲令下，純也打開了副駕駛座的車門。

圓華走在住宅和小店林立的街上，她的腳步沒有絲毫的遲疑。

不一會兒，她在一家店前停下了腳步。招牌上寫著『鳥伊呂波』，應該是一家串燒店。兩層樓的老舊日式房子的一樓是店面，格子木拉門緊閉，門上掛著手寫的「準備中」的牌子。

圓華的手指勾在拉門的把手上，毫不猶豫地向旁邊一拉。拉門沒有鎖，一下子就打開了。

店內只有一張L字形的吧檯，有十張高腳椅。吧檯內站著身穿白色罩衣的男人，似乎正在低頭作業。他個子並不高，但身材壯碩，他發現有人不顧還沒有開始營業，就打開拉門闖進來，正準備出聲制止，但嚴肅的表情很快就放鬆了，露出了滿臉驚訝。

「圓華。」男人嘀咕著，停下了正在作業的手，從吧檯內走出來。

「看網路評價，這裡的烤雞肉丸是絕品。」圓華說，「還有雞脖子肉和七里香也很受歡迎，很快就賣完了。」

「妳怎麼知道我在這裡？」

「這種事，只要稍微查一下就知道了。」

圓華轉過頭，示意陸真他們把拉門關上。

「妳長大了，變成成熟的女人了。」男人說。

「內心還是老樣子。」

「如果是這樣，就太可怕了。因為不知道妳會幹出什麼事。」

「但可能不像以前那樣給別人添亂了，也不會隨便亂用那種能力了。」

「那真是太好了。」男人的臉上仍然帶著笑容，看向陸真和純也問：「妳的護衛真年輕啊。」

「是不是？即使他們兩個人的年紀加起來，可能也不到前任的一半。」圓華開玩笑說著，看著陸真他們說：「我為你們介紹一下，這是到七年前為止，擔任我保鑣的武尾先生，雖然他長相很凶，但人很好，所以不必害怕。」

「保鑣……」陸真和純也互看了一眼。

圓華也把陸真和純也的名字告訴了武尾。

「很可惜，他們不是我的護衛，而是我的偵探朋友。」

「偵探？」武尾驚訝地歪著頭。

「沒錯，陸真的爸爸被人殺害，我們正在找凶手。」

武尾露出無奈的表情說：「妳又和這種危險的事有牽扯……」

「我沒有再做以前那種事了，所以放心吧。今天來這裡，是想要借用一下你的智慧，可能也要稍微借用你的實力。」

「找我這種老兵？」

「這不是你的真心話吧？反正你先聽我說明情況。」

「看來我拒絕也沒用，那就坐吧。」

圓華和武尾在吧檯轉角兩側坐了下來。陸真和純也坐在圓華旁邊。

圓華簡短說明了至今為止的情況。武尾在聽圓華說明的同時，不時在筆記上寫著什麼。陸真驚訝地發現，圓華提到發現命案現場的狀況時說「我觀察了多摩川的水流後，猜到了大致的位置」，武尾完全沒有提出任何疑問，反而露出覺得這根本是小事一樁的表情。

「我想請教你的是——」圓華轉頭看向陸真問：「你有把那個籌碼帶來吧？」

陸真從背包裡拿出粉紅色手帕包起的東西。圓華打開後攤在武尾面前說，「就是關於這個籌碼的事，從陸真爸爸的衣服口袋裡發現的。」

「喔喔……」武尾把籌碼連同手帕一起拿了起來，仔細打量著，「做得很精巧，不像是市售的通用品，應該是特別定製的。」

「是地下賭場用的籌碼嗎？」

「應該是。」武尾說完，把籌碼放了下來。

「不能換取現金的合法賭場酒吧使用的籌碼，都一定會有店名。」

「有沒有方法可以查到是哪一家地下賭場？」

「地下賭場的人可能知道，因為他們彼此都認識。」

「所以你沒有門路嗎？」

「我嗎……？」

武尾露出沉思的表情。圓華似乎從他的表情中猜到了什麼，拍著武尾粗壯的手臂說：「你果然認識。我就知道，曾經當過警察的能幹保鑣，應該看過所有社會的黑暗面。」

陸真大吃一驚，看著武尾的臉。原來他這麼厲害嗎？

「以前保護的對象中，的確曾經有人出入一些非法的場所，通常不會讓我進去，但有時候為了做好保護工作，必須進入這些地方。去了幾次之後，和店裡的人也混熟了，我不會下去玩，所以和賭場的人沒有利害關係。彼此最害怕的就是賭場遭到掃蕩，他們曾經探我的口風，問我是否能夠透過以前在警界的熟人，掌握警方臨檢掃蕩的消息。」

「實際如何呢？你曾經向他們提供消息嗎？」

「那就隨妳怎麼想像了。」

「武尾，真有你的。」圓華又拍打著武尾的手臂，「真不能小看你啊。」

「都是陳年往事。那些店現在都已經不存在了——你們有把籌碼的事告訴警方嗎？」

「還沒有。」

「為什麼？」

「因為我們想靠自己查明真相，不希望被警方拿走重要的證據。」

武尾皺起眉頭，搖了搖頭說：「外行人很難查出真相。」

「那可未必，你為什麼這麼斷定？」

「我並沒有斷定……」

「我希望你幫忙，你應該還可以聯絡到一、兩個當時認識的人吧？」

「不知道，即使聯絡到了，也不知道對方願不願意理我……」

「不試試看怎麼知道呢？拜託你聯絡看看。」

武尾無奈地皺起眉頭，他的表情就像是被女兒索取零用錢的父親。

13

那是老舊兩層樓公寓的二樓房間。

按了門鈴之後等了一下，屋內傳來粗獷的聲音問：『哪一位？』對方一定隔著門上的貓眼在窺視。脇坂帶著柔和的表情，從上衣內側口袋拿出警察證，低壓聲音說：「我是警察。」

門立刻打開了，但是掛著門鍊。門縫中探出一張男人的四方臉。和科警支援局提供的照片一致。資料顯示他今年四十四歲，但本人看起來比較老。

「你是鈴木和夫先生吧？」

「我就是。」鈴木的眼神飄忽。也許是對自己並沒有掛門牌，對方卻知道他的名字而不安。

「我有事想要請教一下，可以讓我進去嗎？我不會進屋，但在這裡說話，可能會被鄰居聽到。」

鈴木露出猶豫的表情，但隨即點了點頭，然後關上了門。再次打開時，已經拿掉了門鍊。

「打擾了。」脇坂打了聲招呼後，走進屋內。

一進門，左側就是巴掌大的飯廳，後方是房間。

脇坂聞到了異味。是香菸的味道。鈴木剛才可能在抽菸，餐桌上放著手機和菸灰缸。

「請問有什麼事？」鈴木站著問道。

「不是什麼重要的事，你最近去過多摩川的河岸吧？丸子橋附近的少年棒球場那裡。」

「多摩川？」鈴木露出意外的眼神後，微微張嘴「喔喔」了一聲。

「我去過，有什麼問題嗎？」

「請問你記得是什麼時候去的嗎？」

「什麼時候……就是前幾天。」

「如果你可以回想起正確的日期，就太感謝了。」

鈴木露出困惑的表情。他抓了抓眉毛，嘀咕著「哪一天呢？」然後拿起放在餐桌上的手機。

脇坂看向房間深處，被子仍然鋪在地上，泡麵的容器丟在旁邊。

「啊，對了，就是那一天。」鈴木看著手機說，「我是這個月七日去了多摩川。」

「你沒記錯吧？」
「不會記錯，因為我那天剛好有事出門，回程的時候去那裡晃了一下。」
「請問是什麼事？」
鈴木明顯露出了不悅的表情說：「連這種事都必須回答嗎？」
「難道有什麼不方便回答的原因？」
鈴木撇著嘴角，嘆了一口氣說：「我去面試。」
「面試？」
「我去大田區的一家機械工廠面試。別看我這樣，我會使用車床，但是對方沒有錄用我。」
鈴木說了那家工廠的名字，「面試結束後，我就沿著多摩川散步回來。說是散步，其實我沿途在思考接下來該怎麼辦。」
「所以你目前正在找工作嗎？」
「對啊。」鈴木冷冷地說，「上上個月，我以前工作的工廠倒閉了，因為也沒領到多少離職金，只能勉強付房租，所以必須趕快找下一份工作，但工作遲遲沒有著落……廣告上明明寫著年齡不拘，但去面試時，卻說什麼希望年紀可以再輕一點，或是希望會用電腦，總之就是用各種理由挑剔。」
「聽起來很辛苦啊。對了——」脇坂沒有理會失業男的抱怨，從上衣口袋中拿出一張照片。

那是月澤克司的照片。「請問你去多摩川時，有沒有看到這個人？」

鈴木瞇起眼睛，盯著照片打量片刻後，小聲嘀咕說：「沒看過這張臉，應該沒看到。」

「是嗎？」脇坂把照片放回了口袋。他原本就只是問問而已，根本就不認為眼前這個人和事件有關。

「謝謝你協助辦案。」脇坂鞠躬道謝後準備離開。

「啊，刑警先生，請等一下。」鈴木叫住了他。

脇坂握著門把，轉頭看著他問：「什麼事？」

「請問你怎麼知道我去過多摩川？」

又是這個問題嗎？這已經是第幾個人問相同的問題？

「因為有目擊證人，曾經有人看到你在那一帶走動。」

「看到我？」鈴木驚訝地皺起眉頭，「到底是誰啊？」

脇坂擠出假笑說：「恕我無可奉告。」

「到底是誰啊，我完全想不透。刑警先生，請你告訴我，否則我會很在意。至少給我一點提示。」

「提示嗎？那個人說，看到鈴木和夫先生看著多摩川抽菸，然後把菸蒂丟在旁邊的草叢中。你是不是應該帶攜帶型菸灰缸出門？」

鈴木似乎的確曾經亂丟菸蒂，尷尬地把頭轉頭一旁。

「告辭了。」脇坂說完，打開門走了出去，然後走向樓梯。幸好鈴木並沒有追上來。

來到離公寓很遠的地方，他停下了腳步，拿出了行動裝置。從顯示在螢幕上的名單中找出『鈴木和夫』的名字，勾選了『已處理』。雖然對偵查的進展毫無幫助，但他只能告訴自己，必須有人做這項工作。

他聽從茂上的指示，逐一接觸了根據D資料查明身分的人。鈴木是第七個人，果然不出所料，至今為止，沒有任何人可能和月澤克司有交集，所有人都承認曾經去多摩川的河岸，但說話沒有任何不自然。有人在練習高爾夫之後，在那裡眺望河面；有人去看了兒子參加的足球比賽；有人只是每天都會去那裡慢跑，有人是去散步——幾乎都是諸如此類的回答。

茂上說的沒錯，這項工作並不會耗費太大的工夫，只是有一件令人憂鬱的事。那就是幾乎所有人都會問同樣的問題——為什麼警察知道自己曾經去過多摩川？

因為從你丟在河岸的罐裝啤酒空罐中，檢驗出DNA，在進行專業分析後，確認是你的DNA。脇坂當然絕對不可能這麼回答他們。因為至今為止接觸的七個人都沒有前科，也從來不曾遭到逮捕，一旦這麼回答，對方就會進一步追問，為什麼警方會掌握自己的DNA型？

因為有目擊證人看到，有很像你的人曾經出現在那裡，恕我無法告知是誰提供的消息，也無法透露我們目前是在偵辦哪一起案子——每次只能用這種方式打發對方，只是不知道這種藉口什麼時候會失效。如果有相同經驗的人在社群網站上交流，就會有人開始質疑，發現這件事情不對勁，然後他們就會發現自己的共同點——曾經在相同的地方丟過菸蒂、吐過口香糖、丟了擤過鼻涕的衛生紙、丟了空罐。他們遲早會發現正確答案，也許會示威遊行，要求公佈真相。

到時候就有意思了。脇坂想著。因為脇坂也想瞭解真相，只不過暫時還無法等到這一天，在此之前，民眾的憤怒和不滿只會針對基層員警，想到這裡，心情就格外沉重。

他再度邁開步伐。太陽漸漸下山，正當他打算今天先收工時，手機接到了電話。他邊走邊看手機，立刻停下了腳步。因為螢幕上顯示了『福永副警部』的名字。他急急忙忙接起電話。

「你好，我是脇坂。」

『我是福永，你剛才打電話給我，不好意思，我剛才沒辦法接電話。』

「不，我才不好意思，很抱歉，突然打電話給你。」

中午的時候，脇坂撥打了茂上告訴他的電話號碼，電話沒有接通，轉入了語音信箱。於是脇坂留言說，因為想向他打聽某起事件，從茂上那裡問到了他的電話號碼，以及會再次和他聯絡。

『我剛才和茂上通了電話。』福永說，『我大致瞭解了狀況。你有什麼打算？要不要見面再說？』

「拜託了，時間和地點都由你決定。」

『那等一下方便嗎？因為我明天之後會有點忙。』

「沒問題。請問要約在哪裡見面呢？要不要我去找你？」

『不，你來我們局裡反而不太好。我聽茂上說了，這次是私下行動，不是嗎？被上面的人知道你的位置不太好吧？』

福永說的沒錯。行動裝置很方便，但也可以用來監視刑警的行蹤。

「是啊，那要在哪裡見面？」

『那就約在東京車站附近，剛好位在我們中間的位置。』

福永指定在車站附近一家飯店的咖啡廳。掛上電話後，脇坂立刻跑向幹線道路。他打算在那裡攔計程車。

他順利搭上計程車一路直奔飯店。他在車上打電話給茂上，告知已經和福永取得了聯絡。

『我已經向他說明了大致的情況。福永似乎對那起事件也有些想法，他說會對你知無不言。』

「謝謝，茂上主任，你要遠距監聽嗎？」

『不用了，如果你戴著耳機，福永可能就不想說出真心話，我期待你帶好消息回來。』

「好。」脇坂回答後，掛上了電話。

走進飯店，在咖啡廳等待片刻，身穿灰色西裝的男人準時出現在門口。他看了脇坂的胸前，緩緩走了過來。脇坂剛才在電話中告訴福永，他今天繫了一條胭脂色的領帶。

脇坂起身迎接。

「福永先生嗎？感謝你抽空來這裡。」

福永露出苦笑說：「不必這麼拘謹。」他在椅子上坐了下來，脇坂也跟著坐下。

女服務生走了過來，福永點了咖啡，脇坂也跟著點了咖啡。

「好久沒有和茂上聊天了，他似乎很忙啊。」不知道是否因為確認了脇坂的年紀，福永和電話時不同，說話的語氣變得很輕鬆。

「因為他在我們和高層之間負責協調工作。」

「呵呵呵。」福永笑得身體也跟著搖晃起來。「所以就是看上司的臉色，有時候也要讓下面的人自由行動一下，主任真是吃力又不討好的職位。聽說這次又碰到了特別棘手的案子。」

「那起案子那麼棘手嗎？」

「取決於怎麼看事情，如果認為已經是過去式，那也就沒什麼了。」

咖啡送了上來，福永喝著黑咖啡，臉上已經收起了笑容。

「聽說十七年前的T町一家三口強盜殺人案，案情一度陷入膠著。」脇坂切入正題。

福永愁眉不展地點了點頭。

「雖然聽起來像是藉口，但當時線索真的太少了。那個年代，不像現在有這麼多監視器，而且案發當時是深夜，也沒有找到目擊證人。唯一的物證，就是從遇害的太太指甲中採集到的血液，應該是抓凶嫌身體時，附著在指甲上的血跡。現在可以由科警支援局立刻查出血液的主人，只不過當時警察廳的ＤＮＡ型資料庫才剛建立不久，登錄的數量也有限。」

脇坂也從警視廳的資料中，得知遇害的太太指甲上有血液這件事，當時分析的ＤＮＡ資料應該作為遺留ＤＮＡ型登錄在資料庫中。

「但是，」福永又繼續說了下去，「最大的失敗，就是當初認定是強盜殺人。因為屋內有翻找的痕跡，所有人都認為只是隨機犯案。如果在案發當時，更加仔細清查被害人的狀況，事情可能會有不同的結果。」

「你的意思是？」

「遇害的一家之主雖然是普通企業的董事，但其實還有另一個身分。」福永稍微壓低嗓門後說：「他還是疊碼仔。」

「疊……」

「你不知道嗎？」

「你說的疊碼仔，就是那個疊碼仔嗎？賭場的……」

「沒錯，就是賭場仲介，但並不是站在路上拉客。賭場仲介的工作，就是從自己的人脈中挑選客人帶去賭場。很多都是高級酒店的店長，但有時候也會混在客人中，然後邀請在店裡認識的老主顧去地下賭場，他們的工作就到此為止。接著就由地下賭場的人用各種方法從新客人身上撈錢，其中有幾成的錢會以傭金的方式，流入疊碼仔的口袋。」

「也就是說，山森達彥很可能是反社會勢力的幫凶嗎？」脇坂問。山森達彥就是T町一家三口強盜殺人案中遭到殺害的男主人。

「在命案發生後三年多，才發現這件事。在一家遭到掃蕩的地下賭場客戶名單上發現了山森的名字，於是就循著這個方向再次展開調查，但最後仍然無功而返。」

「但是，在案發超過十年後，又接獲了匿名提供的密報。」

「問題就在這裡。」福永豎起了食指，「警視廳突然聯絡我們分局，說是獲得了關於T町一家三口強盜殺人案的新事證，要求分局重新建立偵查團隊，但是由警視廳特命偵查股的懸案偵查小組掌握了偵查主導權，我們變成打雜的，而且也完全沒有向我們透露新事證的內容，只不過警視廳的刑警似乎也並不知道詳細情況，只是接獲命令，要求調查名叫新島史郎的人。刑警之間都議論紛紛，猜測所謂的新事證應該是匿名的密報，但是並沒有正式公佈。」

「在調查新島之後，認為他嫌疑重大嗎？」

「我們發現了他和被害人之間有好幾個交集點。案發當時，新島是銀座一家酒店的經理，山森也經常出入那家店。新島也愛賭博，聽說他經常出入地下賭場。我也曾經和警視廳的刑警一起跟監了幾次，他在新宿當酒吧的酒保，每天都有可疑的人士出入那家酒吧。」

「關鍵證據是什麼？」

福永聽了這個問題後搖了搖頭。

「我們還來不及掌握關鍵證據，他就逃走了。在他逃走之前不久，其中一名刑警和新島接觸，要求採集他的DNA協助調查，沒想到新島拒絕了。我們正打算用其他事由逮捕他，他就突然失蹤了。雖然我不該這麼說，但完全是警視廳的疏失。」

沒錯。脇坂也這麼認為。難道那名要求新島配合採集DNA的偵查員，沒有想到新島可能會拒絕嗎？

「在他逃亡隔天，警察廳引以為傲的防範警備系統就發現了他的下落，我們接獲消息，新島正打算在千葉搭渡輪，偵查員火速趕往現場，在渡輪即將啟航的千鈞一髮之際衝上渡輪。他們的行動很謹慎，因為抵達下一個渡輪站之前有充分的時間。發現新島之後，也沒有立刻上前，而是繼續觀察。這樣的判斷並沒有錯，因為沒有逮捕令無法上前逮人。沒想到這時犯了第二個錯誤。新島發現了他們，因為其中一名刑警，就是之前要求他配合採集DNA的人。」

「於是他就逃走了？」

福永拿起咖啡杯，點了點頭。

「狗急會跳牆，把人逼急了，也會做出意想不到的事。當時那些刑警做夢都沒有想到他會跳海。」

「最後還是沒有找到他。」

「雖然立刻出動了海上保安廳，但仍然沒有找到人。」

不難想像當時負責偵辦這起案子的高層因為氣急敗壞，怒目圓睜的樣子。

「之後的偵查情況呢？」

「在徵求房東同意後，進入新島的租屋處展開搜索，結果找到了戒指和項鍊，都驗出了山森太太的ＤＮＡ，從留在房間內的牙刷和刮鬍刀上採集到的ＤＮＡ，也和在山森太太指甲上發現的血跡ＤＮＡ一致。」

福永所說的這些情況和警視廳公佈的資料相同。

「所以物證很齊全。」

「還有意想不到的成果，從他家中發現了他使用古柯鹼的痕跡。」

「古柯鹼？」

「在持續調查後發現，新島涉嫌販賣古柯鹼，所以有人認為，他是因為害怕這件事曝光才跳海。但是他已經死了，所以也無法追查到更多真相，最後，只有強盜殺人的案子移送檢方。正如你所知道的，這起案子也因為嫌犯死亡而獲得不起訴處分。」福永喝了咖啡，把杯子放下後，用力嘆了一口氣，「這就是T町事件的始末。」

「茂上主任說，你對那起案子也有些想法。」

「是啊。告密的人到底是誰？為什麼命案發生超過十年，還會有人匿名提供線索？老實說，有太多匪夷所思的事了，但是警視廳的人直到最後，都沒有針對這些問題透露詳細的資訊，只是一再堅稱，他們也不知道告密的人是誰。不知道他們說的話有幾分是真……更何況他們一開始就沒把我們轄區警局放在眼裡。」福永說到這裡，看著脇坂的臉，撇著嘴角笑了起來，「這些話不該對警視廳的刑警說，你就當作沒聽到。」

「我絕對不會透露從你口中得知這些事，但是我想請教一件事。」

「什麼事？」

「在調查新島時，有沒有發照片給偵查員？」

「當然有啊，如果不知道他長什麼樣子，根本沒辦法偵查。」

「請問是什麼時候的照片？」

「什麼時候？我認為是影印了他當時駕照上的照片。」

脇坂拿出手機，找出了月澤克司貼在名冊上的『新島史郎』的照片。

「是這張照片嗎？」

福永注視著手機螢幕，但立刻搖了搖頭說：

「不，應該不是，不是這張照片。當時的照片看起來更蒼老，而且看起來很乾瘦。」

「你有沒有看過這張照片？照片中的人應該就是新島史郎。」

「的確很像，但是我從來沒有看過這張照片。這張照片是從哪來的？」

「我們也不知道，不久之前，發現了一名前追逃刑警的遺體，他手上有這張照片。」

「追逃……」福永嘀咕著，然後眼神飄忽起來，似乎在回想什麼。

「怎麼了？」

「聽你提到追逃刑警，我想起一件事。剛才也提過，曾經多次和警視廳的刑警一起監視新島工作的那家酒吧，有一次有偵查共助課的人來支援。那是警視廳的人帶來的，並沒有告訴我們目的。那個人確認新島的長相後很快就離開了。據我所知，那名追逃刑警只出現過一次。」

脇坂再次操作手機，把螢幕出示在福永面前。

「是不是這個人？」

福永一看螢幕，立刻倒吸了一口氣。

「就是他，絕對沒錯。」他小聲斷言道。

果然不出所料。脇坂再次注視著手機螢幕。螢幕上出現的是月澤克司的臉。

14

圓華說的沒錯，這裡的烤雞肉丸太好吃了。武尾烤了六串雞肉丸，陸真和純也在轉眼之間，就各吃完了三串。除了烤雞肉丸，軟骨和雞皮也是絕品。

「不愧是中學三年級的學生，也太能吃了。」圓華驚訝地說。她正坐在不遠處的桌子旁喝薑汁汽水。

「因為很好吃啊，不吃就虧大了。」純也啃著雞翅，嘴巴周圍都沾到了醬汁。

「哈哈哈。」武尾在吧檯內笑了起來。

「看到你們吃得這麼津津有味，我也越烤越來勁了。怎麼樣？要不要再來幾串？」

「不，夠了夠了。」陸真舉起手回答，然後徵求純也的同意問：「對不對？」純也也點了點頭說：「嗯。」

「好，那我就去做出門的準備。」武尾對圓華說，然後脫下罩衫，走去裡面。

陸真喝著水，打量著吧檯。吧檯上疊了好幾個空盤子，杯子裡插了超過二十根吃完串燒剩下的竹籤。他們兩個人真的吃了不少。

兩個小時前，武尾終於被圓華說服，打電話給幾個以前認識的人，但最後只聯絡到兩個人，其中一個人早就金盆洗手，目前已經回老家當漁夫了。

武尾說，聽另一個人說話的語氣，似乎目前仍然和地下賭場有來往。武尾說有事想找對方，不知道是否可以抽空見面？對方說，可以在開店之前見一下面。那個人目前在六本木經營撞球酒吧，酒吧在傍晚六點開始營業。

「擇日不如撞日，那就今天去。」圓華說，「所謂好事不宜遲，武尾，你告訴我那個人的名字和他的店在哪裡。」

武尾想了一下後，提出也要一起去。

「因為對方是老奸巨猾的老江湖，妳一個人去，他不會把妳放在眼裡。」

「還有我們啊。」

純也說，武尾一臉嚴肅地看著他說：「有你們在的話，他更不會把你們放在眼裡。」

「但是，你不是還要做生意嗎？」圓華說。

「今天就臨時公休，否則即使留在店裡，也會擔心你們的情況，根本沒有心情做生意。拜託了，讓我陪妳一起去。」

圓華身體向後一仰，表現出困惑的樣子，但並沒有感到不高興。

「你現在已經不是我的保鏢了，不需要保護我。」

「這不是重點，如果妳不同意，我就不告訴妳對方的名字。」

「死也不說嗎？」

「我死也不說。」

圓華坐直了身體，嘆了一口氣，笑著說：

「謝謝，老實說，有你陪我一起去真是太好了。」

「雖然已經是老骨頭了，但多少能夠幫上一點忙。」

武尾接著問陸真和純也，會不會肚子餓？

「我已經備了料，原本是晚上要給客人吃的，但丟掉太可惜了，如果你們願意吃，我就來烤。」

「可以嗎？那要怎麼算錢？」純也立刻追問。

「當然不收錢。」

「太好了，我要吃，我要吃。」純也雀躍不已。

於是他們就意外大飽了口福。

圓華並沒有詳細向他們說明，武尾到底是誰，也沒有解釋為什麼七年前，她身邊需要有保鑣。陸真覺得可能是禁忌問題，所以也沒有問。純也應該也很好奇，但可能和陸真有同樣的想法，所以也沒有提這件事。

武尾從後方走了出來，「讓你們久等了。」

他換上了深棕色西裝，還繫了領帶，可以看出他肩膀很寬，胸膛也很厚實，看起來完全不像是串燒店的老闆。

「果然佛要金裝，人要衣裝。」圓華似乎也有同感。

「好久沒穿了，令人傷心的是，皮帶必須移一個洞才扣得起來。」

「你應該慶幸只需要移一個洞。」

武尾走出吧檯。

「圓華，我有一個提議。正確地說，是想拜託妳一件事。」

「什麼事？」

「我們等一下要去的地方是撞球酒吧，雖然是在營業時間之前，但終究還是喝酒的地方，帶未成年少年去那裡，恐怕不太方便。」

陸真在一旁聽了武尾說的話大吃一驚。因為他說的未成年少年不是別人，就是自己和純也。

「你的意思是，不要帶他們兩個人一起去嗎？」圓華向武尾確認。

「我希望是這樣。」武尾回答。

「啊？怎麼可以這樣？」純也嘟起了嘴，「怎麼可以現在叫我們回去？」

武尾雙手扠腰，低頭看著純也說：

「如果我和圓華掌握到任何消息，一定會告訴你們，這樣可以嗎？」

「不，我要去。」陸真說：「因為我是當事人，怎麼可以不去呢？」

「我也覺得陸真的話有道理。」圓華也力挺陸真，「因為陸真最瞭解月澤克司先生的情況，至少他必須和我們一起去。」

武尾用指尖抵著下巴想了一下後，再度看向陸真和純也。

「那就這麼辦，陸真和我們一起去，但純也這次就只能放棄了。」
「為什麼？」純也不滿地叫了起來。
「陸真個子很高，看起來好像滿十八歲了，只要不喝酒，即使出入酒吧，也不會有太大的問題，但你就完全不像。」
「有嗎？我覺得我們差不多啊。」純也不滿地說。
「你可以去照一下鏡子，別人搞不好以為你是小學生。」
「什麼？」
「小孩子不能出入等一下要去的地方，而且考慮到此行的目的，最好不要引人注意。」
陸真也知道武尾說的話很有道理。
「純也，」陸真搭著朋友的肩膀說：「你今天就忍耐一下。」
肥仔好朋友露出很受傷的表情說：「怎麼連你都這麼說？」
「陸真也不想說這種話，」圓華語氣嚴厲地說，「你難道不知道嗎？既然是朋友，你就該瞭解陸真的心情。而且我們不是去玩，也不是去什麼開心的地方，很可能白跑一趟，沒有任何收穫，所以你趕快回家，等待下一次行動命令。知道了嗎？」
純也似乎不敢違抗圓華的意見，輕輕嘆了一口氣，不甘不願地點了點頭。
純也說要自己搭電車回家，其他人在店門口送他離開後，一起走向投幣式停車場。

這一次是武尾坐在粉紅色轎跑車的副駕駛座上。
「妳坐在駕駛座開車的感覺太奇怪了。」
「因為以前我每次都坐後車座。」圓華啟動電源，把車子開了出去。
武尾向他們說明了等一下要去見的那個人。那個人姓石黑，是經營好幾家餐廳的企業家，在黑社會的人脈也很廣，也把這些人脈用在生意上。武尾是在以前當某個藝人的保鑣時認識他，石黑掌管那個藝人經常去的地下賭場。
「是哪個藝人？」陸真問。
坐在副駕駛座上的武尾微微搖晃身體笑了起來，「這就無可奉告了。」
「啊？太好奇了。」
「他不可能告訴你。」圓華說，「因為他很專業，所以死也不可能透露委託人的事。」
「哇，好帥啊。」
「稱不上帥，這只是職業道德。」武尾頭也不回地說。
陸真心想，既然這樣，即使問他為什麼會當圓華的保鑣，他也絕對不會告訴自己。
他們很快來到六本木，ＡＩ順利找到投幣式停車位，倒車停好了車。
「應該在這裡。」武尾下車後，看著手機邁開步伐。
他們來到一棟老舊的大樓前，有很多看起來像是酒店的招牌。武尾沿著樓梯走向地下室。

地下室只有一家店，門上掛著『準備中』的牌子，但武尾沒有理會，直接打開了門。

店內燈光昏暗，中央有一張撞球台，只有撞球台周圍燈光明亮。一個身穿白色襯衫、白色長褲的男人獨自在撞球。

「不好意思，我們六點才開始營業。」正在旁邊打掃的年輕男生說，他看起來像是店員。

「石黑在嗎？」武尾問。

正在玩撞球的男人轉頭看了過來。

「沒想到你真的來了。」男人把球桿放在桌上，緩緩走了過來，「武尾，好久不見。」

這個男人似乎就是石黑。他一頭白髮都向後梳，眼神銳利，臉頰凹陷。他看向圓華和陸真，揚起單側嘴角。

「太意外了，你竟然會帶女人，而且還是超級大美女，如果不是後面跟了一個奇怪的傢伙，我差點羨慕你。」

「因為有點隱情，你可以聽我說嗎？」

「這樣啊。」石黑用指尖抓了抓臉頰，對男店員說：「你先去休息，在開店之前回來就好。」

「好。」男店員回答後走了出去。

石黑轉過頭對武尾說：

「如果是以前手頭闊綽時，可以開香檳慶祝我們重逢，但現在生意不好做，如果你們堅持要喝飲料，就必須付錢。」

「不用，我們說完就離開。」

「是嗎？有什麼事？」

武尾轉頭對陸真說：「把那樣東西拿出來。」

陸真從口袋拿出手帕，在石黑面前打開了手帕。

石黑的眼神頓時變得更加銳利。他用骨感的手指拿起籌碼，仔細打量起來。

「希望你可以告訴我，是哪一家賭場的籌碼。」武尾說，「你應該知道吧？」

石黑把籌碼放回手帕問：「你為什麼要調查這件事？」

「這名少年的爸爸留下了這個籌碼，」武尾看著陸真說，「他爸爸之前被人發現陳屍在多摩川。」

「這樣啊。」石黑右側臉頰抽搐了一下，走向撞球台，「既然是這種麻煩事，我還是不要繼續聽下去。不好意思，請你們離開。」

「我向你保證，絕對不會給你添麻煩。」

石黑搖晃著肩膀笑了起來。

「你這種保證可以為我帶來什麼回報嗎？我可以得到什麼好處嗎？沒有吧？我之所以答應和

你見面，是以為你會帶來什麼賺錢的機會，我可不想和這種麻煩事有任何牽扯。聽懂的話，就馬上離開吧。」

石黑拿起球桿，撞擊白色母球。白球把紅球撞進球袋後，又緩緩靠近其他的球。

「你想要錢嗎？」圓華突然問道。

正在瞄準下一顆球的石黑直起身體，拿著球桿走向圓華。他的臉上露出殘酷的笑容。

「當然想要啊，有再多錢都不會發愁。」

「那你說說你想要的金額。」

「想要的金額嗎？」石黑的視線在圓華的臉上徘徊，「錢當然也不錯，但我現在想要更好的東西。」

「那是什麼？」

「就是妳。妳陪我一個晚上，我告訴妳也無妨。」

「陪你？」

「大家都是成年人，妳應該知道我在說什麼。不必擔心，我不會霸王硬上弓，只會認真追求妳，花一整個晚上好好追求。這種戰術無往不利，從來沒失敗過。」石黑用黏乎乎的語氣說話的同時，把臉湊到圓華面前。陸真在一旁看得冷汗直流。

「好主意。」圓華說的話完全出乎陸真的意料，「既然這樣，那我們就把這個當作賭注來賭一下。」

「賭一下？用什麼來賭？」

「當然就是這個啊。」圓華指著石黑手上的球桿。

石黑睜大了小眼睛問：「妳要和我賭撞球嗎？」

「我們來比賽九號球，誰先勝三局就算贏。如果你贏了，我今天晚上就陪你一整晚，但如果我贏了，你就要告訴我那是哪個賭場的籌碼。」

陸真大吃一驚。這個女人在說什麼？

石黑注視著她的臉後退，然後歪著嘴，露出了得意的笑容。

「太好玩了，我同意。我有言在先，不可以反悔。」

「你也一樣。」

陸真的心臟在胸口劇烈跳動。他看向武尾，發現武尾的表情沒什麼變化。

「武尾先生，」陸真向他咬耳朵，「你不阻止她嗎？」

「就交給圓華處理吧。」武尾的聲音中感受不到絲毫的動搖。

圓華花了一點時間挑選球桿後，又花了很長時間觀察撞球台和球。石黑似乎有點沉不住氣，不耐煩地說：「到底要看多久？差不多了吧？」

「ＯＫ，開始吧。要怎麼決定誰先開球？」

「都可以，猜拳或是抽籤都可以。」
「那就用比球的方式。」
石黑露出錯愕的表情，但立刻露出了冷笑說：
「所以妳是要用正規的方式進行嗎？不錯喔。」
兩個人都站在撞球台前，分別把各自手上的球放在撞球台上。
陸真再次咬耳朵問武尾：「比球是什麼？」
「你看了就知道了。」武尾冷冷地回答。
「陸真，」圓華叫著他，「由你來下指令。」
「什麼指令？」
「隨便。一、二、三，或是預備、開始都可以。」
「好，那就一、二……」
陸真說出「三」的同時，兩個人都撞擊了各自的球。圓華的球比較靠近陸真。
兩個人的球幾乎以相同的速度滾動，撞到了球台另一側邊框後彈了回來，筆直地滾向他們。
石黑的球先停了下來，圓華的球又前進了十公分左右才停下來。距離邊框只有兩公分。
石黑吹著口哨說：「妳還挺厲害的嘛，也可能只是運氣好。」
圓華似乎贏了。

「那我選先開球。」

「沒問題，讓我開開眼界。」

圓華用菱形排球框排好球。陸真也知道九號球的基本規則，誰先擊落九號球就贏得該局。

圓華把白球放在撞球台上，她並沒有把球放在正中央，而是決定斜向切入。

她拿起球桿用力一推，白球遭到撞擊後，用力撞向排在前方的一號球。衝擊傳遞到其他球，其他球也紛紛散開。其中一顆球落入了球袋。於是她就可以繼續擊球。

「以女人來說，妳的出桿很有力。」石黑說，他的臉上已經收起了剛才的輕蔑笑容。

原來如此。陸真恍然大悟。原來圓華對撞球很有自信，而武尾也知情，所以才能這麼鎮定。

陸真看到圓華輕鬆地將一號球擊落球袋，確信了這件事。

接著，圓華又把二號球擊落球袋，走向瞄準三號球的位置。白球停在很好撞擊的位置。那應該不是巧合，圓華在撞球時不僅順利讓目標球落袋，還同時思考要讓母球移動到哪個位置。

他想起了那一次，想起搭電梯準備去圖書館，遇見圓華他們時的情況。圓華丟出了劍玉的木球，卡住電梯門。那次果然不是偶然，也不是巧合，而是她具備了能夠做到這件事的能力。

陸真看向石黑，忍不住一驚。因為石黑的雙眼露出異樣的眼神。

圓華接連擊落撞球台上的球，最後把九號球也擊入了球袋，只剩下白色母球。她一個人玩到最後，對方完全沒有機會展開攻擊。

「這是第一局。」圓華豎起食指，「再來第二局。」

但是，石黑把球桿放在撞球台上，瞪著武尾走向他。

「原來你上了年紀後，開始耍心機了。」

「什麼意思？」

「你少裝糊塗了。你料到會發生這種情況，所以帶了一個職業選手來這裡。」石黑轉頭看著圓華說，「我不認識妳，所以妳可能沒參加過什麼大型比賽，但妳撞球的方式不像是外行人，妳是在國外學撞球的嗎？」

「無可奉告。」圓華微微歪著頭，把球桿放在桌上，「我的確對撞球很有自信，所以才決定和你打賭。但是你別誤會，並不是武尾請我來這裡，而是我請武尾帶我來這裡。是我要找你，而不是武尾。」

石黑站在圓華面前問：「妳是誰？」

「我是誰不重要，還要繼續比賽嗎？」

「遊戲結束了，你們走吧。」

「你要棄權嗎？那就是我贏了。剛才是你說不可以反悔，請你告訴我，那個籌碼是哪一個賭場的？」

「如果我拒絕呢？」

「我會在營業時間再次上門和你比賽，因為你在其他客人面前就無法逃避了。」

石黑挑起眉尾，瞪著圓華的臉，但是她完全不為所動，坦然面對男人的視線。

「哼。」石黑用鼻子噴氣，歪著臉頰笑了起來，「妳這個女人個性真強，好吧，那就看在妳的面子上告訴你。但是在此之前，我要先問一件事。有那個籌碼的人叫什麼名字？」

「你為什麼要問這個問題？」

「因為我想搞清楚狀況，我不能隨便透露賭場客人的個資，即使他被殺了也一樣。不，既然已經被殺了，就更不能說了。」

陸真覺得石黑說的話頗有道理。圓華似乎也有同感，轉頭看著陸真問：「可以告訴他嗎？」

陸真回答說：「好。」

「他的名字叫月澤克司。」圓華告訴石黑，「月亮的月，輕井澤的澤。」

「月澤嗎？等我一下。」

石黑走進吧檯內側蹲了下來，他似乎在操作筆電，液晶螢幕的亮光照在他臉上。

不一會兒，石黑走了回來。

「那個姓月澤的人並不是賭場的客人，他沒有出入賭場。」

「你怎麼知道？」

「很簡單，因為客人名單上沒有這個名字。」

「名單?有這種東西嗎?」

「武尾,」石黑對武尾說:「由你向他們解釋吧。」

圓華轉頭看向武尾說:「怎麼回事?」

「地下賭場並不是所有人都可以進入,」武尾開始說明,「身分明確是絕對條件,即使有可靠的介紹人,第一次進賭場時,也需要提出可以確認是本人的證明。因為萬一有警方臥底混進去就慘了,我也曾經出示過駕照,賭場當然會管理這些客戶資料,而且會和同業分享。」

「這代表這個姓月澤的只要去過任何一家地下賭場,就一定會出現在某家賭場的客人名單上。」石黑收拾著自己剛才用的球桿說道,「既然名單上沒有他的名字,就代表他不是賭場的客人,而是從其他地方拿到那枚籌碼。」

「其他地方是哪裡?」

圓華問,石黑只是聳了聳肩說:「不知道。」

「你還沒有回答重要的問題,這是哪一家賭場的籌碼?」

「這件事已經不重要了,因為那個姓月澤的並沒有去賭場。」

「但是我想知道,請你告訴我。」

石黑嘆著氣,看著圓華說:

「那是以前開在赤坂的賭場,藝人和棒球選手等大咖都會去那裡。現在的地下賭場幾乎都是賭百家樂，但那家賭場很傳統，也有俄羅斯輪盤和拉霸機。」

「為什麼說是以前？」

「因為就是以前的事，十年前搬走了。」

「目前在哪裡？」

「不知道。即使我知道，也不可能告訴你。」

「你根本不知道那家店在哪裡，別人卻和你分享客人名單？這不是很奇怪嗎？」

「一點都不奇怪，地下賭場經常轉移陣地，只有相關人員和會員才知道搬去了哪裡，正因為這樣，顧客資料就更加重要了，即使不需要向同業公開賭場的地點，也需要相互交換情報。」

石黑說話的語氣很流暢，陸真在一旁聽他說話，覺得他不像在說謊，但也可能他已經無數次說同樣的話。

入口的門打開，剛才的男店員回來了。石黑低頭看著手錶說：

「開店的時間快到了，如果沒有其他事，可以請你們離開嗎？」

圓華嘆了一口氣，轉過頭說：「只能這樣了，我們走吧。」

陸真點了點頭。即使他只是中學生，也知道已經束手無策了。

沒想到武尾向石黑逼近一步問：「疊碼仔在哪裡？」

「你說什麼？」

「即使你不知道賭場的地點，也應該知道仲介在哪裡。告訴我，我不會說出你的名字。」

「知道了也沒用，即使你見到他，他也不會把賭場的事告訴你這種來歷不明的人。」

「我們會思考該怎麼做，」圓華說，「賭場的仲介稱為疊碼仔嗎？那個人在哪裡？」

石黑不耐煩地把頭轉到一旁，然後又轉頭看著圓華說：

「你們可以去銀座一家叫『藍星』的酒吧，我無法告訴你們誰是疊碼仔，但是如果對方想要帶你們去賭場，就會主動接近你們。」

「『藍星』嗎？謝謝。」

「下次希望妳一個人來，我會好好磨練技巧。」石黑指著撞球台說。

「我會考慮。」圓華轉身走向門口。

「太厲害了。」走出那棟大樓，武尾對圓華說。

「還算順利。」

「我太驚訝了，圓華，原來妳的興趣是撞球。」

「才不是這樣，我只是密集練習過一段時間，作為物理學訓練的一部分。」

「物理學？訓練？」

圓華輕輕瞪了他一眼。「你忘了之前在多摩川的約定嗎？我記得對你說過，不要問關於我私人的問題。」

「啊，對不起……」
圓華拿出手機。「『藍星』嗎？啊，找到了。」
有人在社群網站上提到那家店。根據那個人的發文，那是一家很有歷史的餐酒館，很多客人在高級酒店喝完酒之後，都會帶著酒店小姐去那裡續攤。
「接下來該怎麼辦？」武尾問，「石黑說的話應該沒錯，即使我們就這樣闖去那家店，疊碼仔也不可能把賭場的事告訴我們。」
「即使這樣，仍然需要去偵查一下。但現在時間還早，我們來開作戰會議。不，在此之前，先要去採買。」圓華看著陸真。
「採買？要買什麼？」
「要買很多東西。」圓華露出意味深長的笑容。

15

茂上喝著啤酒，打量著店內，心滿意足地放下了杯子。
「這裡很不錯，是很傳統的定食屋。最近這種店家越來越少了。」

「這裡是不是很棒？我就知道你絕對會喜歡。」

「這是什麼意思？你的言下之意，我就是落伍的老人嗎？」

「我可沒這個意思。」

「算了，沒關係，我比誰更清楚，自己不是走在時代尖端的人。」茂上用筷子夾起燉蔬菜。

他們正在轄區警局的刑警大力推薦的這家定食屋吃飯。脇坂回到特搜總部後，茂上走到他面前問：「如果你還沒吃飯，要不要一起去吃？」邀他一起吃飯，於是他們就來到這家店，而且茂上還提出要喝啤酒。

「你怎麼看？」脇坂確認周圍沒人後小聲地問。

「嗯。」茂上放下筷子，伸手拿起杯子，「T町命案和月澤克司有交集這件事非同小可。」

「在監視新島史郎時會帶追逃刑警前往，顯然有拿到什麼照片，才會要求追逃刑警確認監視對象和照片是不是同一人。」

「你認為那張照片，就是月澤名冊上的那張照片嗎？」

「難道不是嗎？」

「但是月澤曾經對他兒子說，自己無法靠那張照片找到通緝犯。」

「小倉副警部不是說，這種程度面無表情的照片並不算罕見嗎？月澤對陸真說的話，可能有其他的意思。」

「其他的什麼意思？」

「這我就不知道了，我只覺得應該不是字面上的意思。」

脇坂在說話的同時，有一種焦急的感覺。總覺得好像看到了什麼，又好像看不清。

「是誰把月澤帶去監視新島的地方？」

「福永副警部也記不清了，只說是平時很少去第一線的人，很可能是高層人士。」

「高層嗎？到底是誰呢……」

「我想查一下就知道了。」

茂上皺起了眉頭。

「即使知道了又怎麼樣？你忘了我早上說的話嗎？我記得提醒過你，不要靠近特命偵查股。」

「那就沒辦法了，只能去問另一條線……」

「另一條線是什麼？」

「聽福永副警部說，有一名記者曾經去採訪T町命案，問的問題很深入，甚至還知道一些連福永副警部也不知道的事。他把那個記者的聯絡方式告訴了我。」

「是哪家報社的記者嗎？」

「不，聽說是自由記者。」

「這樣啊，那就沒關係。」

「太好了。」脇坂說完，又吃了起來。

茂上喝了一口啤酒後，把臉湊了過來。

「在你回來前不久，我接到了小倉副警部打來的電話。他說雖然不知道是不是和事件有關，但他對一件事一直耿耿於懷。」

「什麼事？」

茂上從內側口袋拿出了手機。

「小倉副警部是在偵查共助課，所以也很瞭解警視廳以前的事。聽說在T町命案破案的不久之前，其他府縣也有多起懸案抓到了凶手。首先是大阪發生的一起強暴殺人案的凶手，在命案發生的三年後，大阪府警總部的持續偵查小組逮捕了京都的一名染物工匠。重點在後面，逮捕的契機是接獲了告密信。」

「告密信？」

「告密信上寫著，在命案發生當天，看到了像是凶手的男人，而且也寫了男人的身分。大阪府警調查之後，發現凶嫌在案發當時，的確住在命案現場附近。原本以為告密信是謊報，但刑警還是請那名工匠提供了DNA，當時謊稱在偵辦附近發生的一起竊盜案。沒想到分析結果發現，和三年前在被害人體內發現的DNA型一致。」

「告密信是誰寫的？」

茂上搖了搖頭說：「似乎沒人知道。」

「所以和T町命案——」

完全一樣。脇坂原本想這麼說，但茂上伸出右手制止了他。

「你聽我繼續說下去。幾個月後，名古屋發生的一起強盜殺人案的凶手也遭到了逮捕，凶手落網的地點在離得很遠的新潟縣長岡市。這次也是有人匿名提供了情資，DNA鑑定成為關鍵證據。命案現場的遺留DNA型和遭到逮捕的男人的DNA型一致。時間是在命案發生的兩年後。最後還有一起是在福岡，女童綁架殺人案的凶手在熊本市區遭到逮捕，凶手是老師，在命案發生的四年後落網。」

「我記得這件事，當時是很轟動的新聞。那次也是有人告密嗎？」

「這就不知道了。福岡縣警只對外公佈，是多年積極蒐集情報奏了效，終於成功鎖定了嫌犯，而且說無法透露消息來源。在審判時，果然是DNA成為決定性的證據。」

脇坂拿起杯子，一口氣喝完了剩下的半杯啤酒。茂上立刻拿起酒瓶，為他倒了酒。

「這些命案都有兩個共同點。」脇坂說，「首先，都有神祕人士提供線報，其次都是靠DNA鑑定破案。T町命案也符合這兩個共同點。」

「沒錯，小倉副警部說，這並不是什麼稀奇的事，最近DNA成為關鍵證據已經是理所當然的事，也許只是巧合。只是他有點在意，所以提供給我們參考。」

「真的是巧合嗎？」

茂上沒有吭氣，歪著頭，拿起筷子，夾起了烤魚。

「那個叫小倉的副警部搞不好是狠角色。」

「什麼意思？」

「你倒是想一想，如果接連偵破了多起懸案並不是巧合呢？如果不是偶然，而是必然呢？而且這些命案的破案契機都是接到了匿名的情資。」

脇坂完全瞭解前輩刑警想要表達的意思。

「情資的來源相同是嗎？會是由同一個人分別向各地的縣警或是警視廳告密嗎？」

「如果是這樣，不是就可以說，並非巧合嗎？」

「但是，有這種可能嗎？如果只是某一起命案也就罷了，某個特定人士有辦法同時掌握多起懸案的重要情資嗎？」

「如果不是上帝，恐怕不可能，但是，如果不是人呢？」

「不是人是什麼……」

「組織。某個集團基於某種理由，掌握了有關刑事案件的龐大情資。」

「你的意思是……」脇坂吞著口水後繼續說：「警察廳嗎？」

「你不認為這麼一想，就很合理了嗎？而且還有一點，所有命案都是靠DNA鑑定破案。也就是說，在所有命案中，都採集了遺留DNA型，而且不是普通的遺留DNA，而是可以斷定是凶手的DNA型，正因為這樣，才能夠立刻逮捕凶手，法院也因此做出了有罪的判決。」

脇坂的腦海中閃過一個念頭。

「你的意思是，警察廳根據懸案的遺留DNA型鎖定了凶手，然後把這些情資透露給偵查機關嗎？」

雖然想法很奇特，但茂上並未否認，反而語氣冷靜的說：「這麼一想，就覺得很合理。」

「但到底是用什麼方法？」

「用什麼方法？這不是和你最近一直很納悶的事有關嗎？今天白天，你不是也去找了透過DNA型資料鎖定的對象嗎？」

脇坂聽了茂上這番話恍然大悟，連他自己都很納悶，為什麼之前沒有想到這件事。

「那時候，DNA型的資料庫已經大幅擴充，開始蒐集一般民眾的DNA型。在這個過程中，發現了和懸案的遺留DNA型一致的人嗎？」

茂上輕輕點頭。

「我認為負責那些命案的總指揮應該知道這件事，只不過因為名不正，言不順，所以就只能說是接到了匿名的情資，指揮辦案人員展開偵查。」

「原來是這麼一回事……」

「也就是說，如果追查T町命案，就是去捅這個馬蜂窩。怎麼樣？你有心理準備了嗎？」

脇坂低吟了一聲。這個問題無法輕易回答。

「我猜想小倉副警部在幾年前就發現了這件事，但是如果魯莽地碰這件事，到時候引火燒身就慘了，所以之前都假裝不知情。但他發現搜查一課的年輕人好像很敢，所以就提供了這些情況——這是我的看法。」

「所以你剛才說他是狠角色。」

「並不是只有你覺得科警支援局的資料庫有不可告人的祕密。日本各地的警察都有相同的懷疑，只是都在等有人打開潘朵拉的盒子。」

茂上露出自己也是其中一人的表情，把酒瓶中剩下的啤酒倒進了杯子。

16

停下玩遊戲的雙手後確認了時間，發現快晚上八點了。桌上只有原本用來包漢堡、熱狗和薯條的紙和空杯子。

我去採買，你們隨便吃一下晚餐。圓華對他們這麼說，於是陸真和武尾在一個半小時前，走進了這家漢堡店。

武尾坐在桌子對面，看著自己的手機。他從剛才就沒有改變姿勢。

「你在看什麼？」陸真問。

「不是什麼重要的內容，是關於雞飼料的報導。」武尾把手機螢幕出示在他面前，上面有雞的照片和密密麻麻的文字，「據說市售的飼料中，有些使用了基因改造的原料，我可能也要確認一下進貨的那家養雞場使用了什麼飼料。」

陸真看到武尾一臉嚴肅地談論這件事，想起他是串燒店老闆這件事。

「你很熱愛工作。」

「畢竟我是有跟客人收錢的，所以這也是理所當然的事。」武尾把手機放回口袋。

「武尾先生，你為什麼想到要開串燒店？」

「沒有什麼特別的理由，只是希望客人可以吃到好吃的串燒，就這麼簡單。」

「但是還有其他好吃的東西啊，像是拉麵之類的。」

「我和拉麵完全沒有交集。」

「交集？」

「我老家是養雞場，所以我從小看著雞長大。」

「原來是這樣，所以你的雞肉都是從老家進貨嗎？」

武尾搖了搖頭說：「我不會做這種事。」

「為什麼？」

「因為這麼一來，雙方都會變得馬虎，最後變成用便宜的價格購買品質不佳的雞肉。」

陸真注視著武尾的臉說：「你果然很專業。」

「我剛才也說了，這是理所當然的事。」

「你在開串燒店之前做過保鑣，圓華為什麼需要保護？」

武尾瞪著他說：「你要我告訴你這件事？」

「果然守口如瓶啊，我知道你很專業。」

武尾沒有吭氣，打量著周圍，似乎在觀察附近有沒有可疑人物。

「請你告訴我一件事，」陸真問，「圓華有特異功能嗎？」

武尾銳利的視線移回陸真身上。

「圓華在僱用我當保鑣時，對我說的第一句話，就是禁止問有關她私人的問題。她不是也對你提出了同樣的要求嗎？」

「雖然是這樣，但我以為問你沒關係。」

「即使你問我，我也無法回答，因為我也幾乎一無所知。」武尾在說話時，看向陸真的身後，「她似乎採買完了。」

陸真回頭一看，發現圓華雙手拎了好幾個大大小小的紙袋走了過來。

「讓你們久等了。」圓華在陸真的旁邊坐了下來。

「妳去了很久欸。」

「我已經用最快的速度採買了，因為要買兩人份的東西。」

「什麼兩人份？」

「等一下再向你們解釋。你們已經吃完了嗎？那我們走吧。」圓華站了起來。

「走？走去哪裡？」

「下一家店。我已經預約好了，你幫我拿這些，然後跟我來。給你。」

圓華把好幾個紙袋遞給陸真。

他們一起來到ＫＴＶ。那是一家很高級的ＫＴＶ，包廂內鋪著地毯，而且空間很寬敞，只有三個人使用有點太奢侈了。

圓華點完飲料後，又點了三明治。這似乎就是她的晚餐。

「我們要在這裡幹嘛？該不會是我們三個人要來唱卡拉ＯＫ？」

「如果有時間，也可以來練一下卡拉ＯＫ，但這不是今天的首要任務。」

「如果有時間……」

門打開了，女性店員送來了飲料和三明治。

「好，那就開始吧。陸真，你坐在這裡。」圓華指著桌子角落的座位。

陸真坐了下來，圓華拿了其中一個紙袋，在桌角另一側的座位坐了下來，然後仔細打量著陸真的臉，滿意地點了點頭。

「太好了，你幾乎沒長鬍子，那就不必刮鬍子了。」

「什麼意思？」

圓華沒有回答陸真的問題，從紙袋中拿出各式各樣的東西放在桌子上。陸真一看，瞪大了眼睛。因為桌上全都是化妝品。

他看到圓華用化妝棉沾取化妝水後，忍不住著急起來。

「妳要幹什麼？該不會要化妝……？」

「你說對了，你坐著不要動。」圓華說完，把化妝棉放在陸真的臉上。化妝水冰冰的感覺，讓陸真忍不住後退。圓華斥責他：「喂！不可以亂動！」

「等一下，我為什麼要化妝？」

「那還用問嗎？總不能帶著穿T恤的中學生去『藍星』，所以你要男扮女裝。」

「男扮女裝？」

「而且是成年女生。」

「但是武尾先生剛才說，我個子很高，別人會以為我滿十八歲了……」

圓華看著陸真的臉說：

「不要把銀座的酒吧和六本木的撞球酒吧混為一談，那不是未成年的男生可以去的地方。還是你要留下來？那就不需要化妝了。」

「啊？這……」

「怎麼辦？我都無所謂，反正我也要假扮成酒店小姐，你趕快做決定。」

「我也要變成酒店小姐嗎？」

「對啊，你和我是高級酒店的學姊和學妹的關係。怎麼樣？現在有意願了嗎？」

陸真心慌意亂，陷入了混亂。他完全沒有想到，圓華竟然會要求他做這種事。但是在想要逃走的同時，又很想去窺探一下陌生的世界，而且事到如今，已經沒有退路了。

「我、行嗎？」

「沒問題，包在我身上。」圓華自信滿滿地說。

雖然陸真完全搞不懂她哪來的自信，但總覺得如果現在臨陣脫逃，一定會後悔。

「好，那我就捨命陪君子。」

「這才對嘛。」圓華笑了起來，再度拿起化妝棉為他擦化妝水。

「但是衣服該怎麼辦？穿這樣的衣服不行吧？」

「別擔心，我已經買好了，而且尺寸應該也剛好。」圓華說到這裡，停下了手，看著陸真的臉說：「如果化好妝再換衣服，可能會把衣服弄髒，那就先換衣服吧。」

她站了起來，從另一個大紙袋中拿出幾個包裹。當她拿出裡面的東西時，陸真簡直快暈了。因為那是一件黑色禮服、高跟鞋，還有內褲。

「啊？我要穿這些嗎？」

「對，我為你挑了可愛的衣服，所以放心吧。雖然你的喉結並不明顯，但我還是挑了高領。你趕快去換衣服，不必在意我，我會盡可能不看你。」

圓華似乎要求他在這裡換衣服。

「我覺得應該看不到我的內褲。」

陸真慢吞吞站了起來，先拿起了內褲。內褲的邊緣打了褶。

「這是以防萬一。雖然我覺得應該不至於有笨蛋會掀你的裙子，但因為裙子有點短，所以可能不小心被別人看到，如果到時候別人看到的是四角褲，不是很奇怪嗎？」

這下子躲不過了。陸真只能硬著頭皮換上。

「妳轉過去。」

「好啦好啦。」圓華轉身背對著他，武尾事不關己地看著手機。

陸真脫下牛仔褲和四角褲，下定決心穿上了內褲。也許是因為尺寸剛好的關係，穿起來很舒服。他又脫下了T恤，把小洋裝款的禮服套在身上。正如圓華剛才說的，裙子很短，雖然是高領，但沒有袖子，所以曝露程度不小。

「換好了。」陸真說，圓華轉過頭，立刻雙眼發亮：

「看吧，果然很可愛，很適合你。」

「我又看不到。」

「你等一下。」

圓華用手機為陸真拍了照，然後給他看照片。陸真看到照片上的自己，臉都快噴火了。因為完全就是噁心的男扮女裝。

陸真表達了自己的想法，圓華否認說：

「沒這回事，而且我現在要讓你變身成為出色的美女，交給我吧。但是，在此之前——」她從紙袋裡拿出隱形胸罩，而且超大。

「啊？妳想要幹嘛？」

「當然是為你穿上啊，趕快轉過身。」

圓華要求陸真背對著她坐下來，拿著隱形胸罩的手從陸真的腋下伸了過來。

「啊，好癢啊。」

「忍耐一下。既然要當女生，當然是胸前有點料比較好，對吧？」

穿戴好隱形胸罩後，撐起了原本胸前有點空的禮服。隔著禮服摸了一下，發現軟綿綿的，簡直就像真的胸部。

「看你的表情，似乎很滿意啊。」圓華斜眼看著陸真。

「有很多女人都用這個嗎？」

「這我就不知道了。我先聲明，我無可奉告。」圓華坐回剛才坐的椅子上，「好，現在要來化妝。」

接下來將近一個小時，陸真只能聽任圓華的擺佈。上了粉底之後，又用了好幾種化妝品，運用了各種技巧。陸真完全不知道自己變成了什麼樣，但發現原本漠不關心的武尾從中途開始，不時露出好奇的眼神看了過來。

「好，差不多了。」圓華打量著陸真的臉，抱起了雙臂。

「我要看一下。」

「在此之前，要先讓重要的東西出場。」

圓華打開了留在紙袋內的最後一個盒子。裡面裝了一頂假髮。栗色的頭髮捲著大波浪。圓華把假髮戴在陸真的頭上，稍微為他調整了一下。

「不要動喔，嗯，越來越有那麼一回事了。」

圓華用手機從正面為陸真拍了照，然後把手機螢幕出示在他面前問：「你覺得怎麼樣？」

陸真看到照片不禁啞然失色。他無法相信照片中的人是自己。那完全就是一個女人，而且是成年女人。看起來差不多有二十歲。他發現很像一個女藝人，而且她是出了名的美女。

「是不是很驚訝？」

「嗯。」陸真坦誠地點了點頭說：「簡直就像在變魔術。」

圓華轉頭看向武尾問：「你覺得怎麼樣？」

「簡直無懈可擊。」武尾一臉嚴肅地說，「無論怎麼看，都是銀座的新人酒店小姐。」

「既然你都這麼說，那就放心了。好，那就最後來收尾。」

「還沒完啊？」陸真不耐煩地說。

「哪有酒店小姐不擦指甲油的？來，把手伸出來。」

接下來的數十分鐘，陸真的手指和腳趾的指甲變成了圓華的畫布。因為他的指甲太短，所以貼了美甲貼片。圓華為他的指甲都擦上了明亮的粉紅色。

「好，完成了。新人酒店小姐粉墨登場了。」圓華說完，伸手拿起三明治。她剛才在為陸真化妝期間，都幾乎沒有吃，也沒有喝飲料。

「啊，累死我了。」陸真想要倒在沙發上。

「你在喊什麼累？才剛變完裝而已，接下來才是你要做的功課。」

「功課？」

「你穿上這雙高跟鞋，稍微走幾步看看。」

陸真聽從圓華的指示，拿起了高跟鞋。他長這麼大，從來沒有仔細看過高跟鞋。他覺得鞋子太窄，擔心自己的腳塞不進去，沒想到尺寸剛剛好。

他的身高突然高了好幾公分，看出去的視野也和平時有點不一樣。他感覺有點重心不穩，忍不住低頭看自己的腳。圓華立刻指正他：「抬頭挺胸向前看，不要駝背。身體挺直，繼續挺胸。下巴收進來，步伐不要這麼大。你又不是阿兵哥，手臂不要甩這麼用力。」

「妳要求這麼多，我都不會走路了。」陸真忍不住發牢騷。

但是在多次練習之後，終於適應了高跟鞋，而且發現其實穿高跟鞋走路也很舒服。

「好，走路練得差不多了，接下來是說話的方式和動作。你用比平時稍微高一點的聲音說『你好』看看。」

「你好。」

「可以再高一點嗎？」

「你好。」

「聲音不要那麼尖，稍微收斂一點。」

「……你好。」

「喔，這次好多了。你用這種聲音打招呼，然後微微鞠躬，再坐下來。」

接下來又花了很多時間重點訓練用這種方式說話，以及各種肢體動作。陸真中途去上了兩次廁所，第二次剛好遇到的KTV工作人員對他說：「女廁在那裡。」

所有特別訓練終於結束，圓華表示及格時，已經晚上十一點多了。他們在這家KTV逗留了三個多小時。

「終於及格了。啊，累死我了。」陸真靠在沙發的椅背上。

「把腿併攏，你的內褲都被人看到了。」

聽到圓華這麼說，他慌忙併起雙腿。如果不隨時提醒自己，馬上就會忘記這件事。

「現在換我也去準備了。」她拎起一個紙袋走了出去。

陸真深深嘆了一口氣。

「真受不了，圓華太強勢了。武尾先生，你竟然有辦法當她的保鑣。」

武尾發出了奇妙的笑聲，「如果這樣就被嚇到，恐怕真的無法勝任。」

「真的嗎？所以你遇過更驚人的事？太猛了。對了，上次圓華對我說，如果我對她感到好奇，只要覺得她是魔女就好。」

「魔女？」武尾的表情似乎嚴肅起來。

「請問是什麼意思？」

「不清楚。」武尾只是微微歪著頭。

不一會兒，門打開了，圓華走了進來。陸真看到她。忍不住倒吸了一口氣。圓華穿了一件白襯衫和黑色緊身迷你裙，但整個人的感覺和之前完全不一樣。她也戴上假髮，所以髮型也變了，臉上的妝容也比剛才濃。

「簡直就像不同人。」陸真忍不住說。

「還不錯吧？」圓華當場轉了一圈，「忘了一件重要的事。我叫圓華沒有問題，但是你的名字要重新想一下，取什麼名字好嗎？」

「因為我叫陸真……所以改叫陸子？」

「聽起來很沒味道，而且也不好發音，駁回。武尾，你有沒有什麼好主意？」

武尾突然被問道，露出不知所措的表情，但隨即說：「莉真呢？」

「莉真。」圓華打了一個響指，「好名字，就這麼決定了。知道了嗎？你從現在開始就叫莉真。」她又用手機為陸真拍了照片，然後把螢幕出示在他面前。

螢幕上是陸真不認識的女人。雙腳併攏，一本正經地坐在那裡。

我叫莉真——陸真感覺自己好像在做夢，而且說句心裡話，他並不覺得是惡夢。

「好，準備就緒，我們要深入敵營了。」圓華說道。

他們走出KTV，開車去了銀座。把車子停在停車場後，三個人一起走去『藍星』。

「武尾，你應該瞭解狀況吧？你是有錢人，是經常出入高級酒店的老江湖，所以走路要昂首挺胸。我和陸真……是莉真要走在你兩側。」

「我知道，只是很難為情啊。圓華，妳不要貼得這麼近。」

「你在說什麼啊，這樣才演得像啊。」圓華挽起了武尾的手。

陸真也和他們並肩走在路上。風從裙底吹了進來，感覺下面空空的，他有點心神不寧，很佩服女生竟然能夠自在地穿裙子。

話說回來——

現在已經過了半夜十二點，但銀座的街頭仍然人來人往，有不少穿著漂亮禮服的女人。她們身邊的男人個個看起來都是有錢人，衣服的質感很高級，鞋子也都擦得亮閃閃。

原來還有這樣的世界。陸真終於瞭解了這件事。雖然一直在說不景氣，經濟低迷，但有錢人還是很有錢，只是錢沒有流到平民百姓的手上。

不知道來這個世界的都是什麼樣的人？陸真忍不住思考。小時候認真讀書的人嗎？只要小時候刻苦用功，默默努力，長大之後，就一定能夠榮華富貴嗎？

不，應該沒這回事。那只是幻想。這個世界上，有很多中學生搞不懂的玄機，只有能夠巧妙操控的人，才是最後的贏家。

「圓華，好像就是那家店。」武尾指著前方說。

前方有一棟看起來很古典的大樓。『BLUE STAR』幾個字在成排招牌中發出妖豔光芒。

那是大人世界的入口。陸真感到緊張的同時，也對未知的世界充滿了期待。

17

這棟古典大樓的電梯也很古典，不僅陳舊，而且模仿木紋的壁板感覺很有份量，可以感受到悠久的歷史。

看了樓層索引，發現『藍星』位在最高樓層的十樓。武尾按了圓形的白色樓層按鈕。

圓華看到陸真在深呼吸，忍不住苦笑起來。

「又不是要上台表演，你幹嘛這麼緊張？」

「不，對我來說，這是很可怕的舞台。」

「你就當作是去家庭餐廳，而且第一人稱不要用男性自稱的我（O-re）。」

「啊，對不起……」

圓華告訴他，提到自己的時候不要用「我」，而是要用「莉真」。

電梯抵達十樓。陸真走在走廊上時，忍不住再次深呼吸。

原本以為入口會富麗堂皇，沒想到寫了『BLUE STAR』的大門很低調，完全不引人注目，有一種祕密基地的感覺，陸真的心跳更加劇烈。

圓華推開了門。一進門，右側就是吧檯，一個身穿黑衣的男人站在吧檯前。

「歡迎光臨，請問有幾位？」黑衣男人問圓華。

「我們三個人。」圓華回答。

黑衣男人瞥了一眼武尾和陸真後，說了聲「我來為你們帶位」，然後走向深處。

一踏進寬敞的酒店內，陸真頓時興奮倍增。閃亮亮的水晶燈下，衣著打扮高級而典雅的客人坐在各自的座位上觥籌交錯、把酒言歡。光是走過他們身邊，就好像有一層神祕的氣氛籠罩在自己身上。

黑衣男人把他們帶到靠角落的座位，武尾在黑衣男人的示意下，坐在背對牆壁的沙發上。

「莉真，妳坐在武尾先生旁邊。」

順著圓華指示，陸真在武尾旁坐了下來。他想起剛才臨時抱佛腳的訓練，挺直了身體，當然也提醒自己腿不能張開。

圓華在對面的座位坐了下來，對黑衣男人說：「給我看一下菜單。」「好。」男人離開後，馬上拿著菜單走了回來。

「武尾先生，你想喝什麼？」圓華把菜單放在武尾面前，「一開始就喝龍舌蘭酒嗎？」

陸真大吃一驚。因為他也知道那是很烈的酒。

「雖然這提議不錯，但我口渴了，先喝健力士吧。」武尾悠然說道。他的演技很不錯。
「那我喝莫斯科騾子，莉真，妳要喝什麼？」
「啊……呃。」陸真不知所措，因為他完全不知道任何雞尾酒的名字。
「妳今晚已經喝太多了，來杯無酒精的雞尾酒，就喝莫希托吧。」
雖然陸真完全不知道那是什麼，但還是點頭說：「好。」
「三位要不要用餐？要點下酒菜嗎？」黑衣男人問。
「等一下再說。」武尾說。
「那我留一份菜單在這裡，想要點餐時隨時叫我。」黑衣男人說完後離開了。他的用字遣詞和舉手投足都很瀟灑，陸真知道自己踏入了不同的世界。
圓華看著陸真，笑了笑說：「很不錯啊，繼續保持。」
「我根本什麼都沒做。」
「這樣反而更好，感覺就是還沒有適應夜生活的新人。」圓華顯得老神在在。
「圓華，妳經常來這種地方嗎？」
「哪種地方？」
「就是……」陸真結結巴巴，他無法說得很清楚。
「你是說一群陌生人聚在一起，逢場作戲、花言巧語，不想曝露自己的身分，卻想要瞭解對方的底細嗎？如果你是指這種情況，我或多或少有點經驗，只是和武尾相比，就小巫見大巫了。」

武尾搖著手說：「雖然我經驗可能不少，但洞察力和圓華相差了十萬八千里。」

圓華笑著搖了搖頭，小聲說：「在這裡說話不要用敬語，隔桌有耳。」

「抱歉。」武尾緊張地說。

穿著襯衫加背心的服務生用托盤端著飲料走了過來，把冰過的杯子放武尾面前，再將瓶子裡的黑色啤酒倒進了杯子。細密的泡沫滿到了杯緣。

圓華面前放著銅製的馬克杯，淡琥珀色液體中浮著一片萊姆，陸真面前的杯子中有幾片綠色的葉子。

「我們來乾杯。」圓華舉起杯子。「嗯。」武尾點頭表示同意，陸真也慌忙拿起杯子。

陸真第一次喝莫希托。他戰戰兢兢喝了一小口，發現除了淡淡的甜味，薄荷和萊姆的香氣都同時在嘴裡擴散。

這是大人的味道。陸真心想。

陸真的心情稍微鎮定之後，再度打量店內。豪華的吧檯內有三名酒保，都不停地調著雞尾酒。雖然也有客人坐在吧檯前，但桌子旁的客人更引人注目。

但是，沒有任何客人大聲喧譁，都優雅地有說有笑，感覺都是上流社會人士，每個人的臉上都帶著笑容。

陸真觀察了一陣子後發現這些客人的笑容各有千秋。有不帶任何惡意的輕鬆笑容，也有人笑得很狡猾，還有傲慢的笑、嘲笑、冷笑，五花八門，當然也有很多客套的笑容。

逢場作戲、花言巧語，不想曝露自己的身分，卻想要瞭解對方的底細——陸真覺得完全符合圓華剛才的形容。這裡並不是單純的娛樂場所，而是心懷鬼胎的人勾心鬥角的地方。

陸真繼續觀察著周圍的客人，突然和一名男客四目相接。那名男客不知道和身旁的女人說了什麼，那個女人也看向陸真。

陸真轉過頭，結果又和另一名男客對上了眼。那名男客毫不掩飾臉上好奇的表情。

「圓華，」陸真小聲叫了一聲，「可能不太妙。」

「怎麼了？」圓華露出嚴肅的表情。

「有人在看我……不，有人在看莉真，而且不是只有一、兩個人而已，可能他們發現我是男扮女裝。」

圓華轉頭看向武尾問：「是這樣嗎？」

武尾一派輕鬆，悠然地喝著黑啤酒，他可能同時在觀察店裡的客人。

「原來是這樣。」他把杯子放在桌上，「莉真的確很引人注目。」

「別人覺得她有問題嗎？」

「大家都很好奇她是誰，但不是妳們想的那樣。」武尾的嘴角露出笑容，看著陸真說：「不瞭解莉真真實身分的人，只覺得不知道哪裡來了這個年輕又神祕的美女，他們都一臉好奇地看著莉真竊竊私語。」

「原來是這樣。」圓華露出笑容，拿起了馬克杯，「莉真，妳在夜晚的社交界一戰成名了。」

自己一戰成名？陸真感到困惑不已。從小到大，他從來不曾成為眾人矚目的焦點，而且這次是以女性的身分被人注意。

他拿起杯子，喝了一大口莫希托。身體發熱，臉頰很燙。

一名中年男子走了過來。瘦削的體型勻稱，身材很好，穿了一件比起灰色，更接近銀色的上衣。那不是普通的西裝，好像是叫燕尾服，而且還繫著黑色領結。

男人來到陸真他們的桌子旁，對武尾說：「歡迎光臨。」

「嗯。」武尾點了點頭。

「初次見面，我是櫻井，是這家店的經理，請多指教。」他露出很商業化的笑容，把名片遞給武尾。

「請多指教。」武尾把名片放在桌上。陸真從旁探頭一看，名片上寫著『櫻井』的姓氏。

「可以向你要一張名片嗎？」

「喔，好啊。」

武尾從上衣內側口袋拿出名片夾，抽出一張名片交給了櫻井。陸真不知道他準備了名片，所以有點驚訝。他拿的是串燒店的名片嗎？

櫻井看了名片後，意外地挑起了眉毛。

「你在宮崎經營養雞場嗎？所以今天是從宮崎來這裡？」

「不，我目前都在這裡，因為雞肉加工的東京總公司才剛成立，新的名片還沒有印好。」

「原來是這樣啊。請問你是聽別人的介紹，得知我們這家店嗎？」

「那是……」武尾開口的同時，圓華在一旁插嘴說：「是我央求武尾先生，說希望他帶我去一家店。」

櫻井的視線移向圓華問：「妳為什麼會對本店有興趣？」

「因為有人告訴我，有一家店很好玩，要我有機會來見識一下。」

「這樣啊，方便透露那位朋友的名字嗎？」

「他姓月澤。」圓華很乾脆地回答，「月澤克司，你認識他嗎？」

「月澤。」櫻井動著嘴唇，露出在記憶中尋找的表情。

「月澤先生給了我這個。」

陸真看到圓華舉起的右手，倒吸了一口氣。那是賭場的籌碼。

櫻井也臉色大變，收起了臉上的笑容。

「他告訴我，只要帶著這個，或許就會有好玩的事。」圓華露出開朗的笑容。

「……這樣啊？雖然我不太瞭解這句話的意思，但你們慢慢坐。不好意思，打擾你們聊天了。」櫻井又堆起假笑，恭敬地鞠了一躬後離去。

武尾嘆了一口氣說：「妳還是這麼冒失。」

「因為我想要傳接球，所以首先必須由我把球拋出去。」

「希望傳回來的不是刀子……」

「無論傳回來的是刀子還是子彈，我都求之不得。」她拿起馬克杯，喝著雞尾酒，武尾似乎很無奈，肩膀微微起伏著。

這個女人到底是何方神聖？陸真不由得驚嘆不已。剛才面對石黑時也一樣，難道她對未知的事物不會感到不安或是害怕嗎？

「武尾先生，你剛才給他的是養雞場的名片嗎？」

「因為我覺得串燒店老闆感覺沒什麼說服力，而且我也的確在養雞場掛名董事，所以就給了他那裡的名片。」

「所以你告訴他本名嗎？」

「是啊。」

「因為我說這樣比較好。」圓華說，「耍花招反而會壞事。」

「喔……」

她應該有某些考量，只是中學三年級的學生無法瞭解她的目的。

不知道是否因為緊張的關係，他感到口渴不已。他大口喝了幾口，杯子就空了，而且很快就產生尿意。

「對不起，我要去廁所……」陸真站了起來。

「是化妝室。」圓華小聲提醒，似乎提醒他問別人的時候要這麼說。

但是，圓華的擔心是多餘的。陸真一離開桌子，年輕的服務生就走過來問他：「請問要去化妝室嗎？」陸真回答說「是」，服務生就說：「在這裡。」帶他去了廁所。

廁所是男女共用。打開門一走進去，陸真就嚇了一跳。因為他從前方的鏡子中看到一個陌生的女人。

那當然就是陸真現在的樣子。在燈光昏暗的廁所內看自己，也能夠客觀地覺得「很漂亮」。他第一次產生這樣的感覺。

他脫下內褲，跨在看起來很高級的馬桶上。他發現自己在不知不覺中變成了內八字，忍不住笑了出來。

當他走出廁所時，剛才為他帶路的服務生站在那裡，遞上小毛巾說：「請擦手。」

陸真有點不知所措，但立刻猜到是酒店的服務。他掐著嗓子說：「謝謝。」接過小毛巾。

擦完手，把小毛巾還給服務生時，服務生問他：「妳在哪家店上班？」

「啊？」

「我是問妳們店在哪裡？離這裡很近嗎？」

「不，呃……是在六本木的一家名叫『拉普拉斯』的店。」

「拉普拉斯……」服務生歪著頭。可能是因為從來沒聽過這家店的名字。

陸真也不知道是否真的有這家店，圓華剛才叮嚀他，如果有人問他在哪家店上班，就回答是六本木的『拉普拉斯』。他不知道拉普拉斯是什麼意思。

「可以向妳要一張名片嗎？」

「名片……嗎？」

完蛋了。自己根本沒有這種東西。

這時身後傳來一個聲音。「如果不嫌棄，這是我的名片。」轉頭一看，圓華正站在身後。

她走向服務生，從皮包裡拿出名片，遞給服務生說：「給你。」陸真在一旁看向那張名片，不禁吃了一驚。因為名片上印著『Club Laplace 圓華』。圓華剛才去採買時，似乎順便印了名片。她做事也太有效率了。

「上個月才剛開幕，莉真是新人，還沒有自己的名片。如果你來店裡，請你點我的檯，我就會帶莉真坐你的檯。」

「啊，好，我知道了。」服務生接過名片，顯得有點手足無措。

「走吧。」圓華催促著，陸真回到了座位。

「一個服務生竟然打聽其他客人帶來的小姐在哪裡上班，真是太沒規矩了，但這也代表莉真很引人注意。」圓華重新坐下後說道。

「會不會有人覺得我很可疑？」

「別擔心，他們已經覺得我很可疑了。」圓華的從容絲毫沒有動搖。

另一名服務生送來了新的雞尾酒。陸真剛才上廁所時，圓華似乎加點了酒。武尾面前也放著和剛才不同的飲料，看起來像威士忌。杯子裡冒著氣泡，可能加了蘇打水。

這時，一名身穿深紅色寬鬆禮服的女人不知道從哪裡出現在店裡。她輪流向客人打招呼，應該是這家店裡的人。看不出她的年紀，感覺像四十多歲，但也可能是上了年紀的美魔女，巧妙地掩飾了自己的年紀。陸真聽到其他客人叫她「老闆娘」。

女人走到陸真他們那一桌，向他們打招呼說：「三位好。」

「妳好。」陸真回答。

女人遞了名片給武尾。「我姓赤木，請多指教。」

「請多指教。」武尾說著，接過了名片，放在桌上。名片上印著『赤木乃理明』這個名字。

這是她的本名嗎？她的頭銜是這家店的老闆。

武尾把手伸進懷裡，她做出制止的動作說：「武尾先生，不必費心，我已經聽櫻井說了。」

「這樣啊。」武尾說完，把赤木的名片放進了內側口袋。

「我可以坐在這裡嗎？」赤木問。

「請坐。」武尾回答。「謝謝。」赤木說完，在陸真的對面坐了下來。近距離觀察後，發現她臉上的妝果然很濃。原來是資深美魔女。

赤木輪流打量著圓華和陸真。

「武尾先生，你經常帶著兩位這麼漂亮的小姐嗎？」

「今天晚上比較特別，這位小姐是新人，所以她的前輩說要帶上她。」武尾很自然地說明了兩名酒店小姐的關係。

「這樣啊。」赤木轉頭看向身旁的圓華說：「我聽櫻井說了，據說是妳對這家店有興趣。」

「對。」圓華點了點頭，「月澤先生向我介紹了這家店，他說這家店很好玩，要我無論如何都要來長長見識。」

赤木面帶微笑，微微歪著頭問：

「請問這是什麼意思？雖然客人認為這家店很好玩，我們感到很榮幸。」

「月澤先生說，只要出示這個，就可以有更好玩的事。」圓華把手伸進皮包，不知道拿了什麼東西。陸真立刻發現，就是那枚籌碼。

她把籌碼放在桌上，赤木立刻用自己的右手放在她的手上。

「這種東西最好不要隨便讓別人看到。」

「喔，是這樣啊。」圓華不慌不忙地回答。

「可以請妳收起來嗎？」

「如果妳不想看，那就不勉強。」圓華從赤木的手下抽回自己的手，把籌碼放進了皮包。

這是資深美魔女和魔女之間的對戰。陸真心想。

「我也不認識妳說的那位月澤先生，不知道是和誰一起來這裡？」

「這我就不知道了——對了，莉真，妳不是有月澤先生的照片嗎？要不要出示一下？」

圓華突然對陸真說道，陸真有點驚慌失措，從小手袋中拿出手機。之前為了準備葬禮，所以儲存了克司的照片。

「就是這個人。」陸真把手機遞到赤木面前。

赤木看著手機螢幕，臉上的表情沒有任何變化。

「我沒看過這個人。」赤木歪著頭說。

「這樣啊。」陸真把手機放回小手袋。

「太奇怪了，月澤先生為什麼對我那麼說呢？」圓華聳了聳肩。

「可能是和其他店混淆了。」赤木站了起來，「打擾了，三位請慢用。」

目送深紅色背影漸漸離去，陸真吐了一口氣。「啊，我緊張死了。」

圓華拿起馬克杯說：「不知道對方接下來會怎麼出手。」

「她剛才說不認識月澤先生，會是真的嗎？」武尾嘟噥著。

「我覺得她在說謊。她看月澤先生的照片時間太短了，如果在努力回想，應該會看得更久。她應該看了一眼就想到了。」

「她為什麼要說謊？」陸真說出了內心的疑問。

「不知道，但是我認為遲早會有答案。」圓華露出意味深長的笑容喝了雞尾酒後，把馬克杯放在桌子上，「那我們差不多該走了。」

「可以了嗎？」

「對，來這裡的目的已經達到了。」

「什麼目的？」

「你遲早會知道。」

武尾舉起手，叫來了服務生，把信用卡交給他，請他結帳。

「不好意思，我再把錢還給你。」服務生離開後，圓華小聲道歉。

「不用了，今晚我請客，慶祝我們再次見面。」

「謝謝。」圓華露出微笑。

他們在櫻井等人的目送下走出酒吧。一進電梯，陸真頓時感到全身疲憊，很想蹲下來。

但是他無法如願。因為電梯很快就停了，電梯門打開，兩個身穿西裝的男人走進電梯。

電梯門又關上，電梯繼續下樓。這次中途沒有停，抵達一樓後，電梯門開了。

一個高個子站在他們面前，看著陸真他們。他沒有讓開，而是低聲地說：「跟我們走。」

陸真屏住呼吸的同時，站在他身旁的男人抓住了他的右臂。男人的力氣很大，然後用另一隻手抓住了圓華的左手臂。

武尾試圖抵抗，但是下一剎那發出了呻吟，癱坐在地上。陸真完全不知道發生了什麼事。

「不要反抗，聽他們的指示。」圓華簡短地說完，看著高個子男人問：「要去哪裡？」

「跟我們走就知道了。」

陸真被男人抓著手臂走了出去。

走出大樓，一輛黑色廂型車停在門口。陸真等人被推進了後車座。

「你們三個人都把手機關機，再稍微忍耐一下。」高個子男人說。

陸真他們把手機關機後，眼睛立刻被蒙了起來，雙手也被束帶綁了起來。

「武尾，你沒事吧？」圓華問。

「我沒事。」

「沒想到你這麼輕易被他們撂倒。」

「碰到電擊棒就沒辦法了。」

「喂，你們不要聊天。」一個男人說。

引擎發動，廂型車很快駛了出去。陸真不知道會被帶去哪裡，不安得有點喘不過氣，心臟一直劇烈跳動。

不明身分的男人沉默不語。沉重的空氣中，完全失去了對時間的感覺。陸真覺得車子開了很久，但可能只是錯覺。

廂型車停了下來，引擎聲也停了，似乎終於抵達目的地。

隨著廂型車側滑門打開的聲音，陸真的手臂被人抓住。

「下車。」

陸真被拉起來，只能用腳底摸索著下車。男人推著他的後背，但動作並不會太粗暴，難道是以為陸真是女人？

陸真完全不知道自己走在哪裡，因為完全感受不到風，所以猜想是室內空間。

他們似乎走進了電梯，然後又走了一小段路，接著聽到開門、關門的聲音，似乎走進了某個房間。

有人站在身後，然後拿下了蒙住他眼睛的布。

好幾台液晶螢幕突然映入眼簾，總共有四台大螢幕，兩個男人坐在螢幕前。前方有一張桌子和單人沙發，一個矮個子男人坐在沙發上，手上拿著威士忌酒杯。沙發可以旋轉，男人轉向陸真他們的方向。

「不好意思，剛才讓你們感到不舒服。」矮個子男人說，「因為不能讓你們知道這裡的地點，希望你們能夠諒解。」

「我就知道。」圓華開了口，「這種地方都是雙重門嗎？」

男人皺起眉頭問：「妳說什麼？」

「雙重門。難道不是嗎？我以前曾經聽說，為了預防警察上門掃蕩，所以很多地方都有雙重門。」

「喔喔，」男人放鬆了臉上的表情，「賭場那裡是這樣。」他用大拇指指著後方的螢幕說，「這裡是管理室，不必擔心警察上門。」

陸真看向螢幕，螢幕上有一張桌子，有人在發牌。螢幕上是分別從幾個不同的角度拍攝的畫面。其他螢幕是其他桌子的情況，還有俄羅斯輪盤。

「所以賭場是在其他地方嗎？」

「沒錯。」矮個子男人點了點頭，「真是太感謝網路時代了。」

「你把這些事告訴我們沒問題嗎？」

「與其讓你們到處亂打聽，還不如帶你們來這裡。剛才調查了一下，我們也算是同路人。」

男人從懷裡拿出便條紙，出示在武尾面前。「武尾徹，前N縣警總部警備部任職，聽說有幾家店因為你提供的消息，躲過了警方的掃蕩，你現在不當藝人的保鑣了嗎？」

「那已經是多年前的事了，當時的記錄還留著嗎？」

「客戶資料是我們重要的生財工具，你也很清楚這件事，所以才會在『藍星』報上真實姓名，難道我說錯了嗎？」

「不，你說的對。」

「我就知道。」

原來是這麼一回事。陸真恍然大悟。圓華認定武尾的名字仍然留在賭場客人名單上的可能性相當高。武尾曾經說，他陪同藝人出入賭場時，曾經出示過自己的駕照。

身後傳來敲門聲。門打開了，有人走了進來。陸真轉頭一看，原來是資深美魔女赤木乃理明。她在男人耳朵小聲說了什麼。

男人看向圓華和陸真說：

「六本木並沒有叫『拉普拉斯』的酒店，你們到底有什麼目的？」

「我們只有一個目的，」圓華說，「那就是查明殺害月澤克司的凶手。」

男人和赤木頓時臉色大變。

「別嚇人好不好。月澤是誰？」
「是他的爸爸。」圓華轉頭看向陸真。
赤木挑起單側眉毛問：「是這個小男生的爸爸？」
「小男生？」男人瞪大了眼睛，「他是男的嗎？」
「應該是。我沒說錯吧？」
赤木問。陸真微微點了點頭，因為他認為隱瞞也無濟於事。
「你是高中生嗎？」
「中學三年級。」
「是喔。」男人叫了起來，「太驚訝了，我完全沒發現，還覺得是個漂亮女人呢。你們有發現嗎？」
「沒有。」身後有人回答。
「不愧是老闆娘，眼睛太利了。」
「我也差一點被騙，」赤木說，「他偽裝得太好了，我非常佩服，但是你是不是不習慣長指甲？因為女生不可能像你那樣操作手指。」
聽到赤木這麼說，陸真想起來了。他剛才從手機中找克司的照片時，的確有點手忙腳亂。
「請妳告訴我，」圓華看著赤木說：「月澤先生曾經去過『藍星』，對嗎？」

「我已經告訴妳，我不記得了。」

「果真如此的話，你們不可能帶我們來這裡。你們也想知道有關月澤先生的情況，而且八成和賭場有關係。我說對了嗎？」

赤木輕輕嘆了一口氣問：

「妳剛才的籌碼哪來的？」

「月澤先生放在衣服口袋裡。他並不是賭場的會員，所以應該是別人給他的，他應該在調查那個籌碼的主人。雖然我不知道他為什麼認為和『藍星』有關，總之，他去了那家店，向你打聽了籌碼的主人。這就是我的推理。」

陸真在一旁聽了圓華的推理，內心感到驚訝不已。圓華到底什麼時候推理出這些事？

「妳要推理我沒意見，」赤木說，「妳想怎麼推理都沒關係。」

「請妳告訴我，月澤先生調查的人叫什麼名字？」

「妳真會說笑，我們甚至沒有義務回答妳，妳的推理是否正確。更何況即使妳說中了，也不可能告訴妳。這很正常吧。」

「因為這是個資。」男人露出奸笑，「你們差不多該走了。」

站在後方的男人走了過來。他們又要來蒙住自己的眼睛嗎？

「二十五。」圓華突然說道。

沙發上的男人露出驚訝的表情。「妳說什麼？」

「那個。」圓華下巴指向其中一台螢幕。螢幕上出現的是俄羅斯輪盤。輪盤正在旋轉。

「俄羅斯輪盤有什麼問題嗎？」

「你看下去就知道了。」

俄羅斯輪盤的速度漸漸慢了下來，最後完全停止。球轉動片刻後，掉進了其中一個溝槽。那是寫著『25』的溝槽。

男人一臉震驚的表情看著圓華問：「妳怎麼知道？」

「你想知道嗎？」

「想啊。」

「只要你告訴我月澤先生在調查的那個人叫什麼名字，我就告訴你。」

「妳說什麼？」

「矇的，」赤木說，「一定只是剛好矇對了。」

「那可未必。」圓華露出無敵的笑容，似乎對眼前的狀況樂在其中。

矮個子男人悶不吭氣地注視著螢幕。螢幕中的荷官轉動了輪盤，正把球擲入輪盤。

「十三。」圓華即刻說道。

男人露出銳利的眼神看向她後，又轉頭看著螢幕。

陸真也凝視著旋轉的輪盤。真的有可能說中嗎？
輪盤停了下來，球再度落入溝槽。正是『13』的溝槽。
赤木這次沒有說是矇對了，不發一語，不停地眨眼。
男人站了起來，對坐在螢幕前的年輕男人說了什麼。陸真聽到了『駭客』這個字。年輕男人歪著頭納悶，然後指著螢幕角落顯示的時間。
圓華發出了呵呵的笑聲。
「難道你覺得是我的同夥駭入系統，在滾球停止的幾秒之後，才把影像傳來這裡嗎？即使有辦法這麼做，對方又要怎麼告訴我數字？而且時鐘的數字無法動手腳。」
男人轉過頭，懊惱地咬著下唇。圓華說的沒錯。
滾球又丟進了旋轉的俄羅斯輪盤，圓華立刻說：「三十一。」
不用懷疑，她在球丟出去的瞬間，就已經預料到會落入哪一個溝槽。不，應該更周密，所以應該說是預測。
滾球一如她的預告，落入了『31』的溝槽。
男人大步走向圓華問：「告訴我，妳是怎麼做到的？」
「我剛才已經說了交換條件。」
「不可能。」赤木在一旁說，「妳的推理並不正確。那個姓月澤的人的確來過，他拿出那個籌碼，要求我們帶他去使用這個籌碼的賭場。我沒有騙妳，所以我們並不知道他在調查誰。」

「你們帶他去了賭場嗎？」

「怎麼可能帶那種來路不明的人去那裡？」

「妳是怎麼拒絕他的？」

「我對他說，我不知道什麼賭場，我們店是做正當生意，請他不要說一些奇怪的話找碴。」

「月澤先生說什麼？」

「他說改天再來，然後就離開了，但是我們也感到很好奇，那個男人到底是誰。結果你們今天晚上就找上門，無論怎麼看，都覺得你們很可疑，所以就決定搞清楚是怎麼回事。」

赤木的話聽來不像說謊，至少很合情合理。陸真看向圓華。她接下來打算怎麼進攻？

「聽了剛才的說明，想必妳也瞭解了，可以請你們離開嗎？」矮個子男人後退，再次坐上沙發，「俄羅斯輪盤的事我就不多問了，改天去問魔術師，八成有什麼機關或是玄機。」

「可以接連說中俄羅斯輪盤數字的魔術嗎？我從來沒有看過這種魔術。」圓華緩緩搖頭後，注視著男人說：「我想請教一下，俄羅斯輪盤好賺嗎？」

「任何賭博，莊家都穩賺不賠。」

「應該也有賠錢的時候吧？但是如果讓我當荷官，保證不會讓你們虧錢。」

男人皺起眉頭問：「妳說什麼？」

「我們來做個交易。你僱我當荷官，然後我們會自己調查月澤先生在調查的人，這樣的話，你們就不算洩露個資了。」

矮個子男人和赤木互看了一眼，似乎在確認這個提議有沒有陰謀，會不會是陷阱？

「妳是說，妳不僅可以說中數字，還可以讓球滾進妳決定的位置嗎？」矮個子男人謹慎地確認。

「如果你不相信，我可以親自示範。」圓華充滿自信地仰起頭，「但是你必須帶我們去賭場。」

凌晨三點——

武尾和圓華送陸真回到家。他一進家門，就倒在了床上。極度的緊張和第一次穿女裝，讓他累得精疲力盡，之前騎腳踏車在多摩川附近巡視時，也沒有今天這麼累。

這一整天也未免太刺激了。

但是，明天晚上可能更驚人。因為明天晚上要和圓華一起深入賭場。

矮個子男人——指示他們要叫他社長的男人，同意和圓華進行那場奇怪的交易。

到底會如何發展？

但是現在實在太累了，無法繼續思考。

18

看起來像是和自己相約見面的人在下午一點零五分出現了。因為對方戴著成為約定記號的黑框大眼鏡，所以應該不會錯。對方站在門口，打量著咖啡店內。脇坂站了起來，整了整領帶。今天繫了苔綠色的領帶，這是脇坂和對方約定的記號。

戴著黑框眼鏡的人立刻發現了他，走了過來。眼鏡後方的眼睛直視著脇坂的臉。也許在走向他的這一小段路上，就已經在評估他的實力。

「請問是脇坂先生嗎？」對方問。

「是，不好意思，突然約見面。」脇坂拿出了名片。

對方接過名片前，也從懷裡拿出了名片。他們站著交換名片後，幾乎同時坐了下來。

對方的名片上印著『記者　津野知子』。脇坂事先已經從福永口中得知，這名記者是女性，今天早上打電話約見面的時間時，也是和本人通話，但實際見面後，發現和自己的想像不太一樣。聽說這名自由記者都寫刑事事件的相關報導，以為會是一個看起來精力充沛、很中性的人。

但是眼前這名記者一頭長髮綁在腦後，臉上化著很有氣質的妝容，完全就是一個很普通的女性，甚至感覺有點文靜。年紀大約四十歲左右，雖然五官並不算太明顯，但也可以歸類為美女。

女服務生走了過來，兩個人都點了咖啡。

「我早上也說了，我是從福永先生口中得知妳的事。」脇坂開了口，「聽說妳在採訪時很積極。」

「福永先生一直很照顧我——那我就把這個放在這裡。」

津野知子把錄音筆放在桌子中央。脇坂在電話中同意，她可以全程錄音。

「那我們就不說廢話了，請問妳為什麼想要調查T町一家三口強盜殺人案？」

津野知子聽了脇坂的問題後稍微想了一下才開口回答說：

「理由很簡單，我是基於私人因素關心這起事件。」

「私人因素是指？」

「我在學生時代經常去山森家，我是他們女兒的家教。」

山森就是遇害的那戶人家。脇坂忍不住看著對方的臉。「原來是這樣，妳是他們女兒的……」

「我在她小學四年級和五年級時，擔任她的家教。她和我感情很好，她媽媽山森太太也對我很好。之所以沒有在她六年級時繼續擔任她的家教，是因為我開始工作了，但是仍然和她寫信。我記得命案發生時，剛好是我進那家公司第四年。」

「妳想必很受打擊。」

津野知子用力嘆了一口氣，垂下肩膀。

「當然啊，我根本無法相信。凶手不僅殺了他們夫妻，連他們的女兒也不放過，簡直太殘酷了。我憤怒得全身發抖，有很長一段時間都無法工作。」

「不好意思，請問妳當時做什麼工作？」

「我在一家小型廣告代理公司上班，寫一些拙劣的廣告文案。」

「妳從那時候就開始調查T町命案嗎？」

津野知子露出淡淡的笑容，搖了搖頭。

「那時候的我，沒有這種積極性——」這時，女服務生送咖啡上來，她立刻住了嘴。

女服務生把杯子放在他們面前離去後，津野知子再次開了口。

「雖然我很關心事件的情況，但並沒有打算採取任何行動，因為我以為警方很快就會抓到凶手。」

「沒想到並沒有抓到凶手，案情陷入了膠著。」

「我看到事件的相關報導，說是線索太少，導致偵查陷入瓶頸，但是我完全沒有想到，竟然會無法抓到凶手，所以當時極度失望。只不過也不認為無力的自己能夠做什麼，也只能這樣。」

「是什麼事讓妳又重新對T町命案產生了興趣……」

「四年前，聽說終於破了案，但是看到報導的內容，忍不住感到困惑不已。凶手新島史郎在報導的一年多前落海，至今下落不明。他成為T町命案的凶手，雖然移送了檢方，但因為嫌犯死亡，所以不起訴。我忍不住納悶，到底是怎麼回事。」

原來如此。脇坂瞭解了狀況。因為新島落海時，媒體並沒有報導和T町命案有關。

「所以妳就決定調查這起案子嗎？」

「對，因為對我來說也是一個良好的機會。」

「妳的意思是？」

「我在三十歲前辭去了廣告代理公司的工作，進入出版社，之後以自由記者的身分開始採訪工作。工作內容以社會問題相關的主題為主，但我希望以後也可以報導刑事案件。因為我在警界和法律界建立了一些人脈關係，T町命案和我算是有一點關係，如果能夠徹底調查到底發生了什麼，或許有助於提升身為記者的技能。說白了，就是我認為能夠假公濟私，一舉兩得。」

雖然她的語氣淡然，但話語中充滿熱忱。脇坂認為她搞不好是一個很有野心的人。

「結果怎麼樣呢？」

津野知子喝了一口黑咖啡，搖了搖頭說：

「從結論來說，就是沒有具體的結果。我遭遇了挫折，離發現真相還差得很遠。雖然自己說這種話有點那個，但其實我這個外行偵探非常努力。」

脇坂也喝了一口黑咖啡後，把杯子放在桌上。

「如果有機會洗耳恭聽妳努力的內容，我會感激不盡。」

「沒問題，但你會遵守在電話中的約定，對嗎？」

「當然。」

所謂的約定，就是如果脇坂查明真相，就必須毫無隱瞞地告訴津野知子，同時也同意由她執筆後加以出版。

「我決定先調查新島史郎，」她從肩背包中拿出一本筆記，「新島是山形縣一家小型木材加工廠老闆的長子，沒有兄弟姊妹。他的父親在他高中畢業後死亡，木材加工廠也就歇業了。二十歲時，新島來到東京想當演員。」

「妳竟然調查得這麼詳細。」脇坂發自內心感到驚訝，「妳去問了新島的老家嗎？」

「他的老家已經沒人了。新島的母親在十年前去世，老家的房子也沒人住。我是向和他母親關係很好的一位鄰居阿姨打聽到剛才這些事。聽說公所聯絡了新島好幾次，想瞭解他決定如何處理那棟房子，但新島遲遲沒有回覆。」

脇坂並不感到意外，目前日本各地都有空屋的問題。

津野知子低頭看著筆記。

「來到東京後，新島加入了經紀公司，同時靠打工養活自己，但最後不得不放棄了夢想，開始在聲色場所工作。聽說他曾經在新宿當過牛郎，十七年前，T町一家三口強盜殺人案發生當時，他在銀座的高級酒店『夜島』當經理，同時也發現T町命案的被害人山森達彥也是『夜島』的常客。」

「我也從福永先生那裡得知了這些情況，據說這是新島和被害人之間為數不多的交集。」

津野知子抬起頭。

「但是很奇怪，你知道山森先生和地下賭場有關嗎？」

「這件事也從福永先生口中聽說了。」

「但是根據我的調查，並沒有人聽說『夜島』的客人曾經被帶去地下賭場，而且命案發生當時，山森先生已經不再去『夜島』了。那時候，山森先生頻繁出入銀座一家名叫『藍星』的酒吧，『藍星』的客人中，有好幾個人因為賭麻將或是參與地下賭博遭到逮捕。警方懷疑是店家在拉客或是居中斡旋，一直在伺機行動，所以懸案偵查組的刑警也調查了新島和『藍星』之間是否有關係，但是最後沒有任何發現。新島並沒有在那裡工作過，也沒有他曾經去那家店喝酒的記錄。」

「但是，不能因為沒有發現交集，就認為沒有關係。」

「你說的完全正確，但是我在那個時候，產生了新的疑問。那就是為什麼T町命案發生超過了十年，才認為新島是凶手這個根本的問題。」

談話漸漸逼近核心。「然後呢？」脇坂探出身體。

「於是我就問了當時負責那起命案的刑警，卻遲遲無法搞清楚這個關鍵的問題。無論問任何人，都會聽到相同回答。自己只是聽從上面的命令。上面要求清查新島的情況，所以就開始調查；上面要求監視，所以就監視；上面要求跟蹤，所以就跟蹤。所有人的回答都雷同。」

「但是他們說的可能是事實。也就是說，他們真的完全不知情。」

「我也認為是這樣。」津野知子很快就回答，「之後得知了據說有人匿名提供了情報，但無論消息的來源還是真實性都不清不楚。最後把我逼急了，於是就去懸案偵查的負責人理事官住家附近去堵他。」

「理事官？妳真勇敢啊。」

「這就是外行偵探的厲害。」津野知子笑了笑，但又立刻恢復了嚴肅的表情，「果然不出所料，理事官拒絕回答，只說是機密事項，但或許是欣賞我這個外行偵探的勇氣，他給了我一個提示。」

「提示？什麼提示？」

「情報就在該在的地方，只是有時候無法對外公佈，就像N系統一樣——這就是他當時說的話。」

「N系統嗎？」脇坂點了點頭，「原來如此。」

「看你的表情，似乎也略知一二。」津野知子露出窺視的眼神。

「或許妳已經知道了，目前的N系統——正式名稱是汽車車牌自動讀取裝置，除了可以拍下車牌，還可以拍下坐在駕駛座和副駕駛座上的人的臉。雖然要求一旦判定和犯罪無關就要刪除相關資料，但並沒有詳細的規定。有人指出，相關資料可能全都儲存下來，侵犯了隱私權，只不過警察廳定調，系統全貌是最高機密事項，情願放棄將此作為法庭上的證據，也不能讓系統的全貌曝光。」

津野知子的表情嚴肅起來。

「你的意思是，還有其他和N系統一樣，在祕密中執行的偵查手法……？」

「因為沒有任何明確的證據，所以我無法進一步明言。」脇坂含糊其辭。

「這就是你的目的，對嗎？你想要揭發警界高層隱瞞的偵查系統。」

脇坂拿起咖啡杯，露出了笑容。「隨妳想像。」

「如果你的推測正確，高層為什麼要隱瞞？也可以像N系統一樣，在公佈有這個系統的同時，將詳細內容列為最高機密。」

脇坂喝了一口咖啡後，放下了杯子。接下來要說的內容在措詞上必須格外謹慎。

「讀取汽車車牌是合法的行為，但是如果建立新的系統時，使用了違法的手段呢？」

「違法……比方說？」

「有關個資的問題。」脇坂迅速看向周圍，壓低聲音繼續說道，「比方說，像是ＤＮＡ，我只是打比方而已。」

津野知子的臉頰抽搐了一下。她露出嚴肅的眼神，好像在思考般沉默片刻後，緩緩把臉湊了過來。

「脇坂先生，你真的願意遵守約定，在查明真相之後，最先通知我嗎？請你無論如何不要忘記這件事。如果你願意保證，那我可以提供另一個情報，這是我珍藏的祕密，甚至沒有告訴福永先生。」

「我當然可以保證，請問是什麼情報？」

津野知子闔起筆記，坐直了身體，胸口起伏，調整著呼吸。

「我對Ｔ町命案的來龍去脈存疑，新島史郎真的是凶手嗎？他跳海這件事無法成為證據。新島涉嫌販賣古柯鹼，當他發現刑警，當然有理由要逃走。他也許根本和Ｔ町命案無關。」

津野知子的疑問很直接，脇坂愣了一下。

「妳為什麼這麼認為？」

「警方斷定新島是凶手主要有兩大根據，第一個根據，就是從新島住處採集到的ＤＮＡ，和遇害的山森太太指甲上的血液相同。另一個根據就是在新島家中，發現了像是山森太太持有的首飾。首飾表面上些微的皮脂和山森太太的ＤＮＡ一致。」

「好像是這樣。難道妳對這兩點有疑問嗎？」

「我想討論的是首飾的問題。山森太太的確有很多昂貴的首飾，我也知道大部分都被凶手拿走了，但是在新島住處只發現紅寶石戒指和珍珠項鍊。」

脇坂皺起眉頭，微微歪著頭。

「哪裡有問題呢？其他的首飾都被他賣掉了。」

「既然這樣，為什麼紅寶石戒指和珍珠項鍊還留著？而且還留了超過十年。」

「可能只是巧合，原本打算脫手，但一直沒有機會，然後就一直留在手上。因為男人一下子變賣太多首飾，收購的業者可能會起疑心，所以完全有可能分多次變賣。」

津野露出嚴厲的眼神搖了搖頭說：「我認為不對。」

「哪裡不對？」

「我曾經親眼看過那個戒指和項鍊。雖然是二十多年前的事了，但我記得一清二楚。」

「妳看過？」津野知子的話太出人意料。

「山森太太曾經給我看，那兩件首飾是山森太太嫁給山森先生之前的前任男友送她的禮物，她不想被她先生看到，但覺得丟掉太可惜，說如果我喜歡，她可以送我。我不識抬舉，因為我不喜歡，所以就很有禮貌地拒絕了，山森太太一臉惋惜地把戒指和項鍊放回了原來的地方，那個地方才是重點。她放在梳妝台的抽屜。現在很少有女人會在家裡放梳妝台，但山森家有一個很氣派的梳妝台，而且抽屜有雙重的底，可以藏貴重物品。如果不是有人告知，絕對不可能發現有這樣的機關，我不認為強盜殺人的凶手會發現。」

「你的意思是，戒指和項鍊並不是被偷走的？」

「這麼想就很合理。我查了有關T町命案的所有公開資料，完全沒有看到任何凶手曾經翻找梳妝台的記錄，這不是代表凶手並沒有動過梳妝台嗎？」

「但是……的確在新島家裡找到了戒指和項鍊。」

「只發現了這兩件首飾，完全沒有其他首飾，這只是巧合嗎？」

脇坂漸漸瞭解了津野知子的言下之意。

「新島失蹤之後，有人從山森太太的梳妝台拿出了戒指和項鍊，藏在新島家裡……」

「我確信是這麼一回事。」

「果真如此的話，能夠做這件事的人很有限。」脇坂沒有明說。

「是啊。」

「妳已經有鎖定的對象了嗎？」

津野知子無力地搖了搖頭。

「命案發生後，警方接手了山森家的房子，有警察站崗，原則上禁止外人出入，但是如果是辦案人員，不是不會遭到懷疑嗎？如果沒有辦理正式的手續，就不會留下記錄。」

辦案人員——津野知子明確說出了脇坂沒有明說的事。

「但是，那個人怎麼會發現梳妝台的機關呢？妳剛才不是說，如果不是有人告知，別人絕對不可能發現嗎？」

「很簡單，就是有人告知。」

「誰？」

「山森太太的母親。命案發生後，刑警曾經去了山森太太的娘家，當時，山森太太的母親告訴刑警梳妝台的機關，說裡面可能有貴重物品。這是山森太太的母親在四年前親口告訴我的，她仍然健在，腦筋也很清楚。」

「那名刑警叫什麼名字？」

「可惜她不記得了，只說是男刑警，但是刑警之間都會分享掌握的情報，所以鎖定某一個人也沒有意義。」

她說的完全正確。

「你對另一項證據有什麼看法呢？新島的ＤＮＡ和從山森太太指甲上發現的血液一致。」

津野知子握起放在桌上的雙手。

「我一開始說我遭遇了挫折，就是關於這個問題，因為我認定即使可以捏造證據，也不可能在ＤＮＡ鑑定上動手腳。雖然有不自然的地方，但我告訴自己，只能接受新島是真凶這個事實。

只不過聽了你剛才說的話，我發現了新的可能性。」

「妳認為既然警方開發了運用ＤＮＡ資料辦案的新偵查手法，當然有可能操作ＤＮＡ的鑑定結果？新島是Ｔ町命案的凶手這件事，完全是警方捏造的。」

津野知子默默點了點頭。

脇坂吐了一口氣說：「很大膽的推理。」

「因為我是外行偵探，要怎麼推理都很自由，但是之後的情況就不知道了，只有警察內部的人才有辦法繼續追查下去，你不認為嗎？」津野知子眼中露出冷冽的光芒，目不轉睛地看著脇坂的臉。

19

聽到門鈴聲，陸真醒了過來。這棟公寓並沒有門禁系統，所以是有人在按門鈴。因為懶得起床，原本想不理會，但門外的人一直按不停。

陸真慢吞吞地下了床，拿起裝在廚房牆壁上的話筒，故意冷冷地問：「找哪位？」

（原來你在家啊。）門外的人說。陸真立刻聽出是誰的聲音。

「純也？」
（就是我。你到底是怎麼回事？）
「等我一下。」
陸真走向玄關。他的腦袋昏昏沉沉，無法好好思考。
他打開門鎖，打開了門。
「你的手機為什麼關機——」純也邊說邊走進屋，一看到陸真，頓時愣住了。「啊……呃，」他瞪大了眼睛問：「……這是誰啊？」
「什麼？」
陸真低下頭，最先看到了隆起的胸部，下一剎那，就忍不住大叫起來。
「啊！」純也也指著陸真叫了起來。
兩個人都大叫著跳了起來，最後捧腹大笑。
「怎麼回事啊？你們玩這麼大嗎？」純也坐在沙發上，喝著自己帶來的瓶裝可樂。他的手上拿著印了『BLUE STAR』的杯墊。昨天晚上，陸真猜想自己一輩子也不會再來這種地方，於是在離開之前，偷偷把杯墊塞進了小手袋。
「昨天晚上太出乎意料了，我現在仍然覺得好像在做夢。」

「哼，好羨慕喔。早知道我也應該一起去。」純也把杯墊放在桌子上，把可樂瓶放在上面，然後開始把玩假髮。

「圓華他們不讓你去，那也沒辦法啊——喂，你不要玩假髮，我今天晚上還要用。」

「但事態的發展簡直就像在演警匪片，光聽你說，就興奮得不得了。」

「才沒有你想的這麼悠哉呢，我光是穿女裝，就緊張得不得了，而且奇怪的大人接連不斷出現在我們面前，再加上圓華都做一些很危險的事，我的心臟真的都快跳出來了。」陸真坐在地上，對著鏡子卸妝時說。圓華交給他一組化妝品，但他不知道使用方法，於是把手機放在旁邊，手機正在播放『卸妝方法　適合初學者』的影片。

「所以今天晚上要去地下賭場嗎？」

「勢在必行啊。」

「啊啊啊？」純也叫了起來，「這不會很危險嗎？如果剛好遇到警方掃蕩，我聽說光是在那裡，就會遭到逮捕。」

「好像是這樣，但圓華說，現在已經沒有退路了。」

純也把假髮戴在頭上，身體向後仰說：「她也太猛了。」

「我不是叫你不要玩假髮嗎？——她真的超猛，她撞球的技術超強，更令人驚訝的是俄羅斯輪盤，竟然可以接連說中數字。」

「我還是不太相信這件事，真的有辦法做到嗎？」純也歪著頭表示質疑，把假髮放在桌上，然後又拿起了隱形胸罩。

「不要質疑她有沒有辦法做到，她就是真的做到了。我親眼看到的，絕對不會錯，所以我們今天晚上才會去地下賭場——喂，你的手這麼髒，不要碰隱形胸罩，不然會失去黏性。」

陸真卸完妝後，走去了洗手台。接下來要洗臉。女人每天精疲力盡地回到家，還要做這種事嗎？網路上說，如果不卸妝，皮膚會變差。

放在洗手台旁的時鐘顯示快下午兩點了。雖然昨晚深夜才回家，但也睡了很久，難怪腦袋昏昏沉沉。

純也昨晚回家後，一直很擔心之後的狀況，今天打了好幾通電話給陸真，也傳了好幾次訊息，但電話打不通，訊息也不讀不回。純也在中午之前還努力忍耐，但過了中午之後，終於下定決心來陸真家找人。

「害我一直胡思亂想，我還以為你被壞人抓走，或是被他們幹掉了。」純也半開玩笑說道，但他一定真的很擔心自己。陸真發自內心感到過意不去。

洗完臉之後，終於有一種清爽的感覺，但是今天晚上又要化妝。想到這件事，心情就很憂鬱。昨天是圓華為他化的妝，今天自己有辦法搞定嗎？

回到客廳，發現純也正在用手機查什麼資料。陸真探頭一看，發現螢幕上是俄羅斯輪盤。

「你在幹什麼？」

「我在查玩俄羅斯輪盤的技巧，以前也曾經有可以讓球滾入瞄準的數字的名人級荷官。」

「是嗎？既然這樣，圓華有辦法做到也不算太稀奇。」

純也咂著嘴，搖著食指說：

「我剛才不是說了是以前嗎？上面寫著，現在的機器不一樣，號碼的溝槽很淺，幾乎已經不可能做到了。我查了好幾個網站，這似乎是普遍的結論。」

「雖然你這麼說，但圓華說她有辦法做到，就只能相信她。更何況常識在她身上根本不管用。我已經接受這個事實了，她果然是魔女。」

「魔女……」純也在沙發上倒了下來，「那個人真的會出現在地下賭場嗎？呃，該怎麼說……我是說殺了你爸爸的凶手。」

「不知道，但圓華似乎這麼認為，無論如何，我爸爸的確想要去賭場，所以必須查明爸爸想要這麼做的目的。」

「既然已經知道了這些事，不是告訴警察比較好嗎？交給警察去處理，就不必擔心會有危險。」

「圓華說，不能告訴警察。」

「為什麼？」

「因為這就等於向警方出賣地下賭場，即使對方犯了法，既然願意協助我們找凶手，我們就不能做這種卑鄙的事。」

「唉唉唉。」純也躺在沙發上，攤開了雙手，「她還這麼講義氣嗎？她的個性也太強了，簡直令人難以招架。」

「她還說，警方即使採取行動，也未必會符合我們的期待，甚至可能覺得無法相信外行人蒐集到的情報，對我們置之不理。」

「嗯，完全有這種可能，而且他們也有自尊心。但是，你和圓華兩個人有辦法找到凶手嗎？你們有什麼線索嗎？」

「可能就是這個吧。」

陸真操作起自己的手機，再把螢幕出示在純也面前。上面是克司那份通緝犯名冊。

「我爸爸的放大鏡不是掉在多摩川命案現場嗎？既然爸爸把那個帶在身上，就代表他在追通緝犯。那個人就是那個籌碼的主人。」

「等一下，所以你們打算比對去地下賭場的客人和通緝犯名冊上的照片？這不太可能吧？如果你們拿著手機，然後盯著客人看，絕對會引起懷疑。除非你像是爸爸一樣，記住名冊上所有的照片。」

「我當然知道，所以要用祕密武器。」

「什麼祕密武器？」

陸真站了起來，打開矮櫃的抽屜，從裡面拿出一個眼鏡盒。打開蓋子，裡面是一副黑框大眼鏡。陸真戴上眼鏡後，轉頭看向純也問：「怎麼樣？」

純也從沙發上坐了起來，一臉納悶地歪著頭說：

「你戴眼鏡蠻好看的，但這哪裡是什麼祕密武器？」

「其實這是相機。」

「啊？是嗎？」

「這是爸爸以前在工作時使用的穿戴式攝影機，中央有一個鏡頭，是不是完全看不出來？電池可以撐三個小時左右，拍攝的內容可以保存在記憶卡中。今天晚上就打算用這個。」

「你該不會打算拍下地下賭場的客人吧？」

「你說對了，因為這不是市售的商品，而是公司獨自開發的產品，所以光看設計，完全不必擔心會被識破是攝影機，而且畫質也是高解析度。只要用這個攝影機拍下客人的臉，之後就可以慢慢確認是否有通緝犯在裡面。」

「原來是這樣，這種方法搞不好可以成功。你想到了好主意。」

「其實原本是圓華的主意，她說要去秋葉原買針孔攝影機，於是我就告訴她，我有好東西。」

陸真拿下眼鏡，握住掛在耳朵——稱為鏡腳的部分從中間一拉，鏡腳就像套子一樣被拉了下來，露出了裡面的接頭。他把從抽屜拿出來的專用充電器連在接頭上，插在旁邊的插座上。

「對了，那段影片的情況呢？」純也問，「就是你爸爸舊手機上的那段影片。」

「你是說那個啊。」陸真拿起手機，點開了那段影片。他把那段影片傳到了自己的手機上。

那是不知道哪個購物中心或是超市的監視器拍下的影像，影片中的人很像克司名冊上的『新島史郎』。

「你爸爸會不會就是在追查這個人？」

「但是我上網查了一下，T町一家三口強盜殺人案已經破案了，凶手新島史郎也已經死亡，我爸爸現在追查這個人根本沒有意義。」

「這樣啊，那可能真的沒有關係。」

「雖然爸爸的舊手機只留下這段影片讓人很在意。」

陸真正打算放下手機，就接到了電話。螢幕上顯示『刑警脇坂』的名字。他立刻接起電話。

「喂？」

『月澤陸真嗎？我是警視廳的脇坂，請問現在方便講電話嗎？』

「沒問題。」

『你目前在哪裡？家裡嗎？』

「對。」

『那就太好了。我剛好在你家附近，因為有幾個問題想問你，現在可以去找你嗎？』

「啊……可以是可以，但我朋友在我家，就是宮前純也。」

『沒有關係，那我五分鐘後就到。』脇坂說完，不等陸真的回答，就掛上了電話。

純也聽說脇坂要來這裡，瞪大了眼睛。

「這下子慘了，你趕快把化妝品藏起來。」

「喔，對喔。」

如果被脇坂看到這些東西，不知道要怎麼解釋。

陸真急急忙忙把化妝品、禮服、假髮和隱形胸罩搬去臥室後，對講機的門鈴就響了。

脇坂進了屋。他挽起襯衫的袖子，苔綠色的領帶也鬆開了。天氣這麼熱，也難怪他已經不顧形象了，但看到他手上還拿著外套，就覺得大人真辛苦。

陸真請脇坂坐在餐桌旁。因為他上次來家裡的時候，說想要坐那裡。陸真在他對面坐了下來。純也向刑警打招呼後，在沙發上坐了下來。

「不好意思，突然來找你。」脇坂向陸真道歉，「之後有沒有什麼狀況？」

「沒什麼特別的事。」

「有沒有遇到什麼問題呢？」

「目前還沒有問題，而且純也的父母也很照顧我。」

「是嗎？那真是太好了。」

「上次撿到我爸爸的放大鏡時，我打了電話給你，之後的偵查有進展嗎？」

「當然。你提供的情報發揮了很大的作用，警方徹底調查了周圍的監視器，我也從今天早上就在四處打聽情況。」

「這樣啊……」

「不好意思，」純也插了嘴，「我想陸真是想知道偵查的成果。」

純也，謝謝你說出我的心聲。陸真看著刑警的臉。

「目前還在蒐集情報的階段，」脇坂說，「接下來才會有成果。」

陸真覺得脇坂在打官腔，但還是點了點頭。仔細想一想，警察就是公務員。

「我可以問幾個問題嗎？」

「好，什麼問題？」

「是關於之前借用的那本名冊，上面有一張令人在意的照片，就是一個叫『新島史郎』的人，你上次對我說，你爸爸很在意這個人，你還記得嗎？」

「當然記得，有什麼問題嗎？」

「搞不好那個人和這次的事件有關，不，在警方內部，也只有一小部分人知道這件事，所以希望你不要把這件事說出去。」

「他和這次的事件有關？有什麼關係？」

「不好意思，目前還無法透露。新島犯的案子是十七年前發生的T町一家三口強盜殺人案——俗稱T町命案，你知道嗎？」

陸真緊張了一下。因為他剛才還在和純也聊這件事。

「我知道名冊上寫了這件事。」

「五年前，警方開始調查新島，目前得知，月澤副警部，也就是你爸爸也參與了偵查工作，你當時有沒有聽你爸爸提起這件事？」

「我爸爸……原來是這樣啊，不，我完全不知道。」

陸真並沒有說謊，克司只和他說了追逃偵查的概況，不記得曾經提過個別的事件。

「那你聽了我剛才說的話，有沒有想到什麼？任何事都無妨。」

陸真陷入了猶豫。他在想克司舊手機的事。圓華說，如果想保護隱私，就不要交給警察，但如果那個手機有助於破案，隱瞞這件事似乎不太好。

「我找到了爸爸以前用的手機，我看了手機後，發現裡面有一段令人在意的影片……」

陸真眼角掃到純也一臉驚訝的表情，似乎在問，你真的要把那件事告訴警察嗎？但純也的眼神中並沒有責怪，可能純也也不知道怎麼做更好。

「可以給我看一下嗎？」脇坂問。

「好。」陸真回答後站了起來。

他從矮櫃抽屜中拿出舊手機說：「就是這個。」他把手機交給脇坂，發現刑警不知道什麼時候已經戴上了白手套。

「電池充了電嗎？」

「應該沒問題。」陸真接過手機，輸入密碼後，找出了影片。「就是這段影片。」

脇坂注視著播放中的影片，眼神變得銳利。可能他也察覺到有問題。

「你不覺得影片中的人和『新島史郎』的照片很像嗎？」

脇坂皺著眉頭，點了點頭。

「很像。雖然我不是追逃刑警，但我認為是同一個人。」

「我也這麼認為，所以覺得應該拿給你看一下。對不對？」

陸真想要徵求純也的意見，但立刻大吃一驚。因為純也把保特瓶拿在手上，桌上的『BLUE STAR』杯墊看得一清二楚。純也剛才似乎忘了把杯墊收起來。

純也察覺了陸真的視線，把保特瓶放回去時，悄悄把杯墊翻了過來。

「手機上沒有其他資料嗎？」脇坂問。

「應該是，因為並沒有找到其他資料。」

「這個手機可以交給我吧？」

他果然提出了這樣的要求。雖然陸真想到了這個可能性，但還是無法輕易點頭答應。

「你打算恢復已刪除的資料嗎？」

「我會充分注意隱私的問題。」脇坂說，他好像察覺了陸真內心的想法。「我絕對不會拿出去，如果作為偵查資料在會議上提出時，也一定會通知你，我向你保證。」

既然他已經說到這種程度，陸真就無法拒絕了。因為陸真也希望抓到凶手。

「好，」陸真回答，「手機密碼是0518。」

「我會負起責任保管這隻手機。」脇坂把手機放進皮包，「還有其他想要告訴我，或是和我討論的事嗎？任何小事都無妨，即使你認為和事件沒有明顯關係的事也沒問題。」

「沒有其他事了。」陸真回答。他絕對不會說，今天晚上要扮女裝去地下賭場這件事，而且即使說了，脇坂恐怕也不會相信。

「你之後和她見過面嗎？」脇坂問，「就是羽原圓華小姐。」

脇坂的問題戳中了要害，陸真覺得自己的臉頰發燙，但仍然拚命故作平靜，輕輕搖了搖頭說：「前天一起去多摩川之後就沒再見過。」

「你們有約好要見面嗎？」

「並沒有。」

「她有沒有對這起事件說什麼？」
「說什麼……她說希望早日抓到凶手。」
「就這樣而已？」
「就這樣而已。」
「這樣啊。」脇坂點了點頭，輪流看向陸真和純也。
「不好意思，打擾你和朋友在一起的時間。我先告辭了，你們今天要去哪裡玩嗎？」
「不，並沒有……」陸真結巴起來。
「我只是剛好沒事，所以來看他。」純也說，「我也馬上要回去了，因為我要回家讀書，為考高中做準備。」
「畢竟你們是中學三年級嘛。」脇坂拿起外套和皮包站了起來，「雖然是暑假，但也沒辦法盡情地玩啊。」
陸真目送刑警離開，鎖上玄關的門之後，回到了客廳。
「那隻手機交給他沒問題嗎？」純也問。
「我也猶豫了一下，但後來覺得應該交給他，因為也許對破案有幫助。」
「是啊。」純也從沙發上站了起來，「那我走了，今天要去補習班上課，我不能翹課。」
「不好意思，你這麼忙還來看我。」

「你不必放在心上，晚上去地下賭場加油喔。其實我也很想去。」

「你不可能扮女裝啦，而且看起來也不像成年的女人。」

「你別這麼說嘛。」純也嘟起了嘴。

陸真送純也離開後，去廚房燒開水，準備沖即食味噌湯。純也擔心陸真沒吃飯，所以在便利商店買了飯糰和即食味噌湯給他。

他把開水沖進碗裡時，思考著今天晚上的事。不知道會怎麼樣——

20

茂上看著電腦螢幕，發出了低吟。螢幕上是月澤陸真交給脇坂的那隻手機上的影片。那是在購物中心和超市內拍攝的影像，顯然在跟蹤一個男人。

手機已經交給鑑識人員，但是在交給鑑識人員之前，有把這段影片資料複製下來。

「原來如此。」茂上小聲嘀咕，「你說了之後，發現的確很像這張照片裡的人。」螢幕角落有另一張靜止的圖，那是月澤克司貼在通緝犯名冊上的『新島史郎』的照片。

「其他資料幾乎都刪除了，只留下這段影片，應該是想留下來作為備份資料。」

「這代表這段影片很重要。」茂上小聲地說。他們在搜查總部的角落聊天，但偶爾有人經過他們身旁。

「真是難以理解。新島史郎已經死了，但月澤克司為什麼這麼小心翼翼地保存他的照片和影片？我覺得一定有我們意想不到的隱情。」

茂上探頭看著脇坂的臉說：

「幹嘛用這種像在賣關子的說法？如果你有什麼想法，就趕快說出來。」

「我認為有兩種可能，其中之一，就是新島史郎並沒有死。」

「你說什麼？」茂上瞪大了眼睛，「你說他還活著嗎？」

「即使其實已經死了，如果月澤克司相信他還活著，繼續保存他的照片和影片就很合理。」

「雖然是這樣，但在那種情況下跳海，通常很難活命。」

「我也這麼認為，月澤克司想必也這麼認為。」

「既然這樣，你剛才說的另一個可能是什麼？」

「這段影片和照片中的人並不是新島史郎，月澤克司正在尋找的是完全不同的人。」

「完全不同的人？但照片上不是寫著是『新島史郎』嗎？」

「這就是問題所在，我在想，會不會搞錯了……」

「搞錯了？什麼意思？」

「我的意思是——」脇坂在回答之前，又打量了周圍。因為接下來說的話絕對不能讓任何人聽到。「照片上的人的確就是T町命案的凶手，只不過並不是新島史郎。」

「啊？」茂上開口問道，「你在說什麼？」

「如果照片中的人並不是新島史郎，月澤克司在繼續找這個人就並不奇怪了。」

「你的意思是，跳海死亡的新島史郎並不是T町命案的凶手嗎？」

「我只是覺得有這種可能性……」

「你說話小心點，當初是因為物證齊全，所以才能夠偵破T町命案。」

「我知道……」

「怎麼了？難道你想要挑剔那些物證嗎？」

脇坂沉默不語。他不知道該不該說出從津野知子那裡聽說的情況。

「脇坂，」茂上小聲叫著他的名字，「你是不是掌握了什麼線索？」

「不，並不是這樣，只是發揮了一點想像力。」

「真的嗎？不可以對我和股長有所隱瞞，否則在緊要關頭，我們就沒辦法救你了。」

「我知道。」

「雖然我同意你自由行動，但不可以亂來，如果要採取什麼行動，一定要事先和我討論。知道了嗎？」

「我知道。」

「很好，」茂上點了點頭，「你今天也去找了D資料名單上的人吧？連同拿到月澤克司的舊手機這件事，一起寫在報告上。」

「收到。」脇坂回答後，轉身離開了。

他在自己的座位上打開筆電，開始寫報告。他一邊看著記事本，一邊機械式地敲打鍵盤，但遲遲無法專心。因為他正在思考別的事。

原本打算向茂上報告從津野知子口中得知，T町命案的證據可能是捏造出來的這件事，但是剛才去見月澤陸真時，掌握了意想不到的情況，讓他打消了原本的念頭。所謂意想不到的情況，並不是指月澤克司的手機。

陸真的朋友宮前純也使用的杯墊上印了『BLUE STAR』的文字。他當時大吃一驚。因為他才從津野知子口中得知完全相同的名字。

「命案發生當時，山森先生已經不再去『夜島』了。那時候，山森先生頻繁出入銀座一家名叫『藍星』的酒吧，『藍星』的客人中，有好幾個人因為賭麻將或是參與地下賭博遭到逮捕。警方懷疑是店家在拉客或是居中斡旋，一直在伺機行動。」

這絕對不是巧合。而且宮前純也中途把杯墊翻了過來，顯然擔心被脇坂看到。

只不過這兩名中學生不可能去銀座的酒吧，所以到底是誰去的？目前只能想到一個人，那就是羽原圓華。但是，脇坂向陸真打聽了她的近況，陸真說，前天之後就沒有再和她見面，而且也沒有發生什麼特別的狀況，而且直到最後，都沒有提到『藍星』的名字，很明顯是在隱瞞。

雖然曾經想過當場質問，但後來認為單獨問陸真或是純也更有效。於是他很快就離開了陸真家，守在公寓外。純也果然很快就走了出來，他立刻上前叫住純也，說想要聊幾句，把純也帶去了附近的咖啡店。

脇坂問了杯墊的事，少年如他所料，回答不知道。只不過說話時眼神飄忽，顯然很慌張。

「但是既然有那張杯墊，代表最近有人曾經去過那家名叫『藍星』的酒吧，到底是誰呢？」

純也只是微微歪著頭，並不打算開口。他發揮了國中生的純真，覺得不能背叛朋友。

「既然你不願意說，那就沒辦法了，我們只能考慮用其他方法，比方說，可以派人監視陸真的行動。」

「啊？」純也抬起頭，臉頰也紅了。

脇坂知道自己問到了重點。陸真他們一定在策劃什麼。

「他想幹什麼？除了他以外，應該還有羽原圓華小姐？」

純也的臉更加紅了，而且不停地眨眼。

「希望你老實說，我不會害你們，而且也不會告訴陸真他們，是你告訴我這件事。」

純也痛苦地皺起眉頭，時而用力閉上眼睛，時而視線飄忽。可以察覺到他很猶豫。

「既然你不想說，我也沒辦法強迫你，那就從現在開始監視陸真的行動。已經有刑警在待命，這樣也沒問題嗎？」脇坂拿出警用行動裝置。雖然看起來像普通的手機，但稍微有點不一樣，一定可以讓純也產生壓力。

純也用手背擦了擦嘴，然後看著脇坂。

「我有一個要求，如果你答應我這個要求，我可以告訴你。」

「什麼要求？」

「我希望你不要打擾陸真他們，你可以保證只是監視而已，絕對不會上前阻撓嗎？」

「阻撓？他們想幹什麼？」

「你可以保證嗎？」純也露出認真的眼神，臉上的表情充滿了絕對不會讓步的決心。

雖然脇坂原本打算說必須聽了他說的內容才能決定，但這麼一來，純也一定不會說實話。

「好，我向你保證。即使派人監視，也絕對不會上前阻撓。」

「說到做到喔？如果你說謊，我不會原諒你。」純也瞪著脇坂。雖然沒有威力，但的確有點壓力。

「我沒有說謊，你趕快告訴我。」

純也閉上眼睛，用力深呼吸，然後注視著脇坂的臉。

「陸真他們今天晚上要去地下賭場。」

「啊……」脇坂大吃一驚。因為少年說的話完全出乎他的預料，「哪裡的地下賭場？」

「不知道，他們今天晚上第一次去，而且應該也會蒙住他們的眼睛。」

「蒙住眼睛？你到底在說什麼？你從頭開始，把詳細的情況告訴我。」

純也突然放鬆了全身。他似乎決定不再抵抗，打算說出一切。他接下來說話的語氣的確平靜鎮定，只是說的內容太驚人，反倒讓脇坂嚇出一身冷汗。

從月澤克司的衣服口袋裡發現一枚賭場的籌碼，成為接下來發生的一系列狀況的起點。羽原圓華透過她的舊識，查到了『藍星』內有賭場的仲介。於是他們一起去了『藍星』，而且讓還在讀中學的陸真扮了女裝，在酒吧內故意做出一些引人注意的行為，等待地下賭場的人主動找上門。羽原圓華和陸真等人果真遭到綁架，被帶去賭場的祕密基地，之後的發展完全出人意料。羽原圓華證明自己可以預測俄羅斯輪盤的號碼，然後向賭場提出，希望可以僱用她當荷官。

「圓華認為陸真的爸爸在找的人會去賭場，所以決定和陸真一起前往賭場，找出那個人。」

純也越說越激動。

「等一下，」脇坂伸出了手，「你剛才說的這些話，有幾分是真的？」

「什麼叫有幾分？」少年驚訝地反問。

「全都是真的嗎？應該不可能吧？」

「我才沒有說謊。」純也生氣地說：「我說的全都是實話。」

「俄羅斯輪盤的機關呢？她是怎麼辦到的？」

純也不耐煩地搖了搖頭說：

「我剛才不是說了，我也不知道嗎？雖然不知道她是怎麼做到的，但圓華的確接連說中了數字，於是對方也產生了興趣，答應和她做交易。」

「陸真也不知道是什麼機關嗎？」

「不知道，應該說，並沒有機關，圓華並沒有靠任何機關就做到了。」

「難道她有特異功能嗎？簡直難以相信。」

「你對我說這些也沒用，我只是把陸真告訴我的事說給你聽而已。」

純也看起來不像在說謊，難道是陸真有所隱瞞嗎？圓華可能用其他方法和對方談妥了交易，但因為某種原因，無法告訴純也，所以謊稱圓華運用了特異功能嗎？

「他們今天晚上要去哪裡？」

「聽說晚上十一點，要去『藍星』所在的那棟大樓後方等人。」

「陸真又要扮女裝嗎？」

「應該是。」

簡直太魯莽了。脇坂感到驚訝不已。羽原圓華的膽子太大了。

「你會遵守約定吧？」純也抬眼看著脇坂，「你不會去阻撓陸真他們吧？」

脇坂沒有立刻回答，陷入了沉默，少年向他鞠躬說：「拜託了。我無法為陸真做任何事，至少不能扯他的後腿。他要和圓華一起去追查凶手，請你不要阻撓他們，拜託你了。」

純也的聲音有點沙啞，從他懇求的樣子，可以感受到他對朋友的感情。這就是青春啊。脇坂不合時宜地產生了這樣的感想。

「我有一個條件，」脇坂說，「我希望你不要告訴陸真他們，你剛才把這些事告訴了我。因為他們一旦知道警察在監視他們，或許會改變計畫。」

純也想了一下後，點了點頭說：「好，我不會說。」

「拜託了，如果他們看起來發現了警方的監視，我們可能會阻止他們的行動，而且，你之後一定要告訴我，他們到底發生了什麼事。」

「好。」純也在回答時，眼睛有點紅。

脇坂回想起純也的臉，不禁思考，到底是怎麼回事。

照理說，應該向羽原圓華和陸真瞭解情況，然後說服他們不要做危險的事，交給警方偵辦，而且出入地下賭場是違法行為，更不應該帶中學生前往。

但是，他又忍不住想，即使接手了他們之前的努力，警方又能夠做出什麼成果？他並不認為掃蕩地下賭場有什麼意義，如果能夠順利找到陸真他們想要追的人也就罷了，萬一失敗了，就會錯失重要的機會。

也許應該靜觀其變——在聽純也說話時，脇坂就產生了這樣的想法。可以等到瞭解陸真他們前往地下賭場掌握了什麼線索之後，再決定下一步方針。

問題在於要怎麼向茂上報告。當然不可能向茂上報告陸真他們的計畫，而且既然準備自由行動，就要暫時隱瞞從津野口中得知的情況。目前只有脇坂認為月澤克司的死可能和T町命案有關。

話說回來，那件事是真的嗎？

純也說，羽原圓華接連預測了俄羅斯輪盤的號碼。雖然難以相信，但又覺得不像胡說。她今天晚上到底想幹什麼？那個不可思議的女人，很可能會做出用常識無法想像的事。

脇坂對自己無法在場親眼目睹感到煩躁不已。

21

將近晚上九點時，對講機的門鈴響起。圓華到了。她今天沒有穿昨晚的迷你裙，而是穿著無袖針織衫和長褲，臉上的妝也很淡。

她看到陸真的臉，嘆著氣說：「難怪啊。」

「我盡力了……」陸真看著放在桌上的鏡子。因為眼皮上塗了很多顏色，整張臉看起來就像狸貓。

他從晚上八點多開始化妝。這次也參考了網路上的影片，但完全無法化出相同的效果。雖然看似簡單，但試了之後才發現完全不一樣。

雖然他試了好幾次，但每次都失敗。心裡一著急，就更加慘不忍睹。他覺得再這樣下去會遲到，於是向圓華發出了求救信號。

「你先把臉上的妝全都洗乾淨。你知道怎麼卸妝吧？」

「我已經很熟了，因為已經卸過很多次。」

他用卸妝乳卸了妝，去洗手台洗完臉後回到圓華身旁。最後還是和昨天一樣，由圓華為他化妝。

「今天脇坂先生來找我。」

圓華聽到陸真這麼說，停下了手問：「他來找你幹嘛？」

「問我是否知道我爸爸曾經參與T町命案的調查……」

陸真把和脇坂的對話，以及最後把克司的舊手機交給脇坂的事都告訴了圓華。

「雖然我對警方會窺探到我爸爸的隱私有點抗拒，但最後還是覺得應該協助警方偵辦……」

陸真越說越小聲。

「沒問題啊，這是你的自由，你應該沒說賭場的事吧？」

「當然啊，如果我說了，現在早就被警察抓走了。」

「也對。」圓華點著頭，熟練地繼續為陸真化妝。她認真的樣子讓陸真忍不住看得出了神。

「好，完成了。」圓華說完，把鏡子轉向陸真。出現在鏡子中的正是昨天晚上的莉真，陸真無法相信那是自己的臉。

他走進臥室換了衣服，戴上假髮。走回圓華面前，圓華比了個ＯＫ說：「很好。」

「我也準備了昨天說的祕密武器。」陸真拿出藏了針孔攝影機的眼鏡，他剛才已經充好電。

「怎麼樣？是不是絕對不會發現是攝影機？」

「可以讓我看一下嗎？」圓華接過眼鏡，戴了起來，然後照著鏡子說：「嗯，看起來很不錯。」

「女生戴也不會奇怪。」

「是啊，但還是陸真……不，是莉真，還是由你戴比較好。我無法離開俄羅斯輪盤，你可以自由走動，還是由你戴比較好，這樣才能拍到在賭場內的所有客人。你沒問題吧？」

「嗯。」陸真用力回答。雖然責任重大，但是必須完成，自己不能逃避。

陸真坐著圓華駕駛的粉紅色轎跑車前往銀座。他想起昨天晚上，就是圓華開車送他回家。回想起來，圓華昨晚喝了雞尾酒，所以是酒駕，但是沒有人提這件事。因為昨晚發生了太多事，根本無暇顧及酒駕的問題。

但是，今天晚上的狀況可能會更加可怕。陸真因為太緊張，禮服下露出的皮膚冒著汗。

到了銀座後，把車子停入停車場，一起走向『藍星』。武尾今天晚上沒有來。因為賭場老闆要求只能讓圓華和陸真兩個人去賭場。可能覺得身強力壯的武尾在場，容易惹麻煩。雖然陸真內心有點不安，但只能聽從賭場老闆的安排。

今天晚上約定見面的地點不是『藍星』，而是在大樓後方。走去那裡一看，發現昨天那輛黑色廂型車停在路旁，身穿西裝的男人站在車子旁。就是昨晚綁架陸真他們的其中一個男人。

男人打開了廂型車的側滑門，示意他們上車。另一個男人坐在後車座，要求他們把手機關機後，沒收了手機。除了避免他們和外界聯絡，同時也可以防止留下位置資訊。除此以外，還像昨晚一樣，蒙住了他們的眼睛，但是並沒有綁住他們的手。

廂型車出發了。

陸真坐在車子上，完全不知道自己在哪裡。不一會兒，車子停了下來，他聽到側滑門打開的聲音。「下車。」男人的聲音叫了一聲，於是他摸索著下了車。有人抓住他的手臂，叫他往前走。他順從地邁開步伐。雖然和昨晚的狀況一模一樣，但他覺得地點不一樣。

他感覺到搭進了電梯。上樓後又停了下來，然後走出了電梯。這時，男人才終於拿下蒙住他眼睛的眼罩。

前方有一道門，也有一個男人站在門口。男人戴著耳機麥克風，對著麥克風說了什麼之後，打開門說：「進去吧。」

門內是昏暗狹窄的走廊。看起來不像是正規的入口，而是員工出入的後門。

走廊深處還有另一道門，走在前面的男人打開了那道門。

陸真跟著男人和圓華走進房間內，忍不住倒吸了一口氣。寬敞的大廳內是賭場的桌子和椅子，都擦得一塵不染，在水晶燈的燈光照射下閃閃發亮。室內的佈置也都很高級，簡直就像是走進電影的世界。

一個男人走了過來，臉上帶著笑容。

原來是櫻井，他也是『藍星』的經理。昨天從賭場老闆口中得知，他也是這個賭場的負責人。

「兩位好，昨晚辛苦了。我已經聽說了，今晚就請多多指教。」

「櫻井先生，你真是能者多勞啊，」圓華說：「兩家店都要照顧。」

「我唯一的優點，就是腳很勤快。先不說這個，可以先請兩位先換衣服嗎？——來人。」

一個短髮女人走過來，帶圓華和陸真去了另一個房間。旁邊就是更衣室，已經為他們兩個人準備好荷官的衣服。白襯衫、黑裙子、黑色背心，還有領結。原本以為是今天借他們穿，沒想到必須買下來。一套一萬圓。圓華付了錢。

圓華走出更衣室時，脖子上戴著像是黑色皮帶般的東西。原來這叫頸鍊。

「這是護身符。」她擠眉弄眼說道。

換好衣服，回到大廳。櫻井站在俄羅斯輪盤旁。

「你們有沒有當荷官的經驗？」櫻井問圓華。

「雖然沒有，但我預習了一下。」

「很好，那就讓我見識一下。這裡最多可以同時讓五位客人一起坐上賭桌，所以使用五種不同顏色的籌碼，現在就由我一人分飾五角。」櫻井在桌前坐了下來，他的面前分別有紅、藍、黑、黃和綠色五疊籌碼。

「可以開始了嗎？」圓華問。

「當然。」

「那就……下好請離手。請放在喜歡的號碼上。」圓華轉動著輪盤。

櫻井俐落地放好了籌碼。有些放在單一的號碼上，有些指定區域，也有些放在兩個號碼之間的線上。桌子上頓時變得五彩繽紛。

「擲滾球。」圓華把球擲入輪盤。

櫻井稍微觀察滾球的動向後，開始增加籌碼。不一會兒，就聽到圓華說：「停止加注。」代表不可以再加籌碼了。

輪盤的速度越來越慢，滾球也漸漸放慢了速度，最後，球落入了『13』的溝槽。

圓華把一個玻璃小圓柱放在『13』的號碼上，代表這個數字是中獎號碼。

接著，她開始收桌子上賭輪的籌碼，最後只剩下押包括『13』這個號碼在內區域的藍色籌碼。她拿了幾枚手邊的藍色籌碼，放在剛才下注的籌碼旁，然後移走了玻璃圓柱。

「不錯。」櫻井說，「雖然妳是第一次，但動作很順暢，也沒有遲疑。不過我想確認一下，妳剛才是故意讓球滾到『13』嗎？」

「當然啊。」

櫻井挑了一下眉毛問：「怎麼做到的？」

「關鍵在於方向和力道。」

「怎麼可能？」

「除此以外，還有什麼方法？」

櫻井皺起眉頭，用大拇指彈了一下鼻尖。

「那再玩一次，這次讓球滾入『21』。」

「好，下好請離手。」

櫻井再次用繽紛的籌碼下賭注，圓華隨即把球擲入輪盤，不偏不倚地停在『21』這個號碼上。圓華收回了賭輪的籌碼，把玩家贏的籌碼放在押中的籌碼旁。陸真發現櫻井的臉頰抽搐。

陸真雖然驚訝，但可以感覺到自己所感受到的衝擊越來越小。和圓華在一起，神奇和普通之間的界線漸漸變得模糊。

櫻井和圓華用相同的方式排練了幾次。據陸真的觀察，圓華完全沒有任何失誤，櫻井也沒有提出任何意見，但他的眼神似乎漸漸銳利起來。雖然櫻井故作平靜，但腦袋應該一片混亂。

「可以了。」櫻井說，「妳很鎮定，客人應該不會對這樣的荷官有任何意見。」他從上衣口袋裡拿出某樣東西遞給圓華說：「妳戴上這個。」

原來是耳機。櫻井看到圓華戴上之後，把嘴巴湊近左手的手錶，小聲地問：「聽得到嗎？」

「聽得到。」圓華回答。

「好。」櫻井點了點頭，「如果我沒有發出指示，妳可以自由擲球。如果我發出指示，就按照我的指示擲球。有什麼問題嗎？」

「也給莉真一副耳機。」圓華看著陸真。

「她又不是荷官。」

「發生意外狀況時，或許需要她幫忙。」

「不好意思，並沒有多餘的耳機。」

「那這個給妳。」圓華拿下自己左耳的耳機遞給陸真說：「我只要一個就足夠了。」

沒問題嗎？陸真這麼想著，看向櫻井，他聳了聳肩，似乎表示無所謂，然後看著手錶說：

「營業時間快到了。」

櫻井指示陸真協助圓華，同時為客人送飲料。陸真之前在學校的文化祭的模擬店，曾經當過服務生。不，因為現在是女生，所以是女服務生。

賭場在晚上十一點開始營業，十一點過後，客人接連從剛才他們進來時不同的入口走了進來。客層豐富多樣，有年輕世代，也有看起來像是酒店小姐的女人帶著男客人一起來，但那些男人看起來不像是黑道分子。

百家樂和21點的桌子很快就坐滿了人。荷官動作熟練地開始發牌。

陸真利用空檔，用藏在眼鏡內的攝影機拍下了這些客人。他偷偷用藏在手裡的遙控器按下了快門。

一名年輕女人帶著中年男子是俄羅斯輪盤的第一對客人，女人穿了一件很曝露的水藍色洋裝，嚷嚷著「我想玩俄羅斯輪盤」後坐了下來。她可能第一次來賭場。

「難度很高嗎？」女人問男人。

「不難，幾乎不需要什麼技巧，只是靠運氣，所以很簡單。妳放在妳喜歡的號碼上就好。」男人向她說明。

另外兩對男女也跟著這對情侶一起坐在桌子旁。

「各位晚安，那我們現在就開始了。」圓華轉動著轉盤，「請把籌碼放在各位喜歡的號碼上，下好請離手。」

客人紛紛下了賭注。圓華看著他們，把球擲進輪盤。客人的視線都集中在滾球上。

不一會兒，球停了下來。圓華和剛才排練時一樣整理籌碼。雖然也有客人賭贏，但水藍色洋裝女人的籌碼全都被收走了。

「啊？怎麼會這樣？全都沒有押中嗎？好無聊喔。」

「我剛才不是說了，全都靠運氣嗎？等一下就會有好運。」

「下好離手。」圓華說完，轉動輪盤。客人又紛紛下了賭注。水藍色洋裝的女人一臉認真的表情把籌碼放在好幾個不同的位置。

就在這時。

（圓華，讓球滾進『15』。）耳機中傳來櫻井的聲音。

陸真看向周圍，發現櫻井站在不遠處，正面對這個方向。

『15』是水藍色洋裝的女人單獨押注的數字。一旦中獎，賠率是三十六倍。

圓華面不改色地擲了滾球。

滾球在眾多客人的注視下，精準地滾入了『15』的溝槽。

「哇！」大聲歡呼的人當然就是那個穿水藍色洋裝的女人，她滿臉驚喜，拍著手跳了起來。

「好厲害，竟然中了。我只是因為生日是一月五日，所以選擇了『15』。」

「我剛才不就說了嗎？完全靠運氣，太好了。」水藍色洋裝的女人欣喜若狂，她的男伴也鬆了一口氣。

陸真看向櫻井。他把手機放在耳邊，一臉嚴肅的表情說著什麼。陸真覺得他應該正在和賭場老闆通電話。

櫻井之後也不時發出指示。有時候指定具體的數字，有時候要求「絕對不能讓球滾進單押的數字」。圓華每次都完美執行了這些指示。

櫻井的指示雖然不時讓客人大輸，但也不時會讓他們小贏一點，顯然是為了讓他們心情好起來，能夠繼續留在賭桌旁。最好的證明，就是客人面前的籌碼越來越少，但並沒有人不高興，所有人都心情愉快地玩著俄羅斯輪盤。

熱鬧的氣氛讓陸真的心情也輕鬆起來，為客人送飲料時的腳步也很輕快。

「啊喲，妳的眼鏡好可愛。」一名女性客人對陸真說，他忍不住竊喜。

有時候當他準備把雞尾酒放在桌子上時，男客人會順勢偷摸他的屁股。陸真感到背脊發毛，全身起了雞皮疙瘩，但是他告訴自己，這裡是不尋常的世界。

隨著時間慢慢流逝，坐在賭桌旁的客人也換了好幾批，其中也有賭場並不歡迎的客人。

凌晨兩點多時，一名看起來像是讀書人的男人只押賠率是三倍的號碼，而且他下注的方式有明顯的規則。贏的時候，下次也會押相同的數字，輸的時候會增加籌碼。連輸兩次時，只押上次和上上次賭注的總數。雖然時輸時贏，但他靠這種方式讓自己面前的籌碼越來越多。

賭場顯然討厭這種客人。雖然他下賭注的方式平淡無奇，但是只要撐得久，男人贏的籌碼不容小覷。

一名女客坐在桌旁。陸真看了她的臉，忍不住倒吸了一口氣。因為她是赤木乃理明。她今天晚上也穿了一件看不出身材的飄逸黑色洋裝，陸真原本以為她也是賭場的人，但她似乎也會坐在賭桌上一起玩。

「你還是用這種方式在玩。」赤木對讀書人說。他們似乎認識。

「老闆娘，不行嗎？」讀書人說，「俄羅斯輪盤是機率的遊戲，如果有方法可以提高勝率，當然沒理由不用。」

他似乎運用了所謂的必勝法。

「這樣有什麼好玩呢？」赤木搖著頭，然後似乎瞥了陸真一眼。她可能來觀察圓華和陸真的工作情況。

滾球停了下來。讀書人輸了。赤木呵呵笑了起來。

「啊喲，你又輸了。你從剛才就一直輸，你還好嗎？連輸了四次？」

「連輸了五次，但是用這種賭法，連續輸的次數越多，最後贏的時候就越可觀。」

讀書人看著手錶。他可能打算離開了。按照他的必勝法，他一定會在贏最後一次之後再離開，但是他目前連續輸了好幾次，當然不能就這樣離開，他一定打算再贏一次就走人。

「下好離手。」圓華說道。讀書人在『1st 12』的位置放了大量籌碼。只要滾球滾進『1』到『12』之間的任何一個數字，他就可以贏。因為他連輸了好幾次，因此必須孤注一擲，才能把之前輸的籌碼都贏回來。他的眼神很嚴肅。

（圓華，）耳機傳來櫻井的聲音，（讓球滾進『20』。）

圓華面不改色地把球丟進了輪盤，動作完全沒有絲毫不自然。不要說那個讀書人，所有客人應該都不會想到她在操作滾球的去向。不，赤木乃理明知道。

滾球在客人的注視下漸漸放慢了速度，當滾入『20』的溝槽時，讀書人的臉明顯抽搐起來。

「啊呀呀，連輸了六次……」赤木掩著嘴問：「沒問題嗎？」

「我剛才也說了，無論輸再多次，只要贏一次，就可以全部回本。」

接著，讀書人把手上所有的籌碼都放在『1st 12』的位置。照理說，贏的機率有三分之一，他認為不可能連輸七次。

（這次是『33』。）耳機中響起櫻井的聲音。

當圓華擲的滾球滾進『33』時，讀書人臉色發青，他難以置信地瞪大了眼睛瞪著輪盤。

讀書人下了決心，提出要換籌碼。他用賭場的籌碼換俄羅斯輪盤用的籌碼，金額是五十萬日圓。他需要砸重金，才能贏回剛才輸的籌碼。

「下好離手。」圓華說完，轉動了輪盤。讀書人果然全押在這一局上。他還是重押『1st 12』。

櫻井會怎麼做？陸真看向櫻井，發現他正對著隱藏了麥克風的手錶發出指示。

圓華把球擲向輪盤。讀書人眼睛佈著血絲。

但是，他眼中閃爍的火光很快就熄滅了。滾球落在『0』這個號碼上。當然是按照櫻井的指示，沒有落入『1st 12』。

讀書人已經輸了超過一百五十萬圓，下次必須花八十萬，才能把剛才輸的錢贏回來。不知道他會怎麼做？陸真觀察著，但讀書人搖了搖頭，離開了賭桌。他今晚似乎決定放棄。

「必勝法被打敗了。」赤木露出意味深長的眼神看向圓華和陸真。

之後又出現了一個用特殊方法賭博的客人。凌晨三點多，一名身穿夏威夷襯衫的男人坐了下來，他用和讀書人完全不同的方法下賭注。輪盤中有三十七個號碼，他扣除其中兩個號碼後，然後賭剩下的每個號碼。他在三十五個號碼上各放一枚籌碼，只要中了任何一個號碼，就有三十六倍的賠率，所以可以倒贏一個籌碼，勝率是三十七分之三十五，所以將近百分之九十五。

因為必須在所有的號碼上放籌碼，所以在圓華說「下好離手」的同時，夏威夷襯衫男人就開始行動。他似乎覺得根本不需要運用任何戰術，所以完全不看圓華擲球，默默地繼續放籌碼。

夏威夷襯衫男人用這種方法連續贏了九次，他的每個籌碼是一萬圓，所以再贏一次，就確定贏了十萬圓。因為這樣就等於告了一個段落，所以達到十萬圓的金額時，他可能就不玩了。

圓華拿起滾球。夏威夷襯衫男人已經開始放籌碼，只有『0』和『1』這兩個號碼上沒有放籌碼。

圓華把球擲進輪盤。

（圓華，讓球滾進『0』。）櫻井說。他似乎也認為現在應該讓夏威夷襯衫男人輸。

夏威夷襯衫男人露出冷漠的眼神看著滾球的去向。無論他到目前為止贏了多少次，球滾入他下注號碼的機率都是三十七分之三十五。他很有把握，自己一定能夠贏。

滾球的速度慢了下來，好像快滾入其他號碼的溝槽內，陸真不由得倒吸了一口氣，最後滾球越過了溝槽，滾入了隔壁再隔壁的『0』這個號碼上。

夏威夷襯衫男人愣住了，露出難以置信的眼神注視著滾球。

圓華收拾好籌碼時，夏威夷襯衫男人要求換籌碼。兌換的金額超過他目前手頭籌碼的十倍。

「下好離手。」圓華在說這句話時，夏威夷襯衫男人立刻採取了行動。其他賭客看到他下注的方式，忍不住驚叫起來。因為他和之前一樣，把籌碼放在幾乎所有的號碼上，但每個號碼都放了十枚籌碼。這代表贏錢的效率一口氣增加了十倍。

和上次一樣，只有『0』和『1』這兩個號碼上沒有放籌碼。他放完之後，目不轉睛地注視著圓華的手。

（圓華，）耳機中傳來櫻井的聲音，（讓球滾入『1』，給他致命的一擊。）

陸真忍不住吐了一口氣。櫻井似乎打算把夏威夷襯衫男人徹底打敗。如果夏威夷襯衫男人這次輸了，到底會虧多少錢？陸真甚至不敢計算金額。

「擲滾球。」圓華把滾球擲進輪盤。

就在這時，夏威夷襯衫男人伸出右手，把原本放在『2』上的籌碼移到『0』上，然後把原本放在『4』上的籌碼移到『1』。因為在圓華說「停止加注」之前，可以改變下注的號碼。

夏威夷襯衫男人抱著雙臂，注視著圓華。陸真覺得男人的視線一度瞥向自己。

圓華說完「停止加注」後，所有賭客的視線都看著滾球。

慘了。陸真注視著夏威夷襯衫男人想道。他可能已經察覺到，眼前這名女荷官可以決定球滾入哪一個號碼，所以在圓華擲球之後，移動了籌碼的位置。

陸真看向櫻井，發現他嘴角露出笑容，看起來並沒有懊惱的樣子，但隨即發現那是苦笑。也許櫻井承認了夏威夷襯衫男人棋高一著。

滾球的速度慢了下來。至今為止，圓華完美地執行了櫻井所有的指示，這次應該也聽從指示，讓球滾入『1』的溝槽。夏威夷襯衫男人這次在『1』的號碼上放了十枚籌碼，一旦中獎，就可以翻三十六倍。

球的速度越來越慢，經過了『0』這個號碼，陸真認為應該會滾入『1』的溝槽，沒想到球沒有停下來，經過了『1』，又滾了將近半圈，最後滾入了『2』的溝槽。

圓華把玻璃製的標誌放在『2』的號碼。那裡完全沒有任何籌碼。因為夏威夷襯衫男人在圓華說「停止加注」之前，把原本的籌碼移去了『0』的位置。

夏威夷襯衫男人抬起頭說：「詐賭。」

正在收籌碼的圓華問：「啊？你說什麼？」

「我說妳詐賭，是不是動了什麼手腳。」

「動什麼手腳？」

「這張桌子有機關——喂，就是妳！」夏威夷襯衫男人指著陸真說，「妳剛才就在偷偷摸摸幹什麼？把妳手上的東西拿出來。』

「呃……」

「我剛才就一直注意妳，你手上拿著好像鑰匙圈的東西，然後一直在按。那是不是操作輪盤的遙控器？」

陸真大吃一驚。雖然他用遙控器拍攝賭場內的賭客，但做夢都沒有想到別人會這麼懷疑。

「我才沒有做這種事。」陸真小聲回答。

「既然這樣，那就拿出來看啊。」

「別鬧了。」赤木說，「我來這裡已經好幾年了，從來沒發現有過任何詐賭的事。」

「我也是老主顧，所以很清楚，但是今天很不對勁，所有客人都在關鍵時刻輸得一塌糊塗。」

「有時候就是會這樣，賭博不就是有輸有贏嗎？」

「我無法接受，反正妳要拿出來給我看。」

赤木嘆著氣，轉頭看著陸真說：

「那就沒辦法了，那妳給他看一下？」

陸真不知所措地看向圓華，圓華輕點了頭，他便把手上的遙控器遞給夏威夷襯衫男人。

「這是什麼遙控器？」夏威夷襯衫男人問。

「警備裝置。」圓華回答說，「如果看到可疑的客人，就會用這個裝置通知在其他房間的工作人員。」

「我不相信。」

「那你覺得是什麼遙控器？」

「我現在就來確認。」

夏威夷襯衫男人把遙控器對準了輪盤，然後按了幾下，當然完全沒有任何變化。夏威夷襯衫男人按了幾次之後，忍不住咂著嘴。

「哼哼，」赤木發出了冷笑，「我之前曾經聽說，有人在輪盤內裝了磁鐵，然後把滾球吸到想要的數字上。除此以外，還有在球裡裝上會震動的機械，當球快要滾到對賭場不利的位置時，就讓機械震動，讓球繼續滾動。但是，一旦裝了機關之後，滾球的動向就會很不自然，聽說都很快就被人發現了。」

「怎麼了？」櫻井姍姍來遲。

「沒事。」夏威夷襯衫男人歪著嘴角，把遙控器放在賭桌上，「今天晚上我就告辭了。」

「這樣啊，謝謝惠顧。」櫻井對著夏威夷襯衫男人的背影鞠躬，陸真趁這個機會，把遙控器收了起來。

之後沒有再出現用特別奇特的方式賭博的客人，櫻井也沒有再發出任何指示。天還沒亮的凌晨五點，賭場送走了所有客人。

陸真和圓華換好衣服後，櫻井在等他們。

「太驚訝了，沒想到妳竟然真的能夠這樣自在地讓滾球落入想要的號碼。」

「僱用我是不是正確的決定？」圓華得意地說。

「應該讓那幾個耍小聰明的賭客學到了一點教訓。雖然用什麼方法賭博是個人的自由，但如果讓那些人賺到錢，就會有其他人有樣學樣。如果所有人都小賺後就拍屁股走人，我們就沒辦法做生意了。」

「很高興能夠幫上一點小忙，代我向老闆問好。」

「我會代妳問候，對了——」櫻井小聲地問：「夏威夷襯衫的客人最後那一局，我說了『1』，但球滾進了『2』，雖然以最後的結果來說，那是正確的決定，但妳是故意的嗎？」

「當然啊。」圓華點了點頭。

「難道妳知道他會移動籌碼嗎？」

「是啊。」

「為什麼？」

「很簡單，因為他之前毫不關心我的舉動，但最後一局時，他放完籌碼，就一直等我擲球。我猜想他應該突然對第十局時，球滾入了他沒有下注的『0』這個號碼產生懷疑，覺得搞不好是眼前這個女荷官有辦法操控滾球。如果是這樣，我猜想他會在我擲球後再移動籌碼。」

「妳怎麼知道他會移走『2』的籌碼？」

「在移動前，『0』和『1』沒有放籌碼。要移動十枚一疊的籌碼，橫向移動最簡單，所以我猜他會把『2』的籌碼移到『0』，再把旁邊『4』的籌碼移到『1』的位置。」

櫻井緩緩點頭說：

「原來是這樣，真是太厲害了。」

「過獎了。」

「我剛才也向老闆報告了，他也很驚訝，還說如果妳願意，希望可以再請妳來幫忙。」

「我會考慮。」

「我個人對妳也有很大的興趣。怎麼樣？下次要不要找時間一起吃飯？」櫻井露出意味深長的眼神看著圓華。陸真在他的眼神中發現了興趣以外的東西，不禁有點心神不寧。

陸真原本期待圓華嚴詞拒絕，沒想到圓華不置可否地說：「不錯啊，我也會考慮。」

「什麼時候想約吃飯，隨時打電話給我。」櫻井似乎覺得有希望，拿出一張名片遞給圓華，然後轉頭看著陸真說：「你也辛苦了。」

「我沒做什麼。」

「我聽老闆娘說了，你扮女裝太像了。無論是什麼樣的美女，美女總是多多益善，但是，無論在哪個行業都有所謂的行規。」櫻井伸出右手說：「這副眼鏡可以交給我嗎？」

陸華愣了一下。「呃，為什麼……？」

「你拍下了所有客人的臉吧？我可不能讓你把這種會引起後患的東西帶走，你不必擔心，我會把眼鏡寄回你家。給我吧。」

陸真看向圓華，圓華輕輕點了點頭，似乎示意他聽從櫻井的指示。陸真無可奈何，只好拿下眼鏡遞給櫻井。

「辛苦了。」櫻井滿意地說。

和來的時候一樣，他們在離開時又被蒙上了眼睛。廂型車把他們送回到上車的地點，天色已經亮了。
圓華開著轎跑車送陸真回家。陸真垂頭喪氣地坐在副駕駛座上。
「對不起，好不容易拍到的，卻因為我手上的遙控器被發現了，結果所有的努力都泡湯了。」
「陸真，你沒有做錯任何事，他們是這方面的專家，當然會識破外行人可能會想到的各種狀況，不必放在心上。」圓華語氣很開朗，也很輕鬆。難道計畫失敗，她完全不感到沮喪嗎？
圓華發現了陸真為這件事感到納悶，輕聲笑了起來。
「別擔心，我都拍了下來。」她在說話時，指著戴在脖子上的項圈。
「啊？」陸真眨了眨眼，「這該不會……」
「裡面藏了小型攝影機。這是為了瞭解換稟者的視角所開發的，之後改良成這種項圈。」
「原來有這種東西……」
「但你不要覺得那副眼鏡是多餘的，我剛才也說了，櫻井他們一定猜到我們會帶攝影機，所以需要用幌子。」
「所以我的眼鏡是幌子。」
「對不起，我事先沒有告訴你，但是俗話說，要欺敵前先欺友。」
「我知道，反正最後順利拍到就好。」

陸真發自內心鬆了口氣。當櫻井拿走眼鏡時，他以為所有努力都白費了，腦袋一片空白。

輛跑車停在公寓門口。

圓華把原本放在後車座的筆電拿到腿上說：

「你說你拍下了你爸爸名冊上所有的內容，我想複製那份檔案。」

陸真操作手機，交給了圓華。她俐落地連上線，複製了檔案。

「謝謝。」圓華把手機交還給他，「你下午可以來研究所嗎？我們必須把賭場那些賭客的影像和通緝犯的照片比對一下，查出你爸爸到底在追緝哪一名通緝犯。」

「我們有辦法做到嗎？」

「不要去想有沒有辦法做到，而是我們必須做到。」圓華語氣堅定地說，「我們不就是為了這個目的，才忍受被那些醉鬼摸屁股嗎？」

「嗯。」陸真點了點頭，「妳說的對。」

「別擔心，一定可以，而且我們還有強大的後援。」

「後援？是誰啊？」

「你來了就知道了。」圓華閉起一隻眼睛，對他擠眉弄眼。

22

脇坂走進警察局，發現特搜總部的氣氛和之前不一樣了。刑警都顯得很匆忙。他立刻察覺到，案情一定有什麼進展。

他很快就瞭解了狀況。原來是命案現場附近的監視器拍到了很像月澤克司的人。

在迅速召開的偵查會議上，播放了監視器拍到的影像。地點看起來像是住宅區，一個身穿短袖Ｐｏｌｏ衫的男人快步走在路上。看了男人的臉，的確就是月澤克司。

問題在於月澤手上拿的東西。他的右手拎了一個白色塑膠袋，很像是垃圾袋。

「拍攝時間是六月三十日上午七點五十五分。」負責的刑警指著影像說明，「該地區規定必須在上午八點之前，把垃圾放在垃圾站，也就是說，月澤克司很可能從某個垃圾站撿了這袋垃圾，然後去其他地方。」

「可以確定是哪個垃圾站嗎？」坐在高台上的高倉問。

「目前還不知道。因為在半徑兩百公尺內，有將近一百個垃圾站，而且因為是住宅區，所以監視器的數量並不多，目前正在努力尋找目擊證人。」

「月澤去了哪裡呢？也不知道嗎？」

「很遺憾……但是從方向研判，很可能前往多摩川，只不過目前並無證據。」

「他一大早起床，拿走別人的垃圾……嗎？做這種事，只有一個可能。」

「對。」負責的刑警原本滿臉歉意地低著頭，但在回答時稍微打起了精神，「我們也經常做這種事，所以他應該是想瞭解某個特定人物的生活狀況。只是並不知道他具體想瞭解什麼。」

「他要調查的人是誰？有沒有人對這個問題有想法？」高倉巡視著所有人。

「是。」有人舉起了手。是茂上。高倉用下巴示意他發言。

「根據目前為止的偵查，發現有兩名逃亡中的通緝犯曾經匯款至被害人月澤克司的帳戶。月澤很可能運用之前當追逃刑警時的經驗，和在街頭巧遇的通緝犯接觸，以放過對方為條件，向對方索取金錢，但是，即使發現了通緝犯，也可能是認錯人，所以他必須確認確實是通緝犯本人。」

「所以你的意思是，這次也可能是相同的情況。他在某處發現了通緝犯，於是打算向對方索取金錢，但是必須先確認對方的身分，於是就拿走了那袋垃圾，然後檢查垃圾袋內的東西。」

「對，因為那名通緝犯很可能冒用別人的名字生活。」

「有人有不同的意見嗎？」高倉問。

沒有人回答。

「好，無論如何，都要先查出他是從哪個垃圾站拿走了垃圾，然後查出可疑人物。那就增加查訪打聽的人手，徹底清查在現場周圍是否有人用假名字生活，只要有可疑人物，就確認是否有和通緝犯名冊上長得很像的人。就這樣。」

指揮官下達指示後，所有偵查員都大聲回答。

偵查會議結束後，像往常一樣開始分小組開會，但是在討論之前，茂上走到脇坂面前說：

「你似乎很不滿。」

「因為我看到你舉手，還以為你要說那件事。」

「你是說，被害人的舊手機上那段影片的事嗎？」

「是啊，那段影片明顯就是月澤貼在名冊上的『新島史郎』。既然要在現場周圍打聽，就應該告訴那些偵查員，讓他們順便找一下附近有沒有長得很像的人。」

「反正都一樣。那個人一定用假名字生活，所以一定會查出來，更何況並沒有證據能夠保證你的假設成立，不是嗎？」

「雖然是這樣……」

茂上似乎打算暫時向其他偵查員隱瞞這起事件和T町命案的關聯，八成是高倉的指示，但脇坂無法理解這麼做的目的。

「我們小組今天也要去現場附近查訪，你有什麼打算？」茂上問，「在命案現場採集到的D資料已經分析完畢，目前已經查明將近二十個人的身分。你可以和昨天之前一樣，去找這些人瞭解狀況。」

一旦加入查訪，就必須集體行動，茂上就必須為他安排查訪的區域，對想要持續自由行動的脇坂來說，行動就會受到限制，所以茂上應該想為他提供方便。

「我去調查D資料。」

「好。等一下會把名單傳到你的行動裝置上。」茂上一臉了然於心地說。

小組會議結束後，脇坂獨自走出警局。他攔了計程車，最先去了一名姓岩本的七十八歲老人家中。茂上給他的名單上有十九個人的名字，岩本是其中最年長的人。未滿六十歲的人很可能出門上班不在家，高齡者則不需要擔心這件事，而且看了地址之後，發現是透天厝，即使岩本不在家，和他同住的家人也可能會在。

脇坂決定最先去找岩本還有另一個理由。D資料是菸蒂，在命案現場附近找到了十個岩本留下的菸蒂，而且從受潮的情況研判，應該是不同的日子丟的菸蒂。這代表岩本經常去多摩川，每次都在那裡抽菸。雖然不知道他在那裡逗留的時間，但也許可以期待他看到了什麼狀況。

原本看著行動裝置的脇坂抬起頭，看向車窗外。時間還不到中午，柏油路已經在烈日的照射下反射著光芒。今天恐怕也會很熱，不，現在可能已經將近三十度了。

他們接下來到底打算做什麼——？

脇坂腦海中浮現了月澤陸真和羽原圓華的臉，但是陸真的臉和平時不一樣，那是化了妝的女人臉。乍看之下，恐怕根本認不出是他，如果毫不知情，根本猜不到他是男生。

昨天晚上十一點左右，脇坂看到了他們。他根據宮前純也提供的線索，監視了銀座『藍星』那棟大樓的後方，發現有一輛可疑的廂型車停在路旁，從車上走下來的男人看起來也很可疑。不一會兒，有兩個女人走了過來。因為他發現其中一人是圓華，所以才知道另一個人可能是陸真。圓華和陸真坐上廂型車後，車子就離開了。脇坂立刻跳上事先安排的計程車追了上去。幸好廂型車並沒有發現遭到跟蹤，所以沿途並沒有耍任何花招。

最後來到東麻布。廂型車停在小路旁，脇坂在數十公尺外看到圓華和陸真下了車，旁邊有一棟大樓，他們被帶去大樓後方。那裡應該有後門。

脇坂等廂型車離開後走向大樓。那棟大樓的一樓是藥妝店，完全找不到任何可以瞭解其他樓層是什麼店家的標示。他抬頭看向那棟大樓，雖然有窗戶，但完全看不到燈光。

雖然可以搭電梯調查所有樓層的情況，但電梯通常不會停在地下賭場所在的樓層，必須經過認證之後，才能夠停在那個樓層。

但是，脇坂決定先撤退。因為賭場的人會隨時透過監視器觀察周圍的情況，一旦發現有人行跡可疑，就會心生警戒，懷疑是警察，就會對陸真和羽華不利。賭場的人很可能懷疑是他們向警察告密。

他監視了三十分鐘，發現他們兩個人並沒有離開那棟大樓。他們似乎順利潛入了賭場。雖然對明知是違法行為卻放任不管有點抗拒，但是對可能會妨礙陸真他們的行動產生了更強烈的罪惡感。他只能祈禱他們不會捲入麻煩，然後轉身離開了。

晚一點再和宮前純也聯絡。他這麼決定。因為他下午和純也約定，他不會妨礙陸真他們，但純也必須告訴他，到底發生了什麼狀況。

脇坂沿途想著這些事，很快抵達了目的地。他一下計程車，就被戶外的高溫熱暈了，於是脫下了上衣。

岩本住在一棟兩層樓的日式房子。他和長子一家同住，現在獨自在家。乾瘦的老人帶脇坂走進巴掌大的客廳後，兩個人面對面坐了下來。岩本對刑警突然造訪完全沒有產生任何不悅，還為脇坂倒了冰麥茶，表現出歡迎的態度。也許他很無聊，很想找人聊天。

「我知道，你是不是為了那起命案？」老人接過脇坂的名片後點了點頭，「就是在多摩川發現男性屍體的命案，目前還沒有找到凶手嗎？」

「正在積極偵辦。」脇坂簡短地回答，「今天上門叨擾，是想請教你幾個問題。岩本先生，聽說你經常去多摩川的河岸？」

「喔，你怎麼知道？」

「因為聽人說，有時候會在那裡看到你，你在河岸那裡抽菸。」

「喔喔，是不是山田先生？我經常遇到他。」

「你去多摩川散步嗎？」

「我自認為是健走，但可能別人覺得我只是在散步。」岩本把桌上的香菸、打火機，還有菸灰缸拉到自己面前，從菸盒裡拿出一支菸叼在嘴上，點了火之後，深深吸一口。他一臉陶醉的表情，然後把煙吐了出來。

「大約是什麼時間？」

「我早上八點出門，在附近轉一圈之後，去多摩川抽支菸。這是我每天的習慣，哈哈哈，我明明是去健走，卻帶著香菸和打火機出門，也不知道到底對健康有益還是有害。」老人露出黃板牙笑了起來。

最好順便帶攜帶型菸灰缸出門。脇坂很想這麼挖苦他。他應該做夢都不會想到，因為自己每天亂丟菸蒂，警察才會上門找他。

所以他果然是早上出門嗎？脇坂感到很失望。恐怕很難指望他看到什麼和命案有關的事。

「最近多摩川附近有沒有發生什麼不同尋常的事？像是看到可疑的人物，或是有人丟了什麼奇怪的東西。」脇坂不抱希望地問了這個問題。

「經常有這種事啊，因為各式各樣的人都會去那裡。上次我以為是流浪漢躺在那裡，沒想到是喝醉酒的上班族。真不知道他為什麼會睡在那種地方，說到奇怪的東西，有很多人在那裡隨便亂丟垃圾，我還曾經看到有人把行李箱丟在那裡。」

雖然老人熱心地說了很多事，但都是對辦案沒有任何幫助的事。脇坂正打算結束談話時，岩手拍了一下手說：「啊，對了。說到垃圾，我想起來了，之前還有一個男人在翻垃圾袋。我記得是上個月月底的時候。」

「垃圾袋？」

「那個人正在翻顯然是從哪裡的垃圾站撿來的垃圾袋，我就上前問他在幹什麼，還提醒他不可以隨便亂丟垃圾。那個男人說，不小心丟了不該丟的東西，所以在丟去垃圾站之前，要把東西找出來。我問他是什麼東西，他出示了一個塑膠圓形小獎牌那樣的東西，說就是在找這個。那是小孩子的玩具，他太太不小心丟掉了。」

「像小獎牌的東西？有多大？」

「差不多這樣大。」岩本用大拇指和食指圍成了一個圓圈，「之後，那個男人急急忙忙把垃圾袋綁了起來，然後說他會丟去該丟的地方，請我不要擔心，然後就匆匆離開了。不知道他有沒有真的丟去了垃圾站。」岩本說完，在菸灰缸上彈了彈香菸，彈掉菸灰。

「可不可以請你再詳細說明一下那個像獎牌的東西？請問是什麼顏色？」

岩本皺起眉頭說：「我也說不上來，因為我只是看了一眼而已……」

「請等一下。」脇坂拿出手機，開始搜尋圖片，然後把搜尋到的其中一張圖片出示在岩本面前，「是不是像這樣的東西？」

岩本伸長脖子，瞇起了老花眼看著手機螢幕後，微微張著嘴巴說：

「喔喔，對，就是像這樣的東西，只是顏色好像不太一樣。」

「你剛才說上個月底看到，請問你記得是哪一天嗎？」

「是什麼時候呢？」老人抱著手臂，歪頭思考著。

脇坂確信，一定是六月三十日。那個在翻找垃圾袋的男人，一定就是月澤克司。

他看著手上的手機。螢幕上的照片正是賭場的籌碼。

23

下午兩點整，陸真來到車站時，看到純也已經站在驗票閘門前。純也穿著T恤，帶著背包，一身熟悉的打扮。他把手機拿在耳邊，正在講電話。他似乎看到了陸真，輕輕舉起了手。陸真也揮手打著招呼，走了過去。

「好，那我晚點再打電話給你。」純也掛上了電話，把手機放在短褲口袋裡。聽他說話的樣子，猜想應該是和大人說話。

「誰啊？」

「補習班老師。我說我喉嚨痛，今天要請假。」

「沒問題嗎？會不會被你媽發現？」
「沒問題啦，老師才不會打電話去家裡。」
「那就好……」陸真回答的同時，不由得擔心，真的沒問題嗎？他很擔心自己會害好朋友考不上高中。雖然和純也在一起，的確可以為自己壯膽。
今天上午，他十一點才醒來。如果沒有在手機上設鬧鐘，恐怕根本無法起床。因為他早晨卸妝花了太長時間，七點左右才終於上床睡覺。
他醒來之後，立刻打電話給純也，告訴他在賭場順利完成了任務，但是並沒有說明詳細的狀況。因為純也得知陸真下午要和圓華見面，提出自己也要去。
電車上沒有太多人，他們坐在一起，陸真簡略地向純也說明了昨天晚上發生的事。雖然很難表達看到圓華讓球滾進指定號碼時的驚訝，他只能說自己超震驚。
「賭場的負責人櫻井先生雖然一開始很驚訝，但之後也就見怪不怪了，然後決定利用這個機會教訓一下經常用耍小聰明的方式賭博的賭客，向圓華發出了很多指示，圓華也接連完成了任務，而且最後還將計就計，徹底打敗了賭客。」
純也聽到夏威夷襯衫的男人移動籌碼時的狀況，瞪大了眼睛。
「她有辦法做到這種事？她到底是什麼狠角色？」
「我終於發現，其實她也是。」

「她也是什麼？」
「就是換稟者——天才兒童，所以她才會在那家研究所，搞不好她是頭號換稟者。」
「換稟者雖然具備了特殊才華，但不是都有某些障礙嗎？圓華看起來完全不像有什麼障礙，無論怎麼看，都覺得她是健康漂亮的女生。」
「也許只是表面上看起來是這樣。」
「啊？是嗎？雖然我也承認她看起來的確與眾不同。對了，地下賭場有多少客人？」
「我沒有數，因為有很多賭桌，總共可能有一百名賭客。」
「你們全都拍下來了嗎？」
「應該是。」
「然後你爸爸追緝的那個人就在那些賭客中嗎？」
「這就不知道了。」陸真歪著頭說：「因為並不是所有的老主顧昨晚都去了賭場，所以昨晚很可能是白忙一場。」
「如果是這樣的話該怎麼辦？你們還要再去地下賭場嗎？」
「圓華打算這麼做，問題在於能不能拍攝……因為那個攝影機已經不能再用了。」
如果下次再做同樣的事被賭場發現，一定會把他們趕出來，而且恐怕還會被痛打一頓。
來到數理學研究所，發現圓華在大廳等他們。圓華問陸真：「昨晚辛苦了，睡得還好嗎？」

聽到陸真回答說「睡得不省人事」，笑著說：「我想也是。」

圓華帶他們走去第一次來這裡時去過的會議室。陸真走進會議室時，忍不住吃了一驚。因為永江多貴子和照菜也在會議室內。

「我請她們一起看影像。」圓華說，「因為我覺得盡可能讓更多人一起看，更容易從賭場的客人中發現通緝犯。」

陸真默默點了點頭。原來今天早上道別時，圓華說的「強大後援」就是指她們母女。

會議室的桌子上放了兩台大型液晶螢幕，圓華用熟練的動作操作了電腦鍵盤，左側的螢幕上出現了很多照片，都是克司貼在通緝犯名冊上的照片。

「我只挑選了還沒有落網的通緝犯照片，去除了已經逮捕歸案或是已經結案的人。」

圓華繼續操作鍵盤，在右側的螢幕上點選了播放影片的軟體。螢幕上出現了賭場的景象，最初的畫面是客人走進賭場的情況。

「那就開始了，要做的事很簡單，就是確認影片裡出現的人中有沒有通緝犯。如果發現可疑對象，隨時告訴我。開始囉。」

圓華說完，按下了確認鍵，開始播放右側螢幕中的影片。螢幕中影像的舞台，就是陸真十二小時前所在的地方。

「超豪華，簡直就像國外。」純也嘆息著。在中學生的眼中，衣著華麗的男男女女在五彩繽紛的賭桌之間走來走去，就彷彿置身於另一個世界。

圓華將影片按了暫停。

「這個男人有沒有很像這張照片？」

她指著右側螢幕中正在玩百家樂的中年男人，問大家是否覺得很像左側螢幕正中央的照片。

陸真比較了一下，發現的確很像，但是無法斷定是同一個人。陸真表達了意見後，純也也表示同意：「我也有同感，我覺得這種程度相像的人應該有很多。」

「照菜，你覺得呢？」圓華問少女。

照菜看向母親，輕輕動了一下手。多貴子憑這個動作，就知道了女兒想要表達的意思，她點了點頭後，看著圓華說：

「照菜說完全不像。」

「這樣啊。」圓華嘆了一口氣，「既然照菜這麼說，應該就不是同一個人。」她又繼續播放剛才按了暫停的影片。

陸真終於發現，照菜果然是「強大的後援」。她能夠一眼就看出從中途開始的圓周率數字錯誤的地方，在她眼中，人的五官可能也和數字的排列差不多。

陸真目不轉睛地盯著照菜的臉，圓華問他：「怎麼了？」

「我覺得照菜很厲害，很納悶怎樣才能做到過目不忘。但是仔細想一想，我爸爸也有這種才能，所以才能夠成為優秀的追逃刑警，這麼一想，就覺得照菜完全繼承了爸爸的血緣，我卻沒有繼承任何值得一提的東西……」

圓華無力地搖了搖手說：「這種時候不要為無聊的事陷入沮喪。」

「不，我沒有沮喪，只是很慶幸，幸好有照菜。因為我對找出殺害我爸的凶手完全幫不上任何忙。」

「這就叫沮喪啊。」

照菜對著多貴子比著手勢。

「照菜說，她覺得你很厲害。」多貴子說，「雖然只剩下自己一個人，但仍然沒有被擊垮，很努力追查凶手，所以她也想幫忙。」

陸真聽到這番話，受到了很大的衝擊，好像有什麼沉重的東西落入了胃袋。他完全沒有想到，照菜竟然這麼看他。

「你有沒有聽到？哥哥，你要加油。」圓華說完，用力拍著他的背。

陸真只能聳聳肩，默默點頭。

他們逐一確認了賭場內所有人的臉，發現了不少和通緝犯照片中的人很神似的賭客，除了圓華以外，陸真和多貴子也指出了他們覺得像的人，但照菜每次都說完全不像，否定了他們的意見。雖然照菜的態度很委婉，但動作很堅定。

所有的影片都播放完畢了。

「很遺憾，好像揮棒落空了。」圓華抱著雙臂說，「沒辦法，只能再去一次了。」

陸真瞪大了眼睛：「還要再去賭場當荷官嗎？」

「只要拜託賭場老闆，他應該會同意，但是你不必和我一起去，我一個人去就可以了。」

「為什麼？如果你去的話，那我也一起去。」

「我不能讓中學生一而再，再而三地做危險的事。」

「妳要怎麼拍攝呢？下次可能會被他們發現。」

「的確不能再耍小心機了，所以只能實話實說，拜託他們讓我拍攝，同時保證影片絕對不會外流。」

「他們會同意嗎？」

「雖然不知道，但是除此以外，沒有其他方法了。」圓華拿起手機。

「妳打算拜託那個人嗎？就是那個櫻井先生。」

「只能拜託他了，因為這是唯一的方法。」

「這不太好吧？」陸真抓住了圓華的手腕說，「那個人對妳有非分之想。」

「啊？」純也叫了起來，「非分之想……」

「我知道，正因為這樣，所以他才有可能答應我的拜託啊。你放開我——我不是叫你放開嗎？」

圓華用力一甩，甩開了陸真的手。

「妳不要去拜託他，我很擔心妳。」

圓華聽到陸真的話，放鬆了臉上的表情說：

「謝謝你，但是不必擔心，我沒那麼傻。」

「但是……」

「呃，」純也舉起了手，「我可以問一件事嗎？」

陸真和圓華一起看向純也。

「這些照片中沒有那張照片，這樣沒問題嗎？」純也指著左側的螢幕。

「哪張照片？」陸真問。

「就是那張啊，你說你爸爸很在意、感覺有點可怕的照片。好像叫……新島史郎？」

「那起命案已經被破案，新島也死了，怎麼可能去賭場？」

「雖然是這樣，但還是確認一下比較好，以防萬一嘛。也可以讓照菜看一下。」純也在說話時，耳朵都紅了。

「好吧。既然你這麼堅持，就讓照菜看一下。」

陸真操作著手機，找出了『新島史郎』的資料，把照片出示在照菜面前。

「賭場內有這個人嗎？」

照菜緊張地看著手機，她的視線飄忽了一下，但立刻露出了模稜兩可的表情。陸真不知道該怎麼解釋這種狀況。

「怎麼了？有嗎？還是沒有？妳可以明確回答嗎？」

「陸真！」圓華制止了他，「不要催她。」

「啊……對不起。」

多貴子和照菜溝通後，轉頭看著陸真說：

「照菜說無法確定。她似乎沒有自信。」

「但是，這代表有長得很像的人，對嗎？是哪一個人？」

照菜低著頭，似乎表示不能回答自己沒把握的事。

「你可以給照菜看那個啊。」純也說，「就是你爸爸舊手機上的影片，你不是說，那個人很可能就是新島史郎嗎？」

陸真也想到了這件事，立刻用手機播放影片，遞到照菜面前。

她立刻有了反應。她瞪大眼睛，然後雙手捂著嘴，一個勁地用眼神向多貴子表達著什麼。

「啊？什麼？有嗎？我知道了。是哪一個人？妳告訴陸真哥哥。」多貴子努力用平靜的語氣對女兒說話。

圓華操作著鍵盤，右側的螢幕上開始播放影片。

不一會兒，照菜指著螢幕。圓華立刻按了暫停。

「啊？這個人？妳確定是這個人？」

圓華再三確認。陸真也能夠瞭解圓華的心情。因為照菜指向一個意想不到的人。

「怎麼可能……這就是、那張照片上的人……」陸真眨了眨眼睛。

螢幕上出現了正在玩俄羅斯輪盤的資深美魔女——赤木乃理明的臉。

兩台液晶螢幕上出現了臉部的五官，圓華操作鍵盤，將五官的部位逐一擴大、改變位置。其中一台螢幕上出現的是從克司舊手機影片中擷取下來的神祕男人的臉，另一個螢幕上是在賭場偷拍到的赤木乃理明。

「分析數據之後，發現眼睛的形狀幾乎一致，兩眼和嘴巴的位置關係也一致，耳朵的形狀也一致。顴骨的高度和下巴的寬度稍有不同，但都是可以透過整形修正的範圍。結論就是同一個人。」圓華說完，巡視著其他人。

「太驚訝了，沒想到竟然是男人……」陸真坦率地說出了自己的想法，「難怪會識破我是男扮女裝。」

「這的確很令人驚訝，但還有更嚴重的事。」圓華說，「如果通緝犯名冊上的照片就是『新島史郎』，那落海死亡的人是誰？難道警察誤把別人當成是『新島史郎』了嗎？會有這種事嗎？」

「如果警方沒有搞錯對象，就代表認為照片中的人是『新島史郎』並不正確。」

「對，無論是哪一種情況，都代表警方犯了重大錯誤，而且還試圖隱瞞這件事，否則就無法說明目前的狀況。陸真的爸爸應該知道這件事，他知道真正的新島史郎雖然死了，但『新島史郎』照片上的人還活著，所以在路上看到時，馬上就發現了。即使凶手去整形，變成了老婦人，仍然沒有逃過他的眼睛。」圓華指著螢幕上赤木的臉。

「我爸爸想要查明赤木的身分嗎？」

「我猜想是這樣。」

「赤木發現之後，反過來把爸爸……」

陸真不想直接說出「殺害」這兩個字。

「在思考這個問題之前，我想先搞清楚一件事——純也。」圓華站了起來，低頭看著肥仔少年。「你剛才為什麼說要讓照菜看『新島史郎』的照片？陸真說，那起案子已經被偵破，凶手也已經死了，但你仍然堅持以防萬一。現在回想起來，感覺就像你事先知道答案。」

「啊、哪有……」純也在臉前搖著手說：「哪有這種事。」但是他說話的聲音很無力。

「你別裝糊塗，你瞞不過我的眼睛。我們剛才看賭場客人的影片時，你也完全沒有說任何人很像通緝犯，不是你沒有發現，而是你根本就沒看。為什麼？因為你一開始就知道『新島史郎』的照片是關鍵，對不對？」

純也沒有回答，嘴巴像金魚一樣一張一闔。他的耳朵通紅。

「是這樣嗎？」陸真注視著朋友的臉，「純也，請你說實話。」

「因……因為有人叫我……叫我確認一下這件事。」純也開了口，「有人叫我確認一下，賭場的客人中，有沒有男人像那張照片……像『新島史郎』。」

「誰叫你確認的？」

「就是那個刑警……脇坂先生……」

「脇坂先生為什麼……？」

「我也很無奈啊。」純也皺著臉說。

24

坐上計程車時，天空還很明亮，但當他不經意地看向窗外時，發現夜幕開始降臨。即將到來的夜晚將會發生什麼事？脇坂完全無法想像，右手不停地敲打著膝蓋。

四十分鐘前，接到了宮前純也打來的電話。少年劈頭就說：「被發現了。」脇坂問他發生了什麼事，他說了聲「請等一下」，然後就把電話交給別人。不一會兒，就聽到一個熟悉的聲音自我介紹說：「我是羽原。」脇坂眼前浮現了那張好勝的臉。

『我聽純也說了，你威脅他，逼迫他做出了像是臥底的行為。』

「逼迫？別說得這麼嚇人，我們只是交換了條件，而且是他主動提出的。他說願意向我提供情報，然後要我不要阻撓你們。」

『是你誘導他這麼說吧。你發現了「藍星」的杯墊，但當場完全沒有提這件事，趁純也落單時再逼問他，你不覺得這種手法很陰險嗎？』

「我還覺得自己手下留情呢。」

『所以我們見解不同嗎？算了，所以目前只有你知道我們去地下賭場這件事嗎？』

「對，如果我向上面報告，現在恐怕就雞飛狗跳了。」

『既然這樣，那就還有談判的空間。怎麼樣？你是否願意和我交換情報，然後一起思考今後的對策？』

「我很願意和妳談判。」

『那你現在馬上來這裡，我在數理學研究所恭候大駕。』

「等一下，妳說馬上去——」但是，圓華沒有聽他說完，就掛上了電話。

脇坂有點不知所措，但當然沒有向高倉報告，甚至沒有向茂上打招呼，就離開了特搜總部。他沒有其他選擇。如果被問去哪裡，他打算說去補強之前的查訪。

岩本在多摩川河岸遇到的人果然就是月澤克司。在出示月澤的照片後，岩本斷言，應該就是這個人。

雖然這條線索很重要，但脇坂並沒有向上司報告。因為一旦報告，就必須說明月澤和賭場籌碼之間的關係。既然隱瞞了羽原圓華和月澤陸真偷偷潛入地下賭場這件事，就必須假裝不知道籌碼的事。

接下來該怎麼辦？脇坂原本打算聽了宮前純也提供的情報後再決定。如果羽原圓華和陸真在賭場掌握了什麼線索，並且打算採取行動，就必須視實際狀況，不得不向上司報告。

羽原圓華他們去賭場後的情況到底怎麼樣？他們到底打算做什麼？

夜幕降臨，天色漸漸暗了下來，前方的視野也昏暗不明。脇坂完全無法預測接下來會發生什麼狀況。

計程車終於抵達了目的地。灰色的數理學研究所佇立在昏暗中，似乎散發出可怕的感覺。

他從大門走入後，發現羽原圓華等在那裡。她看向脇坂的身後問：「你一個人嗎？」

「當然啊，為什麼這麼問？」

「因為我想你可能會帶同事一起來，如果是這樣，就只能請你離開了。」

「別小看我，我沒有告訴任何人會來這裡。」

「雖然我想你不會這麼做，但還是謹慎起見。請跟我來。」

羽原圓華率先邁開步伐。

羽原圓華帶他來到之前也來過的會議室。除了陸真和宮前純也以外，永江多貴子和照菜也在。桌上放了兩台大螢幕，他們看著螢幕中的影片和照片，正在討論什麼。

脇坂和陸真四目相對。陸真似乎比上次看到時成熟了些。

「你們去地下賭場有收穫嗎？」

脇坂問。陸真看向羽原圓華，似乎在徵求她的意見。她點了點頭，陸真的胸口上下起伏，用力呼吸後開了口。「我們找到了我爸爸在追緝的人。」

陸真又播放了在賭場拍到的影像，開始向他說明。脇坂大吃一驚。雖然他原本就預料到應該就是照片中的『新島史郎』，但完全沒想到他竟然扮成了女裝。

「已經查到他的身分了嗎？他的本名叫什麼？」

「目前還沒有。」

「已經知道他是『藍星』的老闆，所以有辦法查出來。」羽原圓華很有自信地說，「我有朋友認識聲色場所的人。」

脇坂看著她露出好勝眼神的雙眼說：「我不太認同這種做法。」

「為什麼？」

「因為會有危險。就像之前去地下賭場的事，妳未免太魯莽了，接下來的事，是否可以交給我們處理？」

「交給你們？你們要怎麼做？」

「很簡單，在這個姓赤木的人在地下賭場的時候去掃蕩查緝，就可以把在場的所有人都抓起來，然後就可以徹底調查赤木。」

「你知道地下賭場在哪裡嗎？」

脇坂停頓了一下後回答說：「我知道。」

羽原圓華臉上的表情立刻變得冰冷。她瞥了純也一眼後，冷冷地看著脇坂說：「你昨晚是不是跟蹤我們？」

「我遵守了和純也的約定，並沒有阻撓你們。」

「如果被賭場的人知道你在跟蹤，會以為我們和警方勾結，那才會造成我們的危險。」

「我已經盡最大的努力謹慎行事了，所以才沒有被他們發現。」

「這只是結果論，你剛才說我做事魯莽，我要把這句話原封不動地還給你。」圓華說完，把頭轉到一旁。

雖然脇坂很火大，但他無法反駁。因為她說的話的確有道理。

「好，我承認這麼做的確有點輕率，如果妳要求我道歉，那我就向妳道歉，但是以結果來說，我得知了地下賭場所在的地點，既然這樣，沒有理由不好好運用這項收穫。」

圓華把頭轉了回來，瞪著脇坂說：

「我堅決反對掃蕩地下賭場，如果你堅持這麼做，我會搶先通知賭場的人，提醒他們趕快撤離。」

脇坂說不出話，看著圓華的臉說：

「如果妳這麼做，就會追究妳的罪責。」

「請便，與其當卑鄙小人，我情願這麼做。」

「妳為什麼這麼袒護地下賭場？」

「我只想查明殺害陸真父親的凶手，不想把無辜的人捲進去。賭場的人助了我一臂之力，我不能背叛他們。」

脇坂用力甩著手臂說：

「妳不需要費這種心，他們從事的是違法行為。」

羽原圓華冷笑一聲說：

「賭博罪根本只是因為政府的機會主義而成立的罪狀，賽馬、賽自行車等公營的賭博，和實質上就是在賭錢的柏青哥沒問題，卻禁止除此以外的賭博，你不覺得很奇怪嗎？」

「非法賭博有可能成為反社會勢力的資金來源。」

「沒錯，終究就是錢的事。公營的賭博可以讓政府賺錢，但地下賭場無法讓政府賺錢，所以就禁止，說什麼那些錢會流入反社會勢力的口袋根本是詭辯，歸根究底，就是政府想要支配經營賭博的權利。如果真的為國民的幸福著想，就必須禁止所有的賭博。貪圖僥倖而沉迷賭博，很可能自毀人生，無論公營的賭博還是地下賭場，都有同樣的危險性，但是執政者從來不會這麼想，在這個問題上，絲毫沒有為國民著想。」羽原圓華看著陸真和純也說：「年輕人，你們給我記住，政府可以為了自身利益制訂法律，國民根本不重要，也和正義無關。昨天之前還無罪的事，有一天可能突然變成有罪，你們千萬不要被法律束縛，要自己思考是非對錯，知道嗎？」

羽原圓華氣勢洶洶地說，兩名中學生驚訝不已，但也只能點頭。

「所以，」羽原圓華說完後，轉頭看向脇坂說：「如果你打算掃蕩那家賭場，那就悉聽尊便，但是請下次再說。」

脇坂深深地嘆了一口氣。

「那妳說該怎麼辦？請妳說說妳的計畫。」

「在此之前，我要先請教你一個問題。你為什麼認為『新島史郎』的照片上的那個人在賭場？T町一家三口強盜殺人案和這次的事件有什麼關係？」

羽原圓華直視著脇坂，讓脇坂感到很有壓力。他陷入了猶豫，因為不可以把偵查情況告訴一般民眾，但又同時告訴自己，事到如今，這種墨守成規的藉口無法發揮任何作用。

25

雖然已經是夜晚，進出車站的人比想像中更多，一個接著一個經過驗票閘門。這些人應該都是開明大學的學生，雖然是暑假，但這些大學生可能仍然來學校參加社團活動。雖然大部分人應該都直接回家，但應該也有不少人打算去玩樂。白天享受大學的校園生活，晚上在燈紅酒綠中尋歡作樂——幾年之後，幾乎所有的同學都會成為這樣的大學生，但自己恐怕和這樣的世界無緣。

陸真心不在焉地想著這些事。

「我不是說了，我沒有去陸真家嗎？……他好像有事。……我不知道啊。……我現在就回家了。……我還沒吃飯。……嗯，我知道了。」在一旁打電話的純也把手機放進了口袋說：「讓你久等了。」

「你媽有沒有發現你沒去補習班？」

「不會有事啦，我媽倒是很擔心你。」

「這樣啊……」陸真摸了摸人中。

脇坂來到研究所之後討論了半天，但遲遲沒有得出結論，然後猛然發現窗外已經是夜晚。圓華發現後，要求純也先回家。

「我今天晚上不回家也沒關係。」純也不想回家，「因為我有先說可能會住在陸真家裡。」

但圓華仍然堅持要他回家。

「我們還沒有決定接下來要如何採取行動，但無論採取任何行動，都不想把你牽扯進來。」

「為什麼？不要排擠我嘛。」

「正因為我們沒有排擠你，你現在才會在這裡，但是，接下來每個人都必須為自己的行為負責，我不能讓你冒這種危險。」

「我會為自己的行為負責啊。」

「你怎麼聽不懂人話？我是說你很礙事，你趕快回家。」

圓華指著門說。純也一臉快哭出來的表情，什麼話都說不出來，慢吞吞地站了起來。陸真覺得他太可憐了，於是送他來車站。

「陸真，我是不是都沒幫上忙？」純也走向驗票閘門前問，「而且還被脇坂先生利用……」

「沒這回事，你是為我和圓華著想，才會和脇坂先生交換條件，不是嗎？我認為你這樣的判斷很正確，我才是都沒有幫上忙，也沒有任何貢獻，反而是照菜發揮了很大的作用。圓華是不是覺得我也很礙事？但因為我是當事人，所以她不好意思說。」

純也皺著眉頭，抓了抓頭說：「我覺得你應該沒有礙事……」

「像我這種沒有任何優點的中學生，有沒有我都一樣。」

「是嗎？」純也歪著頭說：「但我覺得你可以發揮作用。」

「我或許可以發揮作用，但並不是非我不可，有太多人可以取代我了，就像機器的零件一樣。」

純也一臉不解的表情歪頭想了一下，然後注視著陸真說：「我覺得應該沒有。」

「啊？」

「我覺得應該沒有人可以取代你。在我眼中，沒有人能夠取代你。」

純也的話太出乎意料，陸真不知該如何回答，也不知道該露出什麼樣的表情。

「那我走了，加油囉。」純也露齒一笑說。

「嗯。」陸真點了點頭，目送著朋友走向驗票閘門。

回到數理學研究所，走進會議室，發現脇坂獨自在吃便當，看到陸真後，手拿著免洗筷對他說：「回來啦，羽原小姐準備了晚餐，也有你的份。」

桌子角落有一個長方形的便當盒和保特瓶裝的茶。陸真在椅子上坐了下來，打開便當盒，發現是豪華的西式便當。有漢堡排就已經讓人很開心了，沒想到還有炸蝦。太棒了。因為他今天只有剛起床時，吃了一碗泡麵而已。

陸真從免洗筷的袋子裡拿出筷子後問：「圓華呢？」

「不知道。」脇坂回答，「她說要思考一下，就不知道去了哪裡。」

「你們已經決定接下來要怎麼做嗎？」

「還沒有，所以我也不能離開。在瞭解她接下來打算做什麼之前，我不能離開這裡。」

「掃蕩賭場的事怎麼樣了？」

「這件事也還沒決定，但今晚不可能馬上行動，因為我幾乎沒有向上司報告你們目前的行動。」

「是因為和純也之間的約定嗎？」

「這也是原因之一，但也有一些個人的因素。即使在組織內，有時候也會被要求有個人表現。」脇坂含糊其辭，可能不能隨便透露。

陸真開始吃便當。白飯雖然有點冷掉了，但很好吃，但他停下了手，看著脇坂問：

「那個人……赤木殺了我爸爸嗎？」

脇坂低吟了一聲說：「雖然無法斷言，但這種可能性最高。」

「因為他好不容易躲過了通緝，卻被我爸爸發現了嗎？」

「對啊。你之前告訴我，你爸爸多年來，一直對T町命案的凶手『新島史郎』的照片耿耿於懷。即使新島史郎已經死了，你爸爸仍然沒有放下這件事。因為他認為照片中的人很可能並不是新島史郎，不，應該說，你爸爸確信這件事。」

「不是新島史郎……」

「然後他在汽車展當警衛時，終於發現了真凶。雖然偽裝成女人，但是克司先生一眼就識破了。於是急忙決定提早下班，跟蹤對方，最後可能掌握了對方的住處。但是，克司先生想要有明確的證據，證明那個男人就是T町命案的凶手，於是就守在他的住處外監視。克司先生隨身帶著放大鏡，可能也是為了比較『新島史郎』的影片和照片。然後，扮成女裝的男人丟了垃圾，克司先生就拿走了垃圾袋，檢查了垃圾袋裡的東西。因為克司先生首先想要找到男人變裝的證據，沒想到意外發現了地下賭場的籌碼。克司先生想起T町命案的被害人也是地下賭場的常客，對自己認為扮女裝的男人就是真凶的推理有了更大的自信——」脇坂一口氣說到這裡，喝了保特瓶裝的茶停頓了一下，「我完全不知道克司先生之後採取了什麼行動。也許是因為在垃圾袋中發現了赤木的名片或是其他東西，才會去『藍星』。回想克司先生之前的行為，很可能打算接近赤木，向他索取封口費。也可能拋開私利私慾，要求他去自首。總之，如果赤木聽從了克司先生的要求，克司先生就不會死於非命。」

「所以赤木決定不聽從爸爸的要求，而是殺了爸爸。」

「應該是這樣。」

陸真感到呼吸急促。他張著嘴，用力深呼吸。脇坂的話很有說服力，也很合理。

「爸爸果然是為了錢接近赤木。如果是為了正義，只要報警就解決了。」

「那也未必，可能只是覺得報警也沒用。T町命案已經結案了，即使現在說另有真凶，警方可能也不會加以理會。」

這個回答也很合理。脇坂可能也產生了一些疑問，然後找到了答案。

陸真用筷子把料理送進嘴裡。他沒有心情好好品嚐。漫無邊際的思考在腦海中飄來飄去。

他突然停下筷子。因為他想起忘了確認一件重要的事。

「脇坂先生，」他叫了一聲，「所以，如果……如果我爸爸沒有看錯，有辦法證明赤木才是T町命案的凶手這件事嗎？」

脇坂正在收拾已經吃完的便當盒，臉上的表情更嚴肅了。他閉上眼睛，用力深呼吸，轉身面對陸真的方向。

「由誰、用什麼方法來證明這件事，恐怕是最大的難題。」

「什麼意思？」

「任何人都不想承認自己犯的錯，警察也一樣。」

「警察也一樣的意思是……」

陸真對刑警的話感到困惑，這時，門打開了，圓華走了進來。她手上拿了一張紙，大步走向脇坂，把紙放在桌子上冷冷地說：「這個給你。」

脇坂低頭看著那張紙，驚訝地皺起眉頭問：「這是什麼？」

「赤木的身分。扮女裝的男人的本名和地址。這是賭場客人名單上的資料，所以應該不會錯，只不過是好幾年前的名單，目前的地址可能不一樣。」

圓華輕鬆地回答，陸真聽了之後大吃一驚。他起身跑了過去。

脇坂拿起了紙，露出可怕的眼神注視片刻後放回了桌上。陸真也低頭看。上面寫著『赤木貞昭』這個名字，住家地址是神奈川縣藤澤市，但他不可能每天晚上從這麼遠的地方來東京。

「赤木貞昭。」脇坂嘟噥著，「你怎麼會有這些資料？」

「我朋友向當初告訴我們『藍星』那家酒吧的熟人打聽到的，因為朋友恐嚇那個熟人，如果不說實話，賭場可能會被抄。」圓華說完這句話，看著陸真，嘴角露出微笑。

陸真立刻知道，那個熟人就是石黑，至於那個朋友當然就是武尾。

脇坂愁容滿面地問：「妳為什麼擅自做這種事？」

「擅自？我只是根據自己的判斷採取行動，為什麼需要徵求你的同意？」

「我已經要求妳協助偵查工作。」

「我不是在協助嗎？還是你認為我在破壞？」

「提供這個消息的人可以信任嗎？會不會去向當事人通風報信，然後叫他逃跑？」

「我不會說他可以信任，但他也不可能去向當事人通風報信。因為他根本不想和這件事有任何牽扯。」

脇坂煩躁地抓了抓頭，再次拿起那張紙。「目前有關於這個赤木貞昭的線索嗎？」

「提供消息的人並不太瞭解他，聽說除了『藍星』以外，還開了好幾家餐廳和酒店，算是一名企業家。」

「大家都叫他赤木乃理明……對不對？」

「在酒吧和賭場時，大家都叫他老闆娘。脇坂先生，你有什麼打算？」圓華問，「目前還無法確定赤木貞昭就是凶手。」

脇坂低吟了一聲，從內側口袋裡拿出行動裝置。他手上的行動裝置和智慧型手機的外觀稍有不同。

赤木貞昭。脇坂對著行動裝置說出這個名字，然後又唸了地址。不一會兒，螢幕上就出現了內容。

「這是警用行動裝置嗎？」圓華問。

「沒錯——駕照上的地址仍然在藤澤，戶籍謄本上的地址似乎沒有改。年紀……今年四十八歲，沒想到這麼年輕。很多年以前曾經違反交通規則，但從來沒有遭到逮捕過。」

陸真在一旁聽了驚訝不已。原來只要知道姓名和地址，就可以馬上知道這些資訊。

脇坂收起了行動裝置。

「首先必須查明赤木的住家，其他的之後再說。」

「他的住家……所以有一種方法最快。」

「賭場今晚也會開嗎？」

「應該是。」圓華雙眼發亮，「我認為赤木貞昭也會去那裡。等他離開賭場後就跟蹤他，所以我已經張羅了一輛不引人注目的車子。」

但是，脇坂皺起了眉頭。

「不，羽原小姐，這件事可以交給我來處理嗎？人數一多，就會引起注意，而且我不希望一般民眾捲入這件事。」

圓華瞪大眼睛，逼近脇坂說：

「我提供了這些情報，你竟然要我別去？脇坂先生，你也未免想得太美了。」

「我不是這個意思，而是防止意外發生。」

「不必擔心，我已經做好了心理準備，無論發生任何事，都不會要警方負責。」

脇坂緩緩搖著頭說：

「真傷腦筋。」

「沒必要傷腦筋，如果你這麼擔心，我們表面上可以分別行動。只要假裝剛好去同一個地方，即使發生任何狀況，也不會追究你的責任，不是嗎？」

「這不是重點。」脇坂用強烈的語氣說完後咬著嘴唇。他用力閉上眼睛沉默片刻後，在睜開眼睛的同時說：「好，妳沒問題，但陸真不能去。」

「啊？」陸真叫了起來，「為什麼？我是當事人，我要和你們一起去。圓華，我可以一起去嗎？」

圓華沒有同意。她轉頭看著陸真，嘆了一口氣說：

「我能夠理解你的心情，但現在就接受這位刑警的折衷方案。今天就到此為止，你回家吧，我明天會把結果告訴你。」

「怎麼……」

「你忍耐一下。」脇坂露出懇求的眼神說，「如果我們的推理正確，對方是一個危險人物，他可能殺了你爸爸。」

陸真注視著刑警的臉，很想對他說，「正因為這樣，所以我才想和你們一起行動」。但是，脇坂似乎沒有接收到他的想法，把手放在他的肩上說：「希望你能夠瞭解。」

陸真很想推開他的手，但還是忍住了。因為他知道自己是沒有任何優點，也幫不上任何忙的中學生。

「好。」他小聲回答。

26

他感覺到意識清醒後，緩緩睜開了眼睛。周圍一片昏暗，但從窗戶照進來的微弱亮光，可以隱約看到自己的手。他拿起放在一旁的手機確認了時間。幾分鐘後，就是設定了鬧鐘的晚上十一點三十分。每次小睡時都能夠在設定鬧鐘時間的幾分鐘前醒來，是他的一項特技。

脇坂躺在遊戲室內。據說是數理學研究所研究對象的小孩子使用的空間，他在休息前稍微觀察了一下，發現遊戲室內掛了精緻的繪畫，白板上寫了費解的算式。聽圓華說，這些都是有特殊才華、被稱為換稟者的孩子創作的作品。

「雖然人類熱衷於運用ＡＩ，但我覺得應該更關心活人的大腦。」羽原圓華一臉冷酷的表情說道，但脇坂覺得無論ＡＩ還是換稟者，都是離自己很遙遠世界的事。

他坐了起來，轉動脖子。因為躺在遊戲用的軟墊上，所以身體完全沒有疼痛。

聽到開關的聲音，天花板的燈亮了。轉頭一看，羽原圓華站在門口。

「你醒了嗎？」她微微歪著頭問。

「我剛醒，整個人都舒坦了。」

「如果你想去沖個澡也沒問題。」

「不，不用了。太舒服的話，又會想要睡覺。」脇坂站了起來，拿起放在一旁的上衣、領帶和皮包問：「什麼時候出發？」

「我隨時都可以，車子已經準備就緒了。」

「賭場是在半夜一點開始吧？那我們準備出發？」

「好，請你去大廳等我，我馬上就來。」

羽原圓華離開後，脇坂關了燈，走出遊戲室。沿著走廊走向大廳時，和一個看起來像是研究員的男人擦身而過。對方似乎這麼晚還沒有下班。

來到大廳後，確認了手機和行動裝置。沒有接到任何緊急聯絡，偵查狀況也沒有變化。他剛才在打盹之前打電話給茂上。因為他傍晚離開警局後，就沒有和茂上聯絡。

「真是傷腦筋，對方說想起了一個可疑的人，要我立刻趕過去。我晚餐才吃到一半，就急急忙忙趕過來了。因為對方說在電話中說不清楚。」

『結果有告訴你嗎？』茂上興趣缺缺地問，他可能從脇坂說話語氣就已經猜到了結果。

「說是說了，那個男人也的確很可疑，深夜用推車推了一個大箱子到多摩川的河岸，他認為箱子裡面可能裝了屍體的幻想也不錯，問題在於是上個月月初發生的事，這下子就沒戲唱了，那是在命案發生的一個月前的事。」

『哈哈哈。』電話中傳來乾笑聲。『所以你白跑了一趟。』

「就是啊，浪費了我的時間，所以今天我要直接回家了。」
『好，明天也一樣到特搜總部集合。』
「收到。辛苦了。」
茂上並沒有起疑。脇坂雖然感到愧疚，但告訴自己，現在也只能這樣。事到如今，根本無法向茂上說明實際情況。他已經下定決心，要自己想辦法處理。
羽原圓華出現了。她穿著一件短袖連帽衫和黑色長褲，還戴了一頂黑色帽子。
「妳一身黑啊。」
「因為我希望融入黑暗中。」她說完後笑了笑，露出了潔白的牙齒。
一輛白色輕型廂型車停在停車場。即使這輛車停在路旁，也不會引人注意。「我來開車。」
脇坂從羽原圓華手上接過了鑰匙。
「他有沒有說什麼？」出發後不久，脇坂問。
「他是誰？」
「陸真。他剛才離開時，你不是有去送他嗎？你們是不是聊了什麼？」
「喔，」羽原圓華應了一聲，「沒特別聊什麼。」
「什麼都沒聊嗎？他有沒有很不甘願？」
「不太清楚，他只說了聲拜託了。」

「拜託了……這樣啊。」

脇坂感到很意外。陸真不是為了瞭解父親死亡的真相，不惜扮成女裝嗎？

原本以為陸真會因為自己堅持趕他回去而生氣，脇坂感到有點洩氣。

輕型廂型車很輕快，而且深夜的高速公路上沒什麼車，他們比原本預計的時間更早來到了目的地附近。距離半夜一點還有將近三十分鐘的時間。

「就是那棟大樓。」脇坂指著數十公尺前方的建築物說，「你們當時從後門進入，但賭客的入口在正門，但如果是外人，電梯就無法停在那個樓層，所以不知道在幾樓。」

「在四樓。」

羽原圓華很乾脆地回答，脇坂大吃一驚。「你們當時不是被蒙住眼睛嗎？」

「即使眼睛看不到，仍然瞭解自己身體移動的距離。」

「移動距離……」

因為當時在搭電梯，並不是橫向的移動，所以意味著她知道上下移動的距離。脇坂思考著自己是否有辦法做到，立刻得出了不可能的結論。這個女人很特別。

「這裡的地名是東麻布。」羽原圓華看著手機說。

「沒錯，距離麻布十番和六本木也很近，喝到深夜的客人剛好可以來賭場玩一下，轉換心情。」

「原來我昨天是在這裡當俄羅斯輪盤的荷官，希望今天晚上的客人手氣可以好一點。」羽原圓華說話時心情很愉快，可能想起了昨晚的事。

「關於昨晚的事，我想請教妳一件事。」脇坂語帶遲疑地說，「不，雖然和偵查工作完全沒有關係。」

「你想問什麼？」

「就是機關，妳到底怎麼做到的？妳竟然可以猜中輪盤的號碼，或是讓球滾入妳想要的號碼，簡直太不可思議了。」

羽原圓華露出無趣的表情轉過頭說：「原來是這件事。」

「我想了各種可能性，但仍然沒有頭緒。請妳告訴我，怎樣才有辦法做到？」

「你剛才說對了。」

「啊？」

「和偵查工作完全沒有關係。」

「啊……嗯，的確是這樣……」脇坂摸著頭。

「脇坂先生，你可以解釋磁鐵為什麼可以吸住鐵嗎？」

「磁鐵？」

「只要S極和N極靠近，就會被吸住，但是同樣是S極，或是N極，就會相斥，請問是為什麼？」

「沒為什麼，因為這就是磁鐵的性質……這樣的解釋不行嗎？」

羽原圓華露出笑容，冷笑一聲說：

「沒有不行，這樣的回答沒問題。沒有人會對磁鐵吸住鐵這件事產生疑問，所以保持一樣的態度就行了，這個世界上，就是有人能夠說中俄羅斯輪盤的號碼，也可以把球擲入預先決定的號碼。雖然不知道其中的原因，但就是有這樣的人。這樣不就好了嗎？為什麼不行呢？」

脇坂眨了眨眼睛，看著羽原圓華巴掌大的臉。

「妳的意思是，並沒有任何機關嗎？」

「你根本不需要去想這個問題，試圖把所有的事都塞進自己能夠理解的範圍，只是牽強附會，也是一種傲慢，只有擺脫這種狹隘的世界觀，才能夠邁向下一個階段。」

「下一個……」

「比方說，」羽原圓華伸出食指，「如果不是我，而是由機器人當俄羅斯輪盤的荷官，是AI控制的機器人。假設那個機器人說中了號碼，或是可以自在地操控滾球，你還會問這個問題嗎？你會問這個AI到底是怎麼做到的嗎？」

「這……我恐怕不會問，因為即使告訴我，我應該也無法理解。」

「沒錯，AI很厲害。雖然搞不清楚是怎麼一回事，但反正就是很厲害，所以能夠做到——

就這樣。你不會產生任何疑問，不是嗎？」

「沒錯，妳說的對。」

「既然這樣，就不應該為人類能夠做到同樣的事感到驚訝，每個人都應該更相信人類的可能性，怎麼可以在AI面前自嘆不如呢？」

「喔，這樣啊……」

聽了這位比自己年輕的女性的論點，脇坂啞口無言，只知道這個女人的見識很廣博。

「脇坂先生，你看。」羽原圓華看著前方。

一對男女下了停在大樓前的計程車，走進大樓。兩個人都衣著華麗，應該是賭場的客人。

這對男女的出現簡直就像是某種暗號，接連出現了許多行跡可疑的人，走進那棟大樓。地下賭場今晚也生意興隆。

「主角出現了。」羽原圓華說。

一個人正走下計程車。身穿寬鬆的黑色洋裝，長髮披肩。他穿這種看不出體型的寬鬆洋裝，是為了避免別人發現他是男扮女裝嗎？

「這個人就是赤木貞昭嗎？」

「對。」

「原來如此……」

脇坂很慶幸今天和羽原圓華一起來這裡。如果只有自己一個人，恐怕無法順利發現。

赤木貞昭迅速觀察周圍後，走進了那棟大樓。

脇坂看了一眼手錶。

「目前是深夜一點三十五分……不知道他會玩多久。」

「他昨天逗留了兩個小時左右，可能今晚也差不多。」

「那我們坐去後車座，因為如果駕駛座和副駕駛座上有人，容易引起注意。」

「我想觀察那棟大樓周圍，所以下去散步一下。」

「小心不要被賭場的人發現了，因為他們認識妳。」

「好，我知道。」

脇坂下了車，繞去另一側，打開了側滑門，坐在後車座上。

他看著羽原圓華走向那棟大樓的背影。風把像是廣告單之類的紙吹了起來，聽說颱風快來了，所以有點風，但今天晚上還是很悶熱。幸好這輛輕型廂型車是電動車，即使停車時，冷氣也能夠繼續開著。

羽原圓華在三十分鐘後回到車上，手上拎著便利商店的袋子。她上車後說：「可能會等很久」，然後把袋子裡的東西拿了出來。原來她買了罐裝咖啡和三明治。脇坂說了聲「謝謝」，伸手拿起咖啡。

「我有一個問題想請教。」

「什麼問題？」

「你為什麼單獨行動？」

脇坂差一點被喝進嘴裡的咖啡嗆到。他用手背擦了擦嘴巴，看著圓華問：「妳為什麼問這個問題？」

「因為我覺得也許你的想法和我一樣。」

脇坂收起下巴，身體不由得繃緊。

「妳認為我有什麼想法？」

羽原圓華稍微放鬆了臉上的表情，雙眼露出冷冽的眼神，緩緩開了口。

「這起事件可能和警方的黑暗有關——是不是這樣？」

脇坂感到脖頸一陣發冷。

「黑暗……嗎？」

「如果你認為這種說法太誇張，我可以說是汙點，反正都是不能公諸於世的事。巨大的組織很希望能夠在繼續隱瞞這件事的情況下偵結目前這起事件，但是，無論在任何組織內，都會有不懂得察顏觀色的異端，無法克制想要瞭解真相的好奇心，然後就一頭栽了進去。」羽原圓華用食指指向脇坂的胸口，「如果你對好奇心這三個字不滿意，也可以說是正義感。」

脇坂苦笑著說：「說是好奇心也沒問題。」
「我的想像似乎沒錯？」
「雖不中，亦不遠。我對T町命案的來龍去脈產生了疑問，認為和這起事件有關，只是目前還不知道是不是能夠稱之為汙點。」
「如果不是汙點，根本不需要隱瞞。」羽原圓華抿嘴笑了笑。
「我也可以問妳一個問題嗎？」
「請問，只是有些問題可能無法回答。」
「妳為什麼想要靠自己查明真相？妳並不是一開始就懷疑警察吧？」
「如果我說只是基於好奇心……這樣的答案不行嗎？」
「不行。」脇坂用力搖著頭，「妳讓中學生扮成女裝，而且還潛入地下賭場，無法只用好奇心這三個字打發我。」
「這樣喔……也對。」羽原圓華嘆了一口氣，似乎決定不再拐彎抹角，「我也說不清楚，可能是希望讓他們兩兄妹——讓陸真和照菜看到他們父親真實的樣子。」
「真實的樣子是什麼意思？」
羽原圓華注視著前方，挺直了身體，似乎下定決心說出內心的真實想法。
「隨著警方深入偵查，可以釐清很多事情，也會知道凶手的身分以及犯案動機，但是只有和事件有直接關係的一些冷冰冰的、很表面的事才會公諸於世，無法瞭解月澤克司這個人帶著什麼樣的想法生活，也不知道他的人生目標是什麼，所以我決定代替警察調查這些事，讓他們兄妹可以瞭解他們的父親。因為如果無法好好瞭解他們的父親，這兩個同父異母的兄妹恐怕很難建立良好的感情。」

脇坂注視著羽原圓華端正的側臉。她剛才的回答完全出乎意料。

「但是，不一定會有理想的結果。」脇坂說，「因為還無法否定月澤克司的目的是為了金錢……」

「是啊，但如果是這樣，也只能聽天由命了，因為共同擁有悲傷和憤怒也有意義。」從她鎮定自若的語氣中，可以感受到她堅定的信念。

這個女人的見識果然超乎自己的想像。脇坂想道。

「脇坂先生，」不一會兒，羽原圓華叫著他的名字，「他出來了。」

原本靠在椅背上的脇坂急忙探出身體，看到身穿黑色洋裝的赤木站在大樓外。一輛停在路旁的計程車很快駛上前，在赤木身旁停了下來。應該是他事先叫的車子。

赤木上車後，計程車就迎面駛了過來。脇坂拿出手機，打開相機，在計程車駛過輕型廂型車旁的瞬間，連續拍了好幾張照。

羽原圓華打算打開側滑門，脇坂制止了她。

「等一下，計程車還在那裡，我不希望妳下車時被他看到。」
「但是如果不趕快跟上去就會跟丟了。」
「不必擔心。」
脇坂確認計程車離開後，才對羽原圓華說：「我們去前面。」
但是，即使坐到了駕駛座上，脇坂也沒有立刻把車子開出去，他看著手機的螢幕，操作著行動裝置。
「你在忙什麼？」羽原圓華催促著他，「趕快去追啊。」
「我已經知道計程車的車牌了，不必著急。警方掌握了在都內行駛的所有計程車的位置。」
脇坂把行動裝置的螢幕出示在圓華面前，螢幕上顯示了地圖和那輛計程車目前所在的位置。
羽原圓華瞪大了眼睛問：「這個行動裝置可以轉賣給我嗎？」
「可惜我也是借用的，所以沒辦法，我們走吧。」
脇坂把車子開了出去。
他握著方向盤，不時瞥向行動裝置的螢幕。計程車似乎打算從芝公園駛入高速公路，赤木顯然並沒有打算換一家酒店續攤。
「從方向研判，應該是前往多摩川。」羽原圓華說，「會不會就是月澤克司先生遇害的現場附近？」

「可能性很高，赤木的住處也可能就在那附近。」

「他表面上是企業家，但每天晚上都穿上女裝去地下賭場。那種人到底住在什麼樣的房子，真希望讓陸真他們見識一下。」

「別擔心，我打算完整拍下來。」

脇坂加快了車速，追趕那輛計程車。因為隨時掌握了計程車的位置，所以不必太著急，但如果赤木在他們追上計程車之前就下車，就可能會跟丟。

載著赤木的計程車從荏原交流道下了高速公路，看來的確準備回去位在多摩川附近的住家。脇坂踩下油門，繼續加快車速。

下了高速公路後，在普通道路上行駛。一進入住宅區，道路就像蜘蛛網般扭曲交錯，只要轉錯一個彎，就需要很長時間才能繞回原來的路，所以必須謹慎開車，但如果太慢吞吞就無法追上計程車，內心的焦急和努力克制焦急的感情一直在拉扯。

幾乎快要追上時，計程車停了下來。觀察地圖後，發現並非在等紅燈。八成是赤木下了車。

脇坂開著輕型廂型車繼續前進，發現前方的計程車閃著警示燈停在那裡，下車的人正是赤木，但是脇坂當然不能停車，於是放慢了速度，緩緩駛過計程車旁，看到赤木走進旁邊的一棟透天厝。

脇坂把車子駛向路肩後停了下來，轉頭看向身後，注視著赤木進入的那棟房子。那是一棟小巧的歐風房子。

「原來他不是住公寓的房子。」羽原圓華說。

「這一帶很少有公寓，而且如果是公寓的房子，垃圾就會丟去公寓的垃圾站。我之前就猜想赤木住在透天厝，所以月澤克司才能拿走他丟的垃圾。」

「原來是這樣，你果然厲害。」

「這並不是什麼高難度的推理，妳等我一下，我去確認門牌。」

「我也一起去。這麼晚了，偽裝成情侶比較好，因為可能會被監視器拍到。」

脇坂聽了羽原圓華的意見，覺得頗有道理。凡事還是謹慎為妙。

「好，小心開關車門的聲音。」

「好。」

兩人下了車，一起走向那棟房子。羽原圓華的身體靠了過來，挽住脇坂的左手臂。即使被別人看到，應該也不會引起懷疑。脇坂不由得在內心佩服，覺得羽原圓華的演技太好了。

經過那棟房子前，發現門牌的確是『赤木』。原來赤木並沒有用假名字。仔細想一下就覺得很合理，因為赤木貞昭並沒有遭到通緝，被視為T町命案的新島史郎已經死了，赤木完全不需要隱姓埋名過日子。

路旁停了一輛機車。在這片住宅區內，只有那輛機車顯得有點格格不入。難道是自己想太多了嗎？

「今晚就到此為止，我們回去車上吧。」

脇坂正準備往回走，羽原圓華拉住了他。她抬頭看著那棟房子。

「怎麼了？」脇坂問。

「沒有燈光。沒有任何一扇窗戶有燈光。」

脇坂看向那棟房子，發現所有的窗戶都一團漆黑。

「是不是拉起了窗簾的關係？」

「只要有開燈，窗簾縫隙就會透出光。」

「走廊上應該會開燈，他可能直接走去臥室，然後倒在床上就睡。」

「也不換衣服嗎？而且也不卸下臉上的濃妝？」

羽原圓華的意見很有道理，脇坂無法反駁。「那妳認為是什麼狀況？」

「只有兩種可能。一種是赤木故意不開燈，因為不打開燈，就更容易從窗簾的縫隙向外張望。」

「妳是說，他發現了我們嗎？」

「對。」

「另一種可能呢？」

「就是發生了某些導致他無法開燈的狀況。」

「發生了某些狀況？」

羽原圓華伸出手，制止脇坂繼續說話。她用力吸著鼻子，皺著眉頭。

「碳氫化合物……」

「什麼？」

「我聞到了碳氫化合物的氣味。石油、汽油、燈油……嗯，一定是燈油。」

脇坂聽了羽原圓華說的話，也用力吸了空氣，但並沒有聞到燈油的氣味。

「我聞不出來，是不是妳的錯覺？」

「絕對沒錯，而且氣味是從那裡傳出來的。」羽原圓華指著赤木家和鄰居家之間的防火巷。那裡有排氣管。

「妳認為屋內在使用燈油？在現在這種季節？」

「因為氣味很強烈，所以應該並不是正常使用的情況。」羽原圓華說完，鬆開了脇坂的手臂，快步走向那棟透天厝的玄關。

「等一下，再觀察一下。」

「可能沒時間了。」羽原圓華走向玄關，立刻按了對講機。聽到屋內響起門鈴的聲音。

脇坂覺得渾身的血都衝向腦袋，有點不知所措。「妳想幹什麼？」

羽原圓華把食指放在嘴唇上，示意他不要說話，然後又按了門鈴。門鈴又響了。
片刻之後，聽到了對講機的開關打開的聲音。
（哪一位？）
對講機中傳來男人的聲音。是赤木嗎？
羽原圓華看向脇坂，似乎示意他趕快說話。
「……不好意思，這麼晚上門打擾。」脇坂對著麥克風說話，「我是警察，有事想要確認一下，可以請你開門嗎？」
對講機上有攝影機，對方可以看到脇坂的臉。不知道對方會怎麼回應。
（請等一下。）幾秒鐘後，對方這麼回答，然後對講機就沒有聲音了。
脇坂陷入了混亂。對方說「請等一下」，這是怎麼回事？這麼晚上門，不可能不引起懷疑，搞不好正在報警。
羽原圓華注視著半空中的某一點，似乎正在想什麼。她的手上拿著手機。
玄關傳來打開門鎖的聲音。脇坂大吃一驚，注視著玄關的門，發現門緩緩打開了。
一個上了年紀的男人探出頭。
而且脇坂認識那個人。最近才剛見過，但是因為太意外，一時想不起他叫什麼名字。
脇坂把手伸進內側口袋，拿出了警察證，但他還來不及出示，對方就說：「原來是脇坂。你是搜查一課重案股的脇坂——我沒說錯吧？」
脇坂立刻想起了對方的名字。
眼前這個人是警察廳科學警察支援局的伊庭。

27

「伊庭課長……你怎麼會在這裡？」
「我還想要問你這個問題。你身後這位是？」伊庭問。
「她在協助我辦案，說來話長。」
「只有你們兩個人嗎？」
「對。」
「好，那你們進來吧。」
脇坂在伊庭的示意下走進屋內。羽原圓華也跟了進來。
玄關亮著一盞小燈。難怪外面看不到燈光。
「你們脫鞋子進來吧。」伊庭說。

兩個人脫下鞋子，站在走廊上時，伊庭在身後命令說：「不要動。」
脇坂轉過身一看，頓時大吃一驚。因為伊庭手上握著一把半自動手槍，槍口正對著他們。
「……這是幹嘛？」
「舉起雙手，握在腦後，接下來要聽我的命令。我先告訴你，這把手槍並不是警用槍，警方完全沒有這把槍的資料，所以即使我開槍，也無法從子彈查到任何線索。」
「你到底……」
「你先給我閉嘴，然後不要動。只要你不抵抗，我並不打算傷害你——這位小姐，脇坂的皮帶後方應該有一個黑色袋套，妳把他的衣服掀起來就可以看到。可以請妳確認一下嗎？」
羽原圓華站在脇坂身後，脇坂感覺到有人摸自己皮帶後方。
「看到了。」她說。
「妳打開袋套的蓋子，把裡面的東西拿出來。沒錯，裡面是手銬。脇坂，請你把兩隻手慢慢放到背後。小姐，可以請妳把他的雙手反銬嗎？你們兩個人都不要輕舉妄動，我的手指就放在扳機上，如果你們有奇怪的舉動，我可能就會扣下扳機。我們都不希望發生這種情況吧？」
脇坂放下雙手。雖然他搞不懂眼前的狀況，但還是覺得服從比較好。
手腕感受到金屬冰冷的感覺，同時也聞到了氣味。那的確是燈油的氣味。
在手銬銬起的同時，他的雙手失去了自由，而且手銬卡進了他的手腕。

「很好，脇坂，請你慢慢向前走。」

沿著走廊前進，後方有一道門，門敞開著。脇坂站在門口，探頭向房間內張望。房間內沒有開燈，光線很昏暗。燈油的味道就是從這個房間傳出來的。

有人倒地。雖然看不清楚，但從黑色洋裝研判應該是赤木貞昭，他頭上的假髮快掉了。

「他沒有死。」伊庭說，「只是昏過去而已。我給他注射了特殊的藥劑，即使解剖之後，也只能驗出安眠藥的成分，他至少兩個小時內不會醒來。」

伊庭似乎在屋內埋伏，當赤木進屋後襲擊了他。

脇坂發現旁邊有一個塑膠油桶。雖然看不太清楚，但地上似乎倒了燈油。

「你打算燒掉這棟房子嗎？」

「原本這麼打算，但你們半路殺出來攪局，所以必須稍微改變一下。脇坂，你轉身面對我，然後坐下。」

脇坂轉身後坐了下來。伊庭站在羽原圓華背後，槍口抵著她的後背。

「請你放了這名女子，她是和事件毫無關係的民眾。」

「如果毫無關係，怎麼可能在這種時間來這種地方？總之，我要聽了你的回答之後再進行判斷。我問你，你今天晚上為什麼要來這裡？」

「我們在跟蹤赤木貞昭，從位在東麻布的地下賭場一路跟蹤到這裡。」

「你們為什麼要跟蹤赤木？」

「因為我認為他是T町一家三口強盜殺人案的真凶，雖然目前警方認定凶手是新島史郎，但其實搞錯了對象。」

「這樣啊，」伊庭發出低沉的聲音，「真是令人意外，沒想到會扯到T町命案。如果我沒有記錯，你是高倉警部的下屬，專門查訪D資料的對象，為什麼會注意到T町命案？」

「關鍵在於月澤先生的通緝犯名冊，名冊上貼著『新島史郎』的照片，但是新島史郎並沒有遭到通緝，問了月澤先生的同事，那位同事也說從來沒有看過那張照片。於是我就調查了這張照片，發現T町命案中有很多匪夷所思的狀況。」

「比方說，有哪些呢？」

「如果我告訴你，你就願意放了這名女子嗎？」

「我不是說了，要聽了你的回答之後再判斷嗎？趕快說，你到底知道多少？」

「月澤先生參與了T町命案的重新調查，以及在新島史郎家中發現了在T町命案中，遭到殺害的山森太太首飾的過程，讓我產生了疑問。」

伊庭的眼中閃過一絲陰鬱。他似乎對脇坂說的話感到生氣。也就是說，這些話戳中了重點。

「原來是這樣，所以你在查訪D資料這種不起眼的工作掩護之下，在四處打聽這些事，但是太奇怪了，你完全沒有在偵查會議上報告這些成果。為什麼？你為什麼不向高倉警部報告？」

「我一開始曾經報告過，但股長很小心謹慎，我猜想Ｔ町命案已經結案，股長覺得很棘手，所以我判斷除非有明確的證據，否則股長並不會採取行動，之後就暫時不報告了。」

「所以你決定單獨行動嗎？原來如此，所以關鍵還是那張照片嗎？」伊庭把手伸進懷裡，拿出了行動裝置。他俐落地操作之後，把螢幕出示在脇坂面前問：「是不是這張照片？」

脇坂瞪大眼睛。行動裝置螢幕上顯示的正是『新島史郎』的照片。於是他說：「沒錯。」

伊庭撇著嘴角，嘆了一口氣說：

「告訴你一件重要的事。正確地說，這並不是照片，而是電腦合成的圖像，也就是所謂的ＣＧ。」

「啊？」

「Ｔ町命案中唯一的線索，就是被害人太太指甲上的血跡，推測可能是和凶手扭打時抓傷了凶手。於是立刻分析了ＤＮＡ，但警察廳的資料庫內沒有相符的資料，於是就作為遺留ＤＮＡ加以保存。在命案發生的十年後，基因體合成照技術的推出，讓當時的血跡再次受到了矚目。」

「基因體……」

「基因體合成照技術，就是透過分析ＤＮＡ推測出長相的技術，由警察廳科警支援局和幾家研究機構共同開發。雖然世界各國都在進行相同的研究，但科警支援局開發的技術堪稱世界最高水準，最大的特徵，就是可以和臉部辨識系統相結合。只要把圖像輸入系統，ＡＩ就會自動搜尋出那張臉主人相關的影片和照片。」

「竟然有這種事……」脇坂感到驚愕不已。之前曾經聽說正在研究從DNA推測長相的技術，但原本還以為很久以後才能實際運用。

「十年前，確立了基因體合成照的基本技術，透過日本國內使用的臉部辨識系統，獲得了超過八成的良好結果，於是就在科警支援局的主導下進行了實證實驗，藉由基因體合成照技術，製作出掌握了DNA的懸案嫌犯的長相，由AI從警察廳掌握的所有影像中找出嫌犯，成功地在大阪、名古屋和福岡等地多起案情陷入膠著的事件中找到了凶手，順利破案。第一線的偵查員當然都不知道使用了基因體合成照技術。」

這和之前從小倉口中得知的情況相符。果然並非只是傳聞而已。

「接著就輪到警視廳，於是挑選了T町一家三口強盜殺人案，製作出剛才那張基因體合成照，立刻和全國臉部辨識系統比對，但是和之前福岡、名古屋和大阪的那些案子不同，並沒有發現相符的人物，於是認為關鍵原因在於命案發生後已經過了很久，在經過十年的時間後，有時候人的長相會發生很大的改變。於是考慮到命案發生後的時間因素，重新製作了基因體合成照，而且不是只製作出單一的合成照，而是合成了好幾種不同版本的可能。因為人的長相會因為受到生活習慣和環境的影響，所以把這些因素也考慮進去。同時縮小了偵查範圍，T町命案的被害人山森達彥經常出入地下賭場，和賭場的人也有交情。於是調查了和山森有關的賭場，徹底蒐集了出入那些賭場所有人的長相，用臉部辨識系統進行篩檢，最後其中一個人浮上了檯面。」

「那個人就是新島史郎……」

「沒錯。他曾經在山森出入的其中一家店工作，也掌握了他和黑道的關係。科警支援局判斷他的嫌疑是極其接近黑色的灰色，於是就把這個情資傳達給警視廳懸案偵查組。當時，科警支援局派去的指揮官——」伊庭用空著的左手大拇指指向自己的胸口說：「就是我。」

脇坂注視著眉毛很淡，臉上沒什麼表情的伊庭，點了點頭說：「原來是這樣。」

脇坂認為高倉應該知道這件事，所以對重啟T町命案的調查格外謹慎。

「於是決定重新調查T町命案。除了我以外，高層也都知道基因體合成照的事，但是警察廳下達了嚴格的命令，因為某些因素，這件事絕對不可對外透露，於是就說是收到匿名線報，指證新島史郎是T町命案的凶手。」

「某些因素是什麼因素？」

「你不必知道。」伊庭露出了冷笑，「之後的情況，你應該已經知道了。那些無能的刑警甚至無法採集到新島的DNA，還犯下了讓新島企圖逃走，最後跳進海裡的嚴重疏失。事態陷入一片混亂，只有一個方法能夠收拾殘局。」

「用新島就是T町命案的凶手這個結論收拾殘局嗎？」

伊庭聳了聳肩問：

「難道還有其他方法嗎？在當時的狀況下，既無法斷定新島是凶手，也無法斷定他不是凶手。反過來說，即使斷定他是凶手，也沒有人能夠否定這個結論。」

「所以在新島家中採集到的ＤＮＡ，和Ｔ町命案的遺留ＤＮＡ型一致這件事並非事實。」

伊庭露出冷漠的眼神看著脇坂：

「故事的結局已經決定，因嫌犯死亡而不起訴。既然這樣，不如讓警視廳、警察廳和檢方都可以輕鬆完成各自的工作。」

「是你把遇害的山森太太的首飾放去新島家中的嗎？」

「那只是為了補充資料的不足。因為當時認為光靠ＤＮＡ移送檢方不夠充分，這就像發現帳目不合時會補上數字一樣，公家機關經常這樣處理事情，並不會造成任何人的困擾。最好的證明，就是或許有人產生了疑問，但是沒有人對把新島移送檢方有任何意見。Ｔ町命案順利偵破，照理說，整件事就到此結束，大家很快就忘了這件事。」

「但是有一個人沒有忘記。」脇坂瞪著伊庭說，「這個人就是月澤克司先生，他一直保存著那張基因體合成照，相信那起命案的真凶仍然逍遙法外。」

伊庭皺起眉頭，嘴角下垂。

「讓他牽涉其中是最大的敗筆，原本找他來，只是為了證明基因體合成照的正確性。只要他看到新島的臉，說就是基因體合成照上的人，就可以搞定一切。既然要找，當然要找一名能幹的追逃刑警。於是就根據在偵查共助課的績效，找了月澤。沒想到月澤看了基因體合成照之後拒絕提供協助，他說無法根據這種圖像，想像出經過歲月磨練後的長相，因為那是電腦合成的臉，所以無法感受到那張臉的主人經歷的人生。他還斷言，如果不是合成，而是真正的照片，無論多舊的照片，無論現在變成了什麼樣子，他都一定能夠分辨。既然他這麼說，我當然必須認真對待，於是就給他看了真正的照片。」

「真正的照片？」

「用臉部辨識系統徹底調查案發之後蒐集到現場附近的監視器影像後，發現了一個和基因體合成照一致率極高的人。那個男人出現在附近的購物中心，好幾台監視器都拍到了他。」

脇坂立刻知道，那就是月澤克司舊手機上的那段影片。

「可惜無法查到那個人的身分，所以就束之高閣了。我給月澤看了那些影片，他才答應協助偵查。於是立刻帶他去持續監視新島的民宅，請他確認。」

「月澤先生的回答是？」

「他說完全是不同人，還說我們隨ＡＩ起舞，監視一個毫無關係的人，甚至想要逮捕那個人。我雖然火冒三丈，但是如果他到處宣揚就會很傷腦筋，於是就請他保證不會對外透露後，很客氣地請他離開了。之後也完全避免和他有任何接觸。」

「月澤先生應該無法忘記這件事，他深信Ｔ町命案的凶手另有其人，而且那個人至今仍然逍遙法外，然後在上個月，終於發現了那個人。雖然那個人扮了女裝，但仍然無法逃過月澤先生的眼睛，於是就跟蹤了那個人，找到了這棟房子。」

接下來呢——？

脇坂的想像朝向悲觀的方向發展。

「他聯絡了我，用電子郵件這種老古董的方式。他在電子郵件上說，找到了T町命案的真凶，而且也掌握了凶手出入地下賭場這件事。還說他會追查地下賭場的地點，建議我可以用另案逮捕的方式鑑定DNA。老實說，接到他的電子郵件，我真是頭皮發麻。因為事到如今，我不希望再重提這起事件，所以無論如何都必須制止月澤。」

特搜總部沒有掌握月澤和伊庭之間的對話也情有可原。因為沒有找到手機，當然就不可能分析手機上的電子郵件。

「所以你就殺了他嗎？」

「我別無選擇。因為如果繼續拖延，萬一月澤檢舉地下賭場，事情就會一發不可收拾。」

脇坂看向倒在地上的赤木。

「你剛才說，你為他注射了特殊的藥劑，你在月澤先生身上也注射了同樣的東西嗎？」

「對。」

「你未免太自私了……」脇坂咬著嘴唇。

「真沒想到你會說這種話。難道你以為我是為了自保而這麼做嗎？社會體制的革命，需要有人去做一些不體面的事，你竟然說這是自私。」

「社會體制？革命？你在說什麼？」

「我剛才說你必不知道，看來我必須更正。我就告訴你，這項革命，就是建立全體國民的DNA型資料庫，而且和目前為止，警察廳管理的資訊是完全不同的層次。以前的目的只是為了識別個人，所以只登錄了DNA中不包含身體特徵、人種等具體資訊的部分，但是目前正在建立的系統登錄了所有的資訊。只要挑選一個人，就可以知道他生過什麼病、體質和容貌等所有的一切，不僅如此，還可能找出有血緣關係的人。」

「太荒唐了，怎麼可能允許這種事？之前也曾經多次提出類似的法案，但最後不是都沒有成案嗎？」

「沒有成案的是要求國民有義務登錄DNA資訊，但暗中蒐集這些資訊完全合法。」

「暗中蒐集？要怎麼蒐集？」

「喂喂喂，你這幾天不都在查訪D資料的對象嗎？警方用什麼方式蒐集他們的DNA？」

「即使撿起別人丟棄的菸蒂和空罐，如果不知道是誰丟的，就不可能建立資料庫。」

「為什麼你認定不知道是誰丟的？我們剛才的對話都白說了嗎？」

脇坂感到渾身起了雞皮疙瘩。他終於理解了伊庭想要表達的意思。

「我懂了，只要製作出基因體合成照就解決了。」

「你終於發現了嗎？就是這麼一回事，有了基因體合成照技術，要查出是誰就變得輕而易舉。」

「用臉部辨識系統從全國的監視器影像中找出來嗎？但是應該無法輕易查出身分……」脇坂說到這裡，想到了一個可能性，「不，不需要這麼做。目前大部分國民都會主動向政府同時交出自己的姓名和樣貌。」

「沒錯，那就是政府推動國民義務化的身分證，而且會逐步結合駕照和健保卡。只要和那張照片比對，就可以馬上知道基因體合成照上的人是誰。正因為如此，才能派人去查訪那些在多摩川亂丟菸蒂和空罐的人。」

「你們都在哪裡採集DNA資料？」

「很多地方。吸菸室、公園、圖書館——到處都是民眾隨便丟棄自己DNA的地方。只要和業者合作，還可以從學校、公司和醫院等地大量採集。」

「這件事一旦公諸於世，會引起軒然大波。」

「所以目前並沒有對外公佈基因體合成照技術，雖然公開之後，可以讓犯罪的偵查工作變得簡單，也有助於防止犯罪，但不難預料到社會產生的反彈。只不過公諸於世的日子已經不遠了，在半數國民的DNA資料完成登錄後，應該就可以公佈了。」

「會這麼順利嗎？」

「你真是搞不清楚狀況，事情就是這麼順利，非常順利。這個國家的人很快就會分成兩大類，管理ＤＮＡ和被管理ＤＮＡ的人，管理的人當然很有前途，因為無論做任何生意，都太想要這些ＤＮＡ資料了。所以我有一個提議，你要不要加入我們？我可以為你安排一個不錯的職位，我覺得這個提議對你很有利，眼前就有一個好處，那就是可以解決目前的狀況。你剛才就一直很擔心這位小姐，只要你點頭答應，我可以讓她毫髮無傷地離開。」

「但我必須對你所做的一切守口如瓶嗎？」

「簡單地說，就是這樣，但口頭約定無法讓人放心，所以你必須成為共犯，但並不是要你做什麼困難的事。」伊庭把手伸進長褲口袋，拿出了某樣東西。原來是Zippo的打火機。「你用這個點燃我倒在地上的燈油，就這麼簡單，然後你就成為如假包換的共犯了，我就承認你是我們的夥伴。」

「為什麼要殺赤木，把他的房子燒掉？」

「這種事還需要解釋嗎？因為發現了月澤拿走垃圾袋的影像，特搜總部開始懷疑這個地區的所有居民，遲早會鎖定赤木。萬一赤木招供Ｔ町命案的事不就完蛋了嗎？所以我認為最好的方法，就是殺了他，然後偽裝成自殺。假裝他先在家裡倒燈油，然後設定定時點火裝置，再服用安眠藥自殺。至於他殺害月澤的動機，就說是月澤以他去地下賭場為由勒索他，你認為如何？」

「你還想得真周到。」

「畢竟我是做警察的。怎麼樣？你願意下手嗎？」

「如果我拒絕呢？」

伊庭瞪大了眼睛問：

「為什麼要拒絕？我沒想到竟然還有這種選項。如果你拒絕，我就只能改變劇本了。赤木打算自殺之前，突然有一對男女闖入。赤木承認殺害了月澤克司，於是這對男女就逼他去自首。赤木慌了神，拿槍射殺這對男女，然後又自殺了——怎麼樣？這樣的故事也很合理。」

「誰會相信這種不自然的狀況？」

「只要槍上有赤木的指紋，不就只能這麼解釋嗎？搜查一課的年輕刑警為了搶功求表現，最後反而慘遭凶手的毒手，而且還連累了一般民眾。」

「我勸你重新考慮，這根本不可能成功。」

「你才要重新考慮，我給你十秒鐘。因為時間不多了。」伊庭目露凶光，槍口從羽原圓華的後背移到她的下巴下方。「怎麼樣？決定了嗎？」

羽原圓華閉著眼睛。即使在昏暗中，也可以發現她臉色蒼白。

伊庭放在扳機上的手指似乎開始用力。脇坂低著頭，咬緊牙關。現在只能死心，聽從他的指示了。

他正打算說「好吧」。

叮咚——這時傳來一個意想不到的聲音。對講機的門鈴聲。

叮咚。門鈴再次響起。

「是誰？」伊庭問。

「不知道。」脇坂回答。他的確不知道是誰來了。羽原圓華睜開了眼睛，也默默搖著頭。

就在這時。

『老闆娘。』外面突然傳來叫聲。雖然很高亢，但有點沙啞。『老闆娘，快開門，我是莉真。』外面的人在玄關大叫著。

脇坂不禁愕然。雖然奇怪的發聲方式和平時很不一樣，但的確就是陸真的聲音。他為什麼會來這裡？

『喂！老闆娘，妳起來了嗎？』陸真輕快而又奇怪的聲音越來越近，拉起的窗簾後方聽到了敲打落地窗的聲音。她似乎已經進到房屋範圍內。『老闆娘，快開門，妳怎麼了？』

伊庭臉上露出了不知所措的表情。鄰居應該也聽到了陸真的叫聲。

「那個孩子就像是我妹妹，」剛才始終沒有說話的羽原圓華說，「她很受老闆娘喜愛，所以有時候會來找老闆娘玩。如果不去開門，她可能會一直叫門。」

「什麼……」伊庭忍不住咂嘴。

「我不想把她捲進來，可以叫她回去嗎？只要我對她這麼說，她會聽我的話。」

『老闆娘，』陸真又叫了起來，『妳睡了嗎？趕快起床。』

伊庭露出惡狠狠的眼神看著羽原圓華說：

「好吧，但你不要動歪腦筋。」

羽原圓華緩緩走向窗簾，伊庭站在她身後，把槍口對準她的後背。

羽原圓華稍微拉開了窗簾，穿著漂亮女裝的陸真站在落地窗外。他看到羽原圓華，立刻露出滿面笑容，就像小狗看到飼主用力搖尾巴一樣，對她用力揮動雙手。

「莉真，妳趕快回家。」羽原圓華右手做出了趕人的動作，陸真露出不解的表情，把手放在耳朵上，似乎表示他聽不見。

羽原圓華伸手打開了旁邊的月牙鎖，把落地窗打開了十公分左右。

「圓華姊姊，妳在幹嘛？老闆娘呢？」陸真問。

「老闆娘已經睡了，因為她喝醉了，所以我送她回來。妳趕快回家。」

「啊？為什麼？莉真也想和妳們在一起。」陸真說完，把手放在落地窗上，用力打開了。

原本站在羽原圓華身後的伊庭立刻躲進了牆壁後方，原本抵著她後背的槍口也指向了地面。

脇坂立刻站了起來，大聲叫著：「快逃！」然後衝向伊庭。

伊庭把槍指向脇坂，脇坂原本想在身體滑過去後踢倒伊庭，但是還來不及滑過去，槍聲就響了。脇坂的腰部感受到衝擊，重心不穩，倒在地上。
他看到羽原圓華衝向院子，伊庭也打算追上去，但在離開之前，他轉頭看向脇坂的方向，用Zippo 打火機點了火，丟在地上。
火焰轟的一聲竄了起來，室內立刻明亮得有點刺眼。脇坂全身都感受到灼熱，正想要站起來，下半身一陣劇痛，痛得他差點昏過去。

28

陸真的腦袋完全是真空狀態。
他完全無法思考，也無法判斷，只能不顧一切地踩著腳踏車的踏板。因為坐在後座上的圓華指示他這麼做。
盛夏的風有點溫熱，風吹起了陸真的假髮。
為什麼會變成這樣？照理說，現在應該在家裡的床上縮成一團，只是不知道能不能睡著。可能會很擔心圓華他們，獨自苦惱不已。
都是因為圓華，所以自己才會在這裡騎腳踏車。

因為大人叫他今天先回家，所以他就乖乖聽從了。因為他覺得即使自己參與，也幫不上忙，搞不好還會拖累別人。

但是，在離開研究所之前，送他到門口的圓華請他下載一個ＡＰＰ。那個ＡＰＰ可以確認特定人物所在的位置，圓華對他說：

「你可以隨時掌握我所在的地點，即使你無法參加行動，只要知道我們在哪裡，就可以想像我們的情況。在瞭解我們的情況後，你要怎麼想、如何採取行動，就由你自己決定，但是你要牢記一件事，沒有人能夠取代你，如果你不採取行動，世界就不會改變。」

陸真聽了這番意味深長的話有點不知所措，但還是下載了ＡＰＰ，設定了可以即時知道圓華的手機所在的位置。設定完成後，就有一種參與感，的確感到有點高興。

離開研究所回家的路上，他打電話給純也。因為他想告訴純也，自己也被趕了回來。沒想到純也提出了意外的想法。他說也要去陸真家，「參與」圓華他們的行動。

「反正我原本就打算今天晚上住你家，我可以去吧？」

純也的語氣充滿熱忱，陸真不忍心拒絕。因為純也一定覺得自己遭到了排擠，所以很希望用某種方式一起參與。

陸真回到家時，純也已經等在門口。他的父母似乎同意他住在陸真家，他還說，自己騎了腳踏車過來，以備不時之需。

「圓華他們都開車，即使我們有腳踏車也沒用。」陸真冷笑著說。

陸真把手機放在一旁，即時掌握圓華的動向，和純也聊了很多事。最大的話題當然就是關於赤木貞昭的情況。那個扮女裝的男人真的殺了克司嗎？

「如果是這樣，應該就是為了錢。」陸真說，「我爸爸一定威脅他，如果不希望我爸爸報警，就拿錢出來。和存摺上留下記錄的那兩個人一樣。赤木假裝答應我爸爸的要求，讓我爸爸放鬆警戒，然後讓我爸爸吃下安眠藥，就丟進了多摩川。如果是這樣，我爸爸就不值得同情，大部分人都會說他是自作自受。」

「你不要這麼快就下結論，現在還搞不清楚狀況。」

「但是至少他之前曾經收過兩個通緝犯的錢，沒有證據顯示這次不一樣。」

純也一臉賭氣的表情沉默不語。雖然他不想承認，但可能也不知道要怎麼反駁。

晚上十一點半過後，圓華的動向出現了變化。她離開了數理學研究所，從移動速度推測，應該是開車。

陸真和純也一起注視著圓華的去向，最後發現他們來到了東麻布，之後就沒有再移動。八成就在地下賭場附近。

「麻布喔……我從來沒有去過。」陸真嘀咕著，「大人會在各種不同的地方做壞事。」

「當大人真好。我長大以後，也要去那種地方。地下賭場感覺也很好玩。」

「但那是違法的，萬一被抓怎麼辦？」

純也皺起眉頭，嘟起嘴說：

「我覺得圓華說的話很有道理。如果政府真的為國民著想，就應該全面禁止賭博。到頭來，法律只是為政府和官員服務，在他們眼中，我們只是一小片拼圖，所以才會建立很多規定，方便他們進行管理。身分證就是最典型的例子，我不想被這些東西影響，要自己思考什麼才是正確的事。既然別人覺得地下賭場不是好地方，那我就要親眼看一下，到底哪裡不好。因為我們已經國中三年級了，三年之後，我們就有選舉權了。」

聽了純也的大力主張，陸真很佩服他心胸很開放，這麼快就接受了圓華的想法。同時也意識到，已經到了必須靠自己做出判斷的年紀。

他想著這些事，感到有點昏昏沉沉，突然發現有人在搖他的身體。「陸真，你醒醒。」

「咦？怎麼了？」他搖了搖頭。剛才似乎不小心睡著了。

「圓華他們開始移動了。」

「啊？去哪裡？」

「不知道，感覺很匆忙，我想應該開始跟蹤了。」

陸真瞪大了眼睛，看著手機螢幕。

就在這時，手機響了。是圓華打來的。他接起電話「喂」了一聲，但圓華沒有回答，但電話中傳來說話的聲音。

『從方向研判，應該是前往多摩川。』圓華的聲音說，『會不會就是月澤克司先生遇害的現場附近？』

『可能性……赤木的住處……附近。』這個說話的聲音有點遙遠，聽不太清楚，但應該是脇坂。陸真打開了擴音，並調高音量。

『他表面上是企業家，但每天晚上都穿上女裝去地下賭場。那種人到底住在什麼樣的房子，真希望讓陸真他們見識一下。』

『別擔心，我打算完整拍下來。』

之後就沒有聲音了，但電話並沒有掛斷。

陸真設定自己的聲音不會傳出去之後，和純也互看了一眼。「怎麼回事？是不是誤撥了電話？』

「圓華才不會犯這種疏失，她絕對是故意的。」純也語氣強烈地說。

「有什麼目的？」

「為了讓我們聽到他們的對話。圓華雖然同意了脇坂先生的意見，沒有帶你一起去，但是這並不是她的本意，所以決定讓你隨時掌握她在哪裡，但並不是只有這樣而已，她覺得今天晚上可能會發生什麼狀況，所以就打電話通知你。既然是在多摩川附近，我們也可以趕過去。」

「怎麼可能……？」
「除此以外，還有其他可能嗎？那你覺得她為什麼一直維持通話狀態？」
陸真默默注視著手機，他的呼吸在不知不覺中變得急促。
「那……我們就過去？」
「就這麼決定了。」純也說完，站了起來，但隨即露出若有所思的表情看著陸真說：「但是你可能換一下衣服比較好。」
「換衣服？」
「換上女裝啊。因為等一下不是可能會見到赤木嗎？你這身打扮，可能會引起警戒。」
「真的會見到嗎？」
「不知道，但是有備無患嘛。」
陸真無法反駁純也的意見。
雖然急忙換好了衣服，但化妝才是傷腦筋的事。因為沒時間仔細化，所以就把粉底和腮紅往臉上塗，口紅和眼線也隨便亂抹，然後問純也怎麼樣，純也回答說很不錯。
想到回家時可能天亮了，陸真決定再帶一件套在外面的T恤。沙發上剛好有一件T恤，於是就隨手塞進了背包。
幸好純也騎了腳踏車，兩個人深夜騎著腳踏車向多摩川出發。

陸真單手拿著手機，不時確認圓華的位置，然後把無線耳機塞進了耳朵。電話仍然保持通話的狀態，雖然可以聽到圓華和脇坂聊天的聲音，但聽不太清楚，而且內容也幾乎無法理解，只是很確定他們正前往赤木的住家。

陸真和純也也到了。轉過街角，看到一輛白色輕型廂型車。應該就是那輛車。他們先躲了起來，然後又探頭觀察，發現車上沒有人影。圓華他們去了哪裡？

陸真全神貫注地聽著耳機裡的聲音。完全聽不到圓華的聲音，但是有人在說話。聽起來像是脇坂，但還有一個人在和脇坂對話。是一個陌生男人的聲音。

「怎麼了？」純也問。

「好像不太對勁。」陸真拿下耳機，打開了擴音。

他們把腳踏車停在路肩，把手機放在兩個人中間。那個陌生男人的聲音滔滔不絕地說話，說話的內容很深奧，很難理解，而且頻繁提到『基因體合成照』，不知道是什麼意思。

「圓華他們進去赤木家了，正在和赤木說話。」

「不，那個人不是赤木，赤木不是這種聲音。」

「那會是誰啊？」

「不知道。」

「我們再靠近去看看。」

他們推著腳踏車繼續走，看到了掛著『赤木』名牌的房子。應該就是這棟房子，但是所有的窗戶都沒有燈光。

『我真是頭皮發麻。因為事到如今，我不希望再重提這起事件，所以無論如何都必須制止月澤。』

陸真聽到手機傳出男人說的話，忍不住嚇了一跳。因為對方提到了克司的名字。

『所以你就殺了他嗎？』脇坂的聲音說。

『我別無選擇。因為如果繼續拖延，萬一月澤檢舉地下賭場，事情就會一發不可收拾。』

『你剛才說，你為他注射了特殊的藥劑，你在月澤先生身上也注射了同樣的東西嗎？』

『對。』

『你未免太自私了……』

『真沒想到你會說這種話。難道你以為我是為了自保而這麼做嗎？社會體制的革命，需要有人去做一些不體面的事，你竟然說這是自私。』

陸真倒吸了一口氣。聽對話的內容，顯然是和脇坂說話的男人殺了克司。

但是，接下來的發展讓陸真失去了思考的餘裕。他發現脇坂和圓華似乎陷入了困境。因為他們的談話中出現了點火、槍殺這些可怕的字眼。

「陸真，我們必須採取行動。」純也小聲地說，神色很緊張。陸真覺得自己應該也差不多。

怎麼辦？自己能夠做什麼？他絞盡腦汁但完全想不出任何主意，只知道必須阻止敵人。

陸真還來不及想出好方法就跑了起來。他跑向玄關，站在對講機前時靈光一現，想到了自己該怎麼做。他毫不猶豫地按了門鈴。

但是屋內沒有人應答。裡面的人應該大吃一驚。因為現在是三更半夜，照理說不可能有人登門造訪。

他又按了一次門鈴，還是沒有反應。接下來該怎麼辦？陸真下定決心，用力吸了一口氣。

「老闆娘。」他叫了起來「老闆娘，快開門，我是莉真。」

陸真走進旁邊的院子。

「喂！老闆娘，妳起來了嗎？」

面向院子的房間拉起了窗簾，完全看不到屋內的情況。陸真拍打著落地窗。

「老闆娘，快開門，妳怎麼了？」

緊張和恐懼讓他心跳加速，想到子彈隨時會從裡面飛出來，兩隻腳就忍不住發抖。

「老闆娘，妳睡了嗎？趕快起床。」

這時，終於發生了變化。原本拉起的窗簾拉開了一條縫，圓華探出頭。陸真努力擠出喜悅的表情，揮動著雙手。

圓華不知道說了什麼，然後揮動著手。陸真把手放在耳朵上。

圓華把落地窗拉開了十公分左右。

「圓華姊姊，妳在幹嘛？老闆娘呢？」

「老闆娘已經睡了，因為她喝醉了，所以我送她回來。你趕快回家。」

「啊？為什麼？莉真也想和妳們在一起。」陸真抓著落地窗，用力地推開。

就在這時，室內傳來動靜的同時，聽到有人叫著：『快逃！』

圓華衝了出來，接著聽到砰的一聲。感覺是槍聲。

快跑——陸真聽到圓華的叫聲，拔腿狂奔起來。

陸真完全搞不清楚狀況。他握著腳踏車的把手，用盡全身的力氣持續踩著踏板。迷你裙掀了起來，內褲可能露了出來，他完全無暇在意，更何況即使被人看到也無所謂。

前面往右，下一個路口往左，接下來筆直往前——雙手抱著陸真腰部的圓華尖聲發出指示，陸真聽從她的指示，用力騎著腳踏車。

穿越了住宅區錯綜道路後突然來到了廣闊的大路，必須經過中央分隔島才能騎到對面。

「騎到這裡就差不多了吧？」陸真上氣不接下氣地問。

「不行，那個傢伙很快就會來這裡。」圓華在說話的同時，在陸真的背包裡摸索起來，「機車的聲音越來越近了。」

「機車？」

陸真說話的同時，數十公尺後方出現了一輛機車。陸真記得剛才跳上腳踏車逃走時，聽到後方有引擎發動的聲音。原來那個男人騎機車追了上來。

男人催動幾次油門後，騎著機車上路，接著又迅速加速，猛然衝了過來。

「完了，圓華，我們要趕快逃。」陸真大叫著。

圓華張開雙腳站在那裡，彷彿打算迎擊機車。

「不可以逃。年輕人，你要記住，人充滿了無限的可能性，你的極限並不是由你決定。」她說完這句話，不知道把什麼東西丟了出去。

陸真頓時感到背後颳起一股強風，圓華丟出去的東西在強風吹動下，飄向了空中。

這時，機車衝了過來。飄在空中的東西好像有意志般撲向男人的臉。

男人看不到前方，機車失去了方向。

機車倒在地上，在路上滑行，擦出了火花，用力撞向中央分隔島後停了下來。

陸真說不出話。雖然親眼目睹了眼前發生的事，但是完全沒有真實感。

騎著機車的男人一動也不動。他昏過去了嗎？

圓華正在打電話。陸真聽她打電話的內容，知道她在叫救護車。

陸真戰戰兢兢地走向機車，看到男人臉上蒙著的東西，不禁大吃一驚。因為那是他的紅色T恤。

他看到了T恤上那個白色的『鬥』字。

29

嘈雜的說話聲在腦袋裡迴響。為什麼這麼吵？雖然還想再睡一下，但可以感覺到意識漸漸清醒。他很快發現那不是說話的聲音，而是耳鳴聲，而且耳鳴聲漸漸遠去。

脇坂睜開眼睛，看到旁邊有一張女人的臉。

「脇坂先生，你醒了，你感覺怎麼樣？」

他發現自己躺在床上。他記得救護車把自己送到了醫院。

「我沒事。」脇坂對像是護理師的女人說，他想坐起來，但手腳都沒有力氣。

「你不要急著起來，因為藥效還沒退。有人想要見你，是一位茂上先生。我剛才請示了醫生，醫生說，只要見面時間不會太長就沒問題。我可以請茂上先生進來嗎？」

「麻煩你了。」脇坂回答。

護理師走出去後，茂上走了進來。他探頭看著脇坂的臉說：「沒想到你精神還不錯，聽說你差點被燒死。」

「真的差點小命不保。」

「是一名中學生救了你一命？」

「沒錯。」

脇坂的腰部中槍，根本無法動彈，但他仍然拚命掙扎，想要逃離火場。這時，有人用力拉起他的手臂。他抬頭一看，看到一張還帶著稚氣的圓臉蛋。

「宮前？」

你怎麼會在這裡？他原本想這麼問，但忍不住用力咳嗽起來。

「撐住。」

宮前純也的個子並不高大，但拚命想要把脇坂的身體拉出去。脇坂在少年的協助下，掙扎著離開了屋子。

他茫然地看著燃燒的房子，不一會兒，兩名員警從黑煙中出現。他們把赤木抬了出來。

接著就聽到救護車越來越近的聲音。

「脇坂，你聽好了，」茂上說，「警務部的人很快就會來這裡，雖然表面上是保護你，但其實是在監視你，到時候就無法自由地和你見面了。現在是你告訴我所有實情的機會，到底發生了什麼事？你趕快告訴我所有的情況。」

「所有……嗎？但我不知道該從何說起。」

「不管從哪裡開始說都沒問題，你要把這幾天你在哪裡、做了什麼都一五一十告訴我。」茂上心浮氣躁地說。

既然要說明所有的情況，就必須說出從自由記者津野知子口中得知的事、和宮前純也的約定，以及地下賭場的事。雖然茂上之前同意他單獨行動，但脇坂在從頭到尾說明時，還是忍不住提心吊膽，不知道茂上什麼時候會大發雷霆。茂上似乎對荒誕離奇的發展感到不知所措，不知道他是否把正確掌握事實列為最優先事項，雖然不時發問，但始終保持冷靜。

令人意外的是，茂上聽到伊庭的名字時完全沒有露出驚慌的表情，看起來似乎早就預料到會聽到那個名字。

「我大致瞭解了，你沒有隱瞞任何事吧？」

「應該沒有了。」

「那我會向股長報告所有這些情況，之後應該會舉辦聽證會，你在此之前不要亂說話，知道了嗎？」

「知道了。茂上主任，請問他們怎麼樣了？」

「他們是誰？」

「就是羽原小姐和陸真，伊庭想要殺他們……」

「他們平安無事。伊庭還在昏迷。」

「啊？發生了什麼事？」

「伊庭追他們兩人時，因機車操作錯誤發生車禍。因為沒戴安全帽，所以頭部受了傷。」

「怎麼會這樣……？」

「聽說被風吹起的布纏住了他的臉，搞不好是天譴。」茂上歪著頭說。

茂上離開後，脇坂發現自己的隨身物品就在旁邊，雖然看到了行動裝置，卻找不到手機。難道是掉在哪裡了嗎？

接下來的三天，脇坂都住在醫院療養。雖然並沒有受重傷，可以更早出院，但是高層要求他留在醫院。住院期間，都有人監視，而且如茂上所說，禁止訪客探視。

出院的隔天，他就參加了聽證會。寬敞的會議室內，刑事部長帶領搜查一課課長、理事官、管理官，還有高倉股長出席了會議，脇坂就像接受面試般獨自坐在鐵管椅上，回答了長官的提問。理事官主持了這場聽證會。

脇坂面對所有問題都知無不言，言無不盡。長官都沒什麼反應，也沒有驚訝，感覺只是藉由脇坂的陳述，證實他們已經掌握的內容。

高倉自始至終不發一語，也沒有看脇坂一眼。

脇坂無法在聽證會上發問。因為在聽證會開始之前，理事官就事先叮嚀他：「我知道你有很多疑問，但今天不會回答你提出的任何問題。」

接下來的兩個星期，他奉命在家待命，但每隔幾天，都會被叫去參加聽證會，每次參加的人員都有微妙的變動，警察廳刑事局和科警支援局也曾經派人參加，但是他們都沒有發言。

脇坂完全不知道到底發生了什麼事。赤木到底怎麼樣了？伊庭恢復意識了嗎？但是他看了電視和網路，發現完全沒有任何相關的報導。

他的在家待命即將結束之際，行動裝置上收到了高倉傳來的訊息，說是有事要通知他，要求他去警視廳一趟。雖然脇坂有不祥的預感，但還是在指定的時間去了警視廳。

他坐在只有會議桌，佈置簡單的會議室內等待，門打開了，高倉走了進來。脇坂打算站起來，高倉說：「你坐著就好，你的傷還沒有好吧？不必勉強。」

「不好意思。」脇坂說完，坐了下來。兩天前，他才終於擺脫拐杖。

高倉在對面坐了下來，拿出一份文件遞到脇坂的面前說：「你的處分已經決定了。」

脇坂低頭看著那份文件。「偵查資料分析室……？」

「不管怎麼說，仍然留在警視廳內，所以你應該偷笑了。從目前的角度重新審視以前的事件也不錯，而且可以準時上下班。正式的人事命令還沒這麼快下來。如果你有什麼不滿，可以現在對我說。但我只是聽你說而已，無法為你解決任何問題。」

「不，我沒有任何不滿，但是……」

「但是什麼？」

「我有很多想問的問題，像是會如何處理這次的事件，諸如此類。」

「我想也是。」高倉聳了聳肩，嘆了一口氣說，「但是，我現在無法告訴你，因為還有很多事情無法確定。因為這起事件已經不在我們手上了。」

「是嗎？特搜總部呢？」

「也已經實質解散了，目前由理事官指揮特命股接手這起事件，已經沒我們的事了。」

「……等一切塵埃落定，會公諸於世嗎？」

「應該吧，只是不知道是不是你能夠接受的內容。」

高倉語帶保留地說。顯然無法期待事實真相完全攤在陽光下。

「基因體合成照技術和正在建立全體國民的ＤＮＡ型資料庫這些事，都暫時不會對外公佈嗎？」

高倉微微側著頭說：

「這我就不知道了，但是不可能永遠當成祕密。」

「一旦公諸於世，絕對會引起軒然大波。」

「那也未必，或許會有一些反對意見，但搞不好大家很快就習慣了。」

「因為這就是這個國家的國民性嗎？」

「這也是原因之一，但還有一個更大的理由，那就是民眾會發現其實也有好處。」

「好處？」

「假設你有一個女兒，十幾歲的可愛女孩。有一天，女兒的屍體被人發現，而且身上有遭到強暴的痕跡。凶手的ＤＮＡ是唯一的線索，身為父親的你會怎麼做？是不是會要求趕快把ＤＮＡ和資料庫建檔的資料比對，找出凶手？如果資料庫內沒有相符的資料，是不是會要求趕快製作基因體合成照，用臉部辨識系統從身分證資料查出凶手？再舉另外一個例子，你的孩子雖然沒有遭到強暴犯的攻擊，但罹患了重大疾病，唯一的治療方法就是移植，但配對的條件很嚴苛。但是，在ＤＮＡ型資料庫搜尋後，找到了適合捐贈的對象，也因此順利接受了移植，孩子又恢復了健康。即使這樣，你仍然不會感謝這種技術嗎？」

脇坂無言以對，高倉滿意地點了點頭，站了起來。

「機會難得，在去新的職場之前，你就好好休息。等忙完這一陣子，再為你舉辦歡送會。」

脇坂輕輕搖了搖頭說：「不必為我舉辦歡送會。」

「是嗎？」高倉走向門口，又停了下來，「差一點忘了，鑑識課託我轉交一樣東西。」他伸進內側口袋，把裝在塑膠袋裡的東西放在桌上，「據說是在赤木的房子火勢撲滅後找到的。」

脇坂看著塑膠袋裡的東西，不由得吃了一驚。那是他的手機。

這不可能是在火勢撲滅後找到的。最佳證明就是手機很乾淨。他試著開機，發現完全正常。

「記得打電話回家。」高倉說完，走了出去。

脇坂走出會議室，正準備回家，剛拿到的手機響起了來電鈴聲。一看螢幕，是茂上打來的。

茂上約他在新橋的一家酒吧見面，店內播放著爵士樂，氣氛沉穩內斂。脇坂他們坐在酒吧深處靠牆的座位，很適合密談。

他們用高球雞尾酒乾杯後，茂上開了口。

「赤木貞昭的偵訊已經結束了，他承認殺害了T町的山森全家，DNA鑑定的結果成為關鍵，但是殺人動機出人意料。」

「是什麼動機？」

「赤木和山森達彥雖然都是男人，但兩個人有特殊的關係。尤其赤木陷得很深，也曾經向山森提供資金援助，但是山森慢慢疏遠他，不想再和他見面。赤木覺得既然要分手，那就先把錢還來。於是就衝去山森家，山森想在家人面前隱瞞和他之間的關係，他就惱羞成怒，拿刀子殺人。」

「這的確是……出人意料的動機。」脇坂眨了眨眼，「沒想到這麼簡單的事件，案情竟然會陷入膠著……」

「因為太簡單，反而成為盲點。赤木以為自己很快就會遭到逮捕，整天惶惶不安，沒想到警察並沒有查到他身上，而且十幾年後，媒體報導別人是那起命案的凶手，而且那名兇手還跳海死亡。他覺得自己完全脫身了，從此不必再擔心。之後他就放鬆了警戒。」
「所以他並沒有發現月澤先生在汽車展之後跟蹤他？」
「他說完全沒有發現。這次他回家時，突然遭到攻擊，他在醫院清醒過來後，也完全不知道發生了什麼事，做夢也沒有想到是因為T町命案被找上門。」
脇坂並不感到意外。
「到時候會公佈抓到了T町命案的真凶嗎？」
「應該會吧，但不可能馬上公佈，因為需要解釋在新島家中發現的DNA和遺留DNA型一致，以及山森太太的首飾的問題。」
「不知道會怎麼處理伊庭。」
「抓到了殺人凶手，結果凶手是科警支援局的課長——上面的人很頭痛。聽說會拘留後送去做精神鑑定。因為不可能抹除他犯的罪，至少希望可以做出他精神異常的結果，只不過事情並沒有這麼簡單。月澤雖然是伊庭殺的，但是把新島史郎當作T町命案的凶手，未必是伊庭一個人的決定。」
「那上面的人的確會很頭痛。」
茂上放下杯子，把臉湊了過來。
「我經過這次的事才知道，原來有不少人對T町命案的來龍去脈存疑，但因為是警察廳的人指揮辦案，所以並沒有人公開談論這件事。在偵辦這次事件的過程中，有一名年輕刑警挖出了T町命案，」茂上指著脇坂的胸口，「高倉股長很緊張。雖然必須查明真相，但那並不是可以輕易在偵查會議上談論的事，於是就一再叮嚀年輕刑警不要輕舉妄動，然後讓他自由行動。」

「原來是這麼一回事，難怪……」

脇坂之前就對茂上和高倉的態度不解，現在終於知道，自己只是被當成獵犬四處嗅聞。

「這次那個姓羽原的小姐和那兩名中學生真是幫了很大的忙，尤其是那位小姐，她到底是什麼人？」

「我也不太清楚。」

「啊，對了，關於月澤，已經查明了一件事。不是有兩名通緝犯匯了錢到他的帳戶嗎？其中一個人在博多落網了，他承認月澤曾經發現了他，但並不是受到月澤的勒索匯了那筆錢，那是保證金。」

「保證金？」

「他對月澤說，會主動向警方自首，請月澤不要報警。於是月澤就要求他繳保證金，只要他在二十四小時內自首，就會把錢匯回原來的帳戶。」

「雖然他付了錢，但最後還是不想自首，再次潛逃。」

「好像是這樣。」

那兩名通緝犯背叛了月澤克司。也許他一怒之下，就把收到的錢拿去支付女兒的醫療費，但不知道能夠消除多少他內心的徒勞感。

也許應該把這件事告訴他——脇坂想起扮成女裝的月澤陸真的臉想道。

30

把舊風衣塞進去後，四十五公升的垃圾袋幾乎就滿了。他一把抓起原本掛在衣櫃內的領帶，硬塞進垃圾袋的空隙後，一邊用腳踩，一邊綁起了袋口。

「太可惜了。」純也在一旁嘆著氣，「還有很多衣服都可以穿啊，早知道放在網路上的二手市集出售，多少可以賺一點錢。」

「現在說這些也沒用啊。因為警方說或許辦案時會用到，要求我不要丟棄。更何況即使在二手市集出售，也不知道能不能賣出去。如果是很有品味的舊衣服，或許還有人想買，這些都是大叔穿的西裝和運動衣，而且早就過時了，最多只能賣一百圓。」

「不管是一百圓還是十圓，錢就是錢，我覺得你根本不需要急著丟掉。」

「問題是根本沒地方放，我就連自己的衣服也沒辦法全都帶去。」

「對不起。」肥仔朋友聽了陸真的話，垂頭喪氣地說，「沒錯，你上次說了，只能帶兩個紙箱。對不起，我說這些無腦的話。」

「道什麼歉啦，又不是什麼大事。」陸真拍了拍純也的後背，他的確沒有陷入感傷。

他已經決定要搬去育幼院，所以要搬離公寓。傢俱和家電用品都已經處理掉了，原本就是不抱希望地放在網路上拍賣，沒想到乏人問津。純也說，所有商品看起來都髒兮兮的成為致命傷，而且也許不該太老實寫出商品的瑕疵。

最後只能付錢當成大型垃圾處理。陸真看著變得空蕩蕩的房間想，原來之前和爸爸一起生活在一堆垃圾中。

「陸真。」聽到叫聲一轉頭，發現永江多貴子拿著一個扁平的盒子，「這個要怎麼處理？」

陸真以前沒看過這個盒子。

「在哪裡找到的？」

「在衣櫃的上層深處……」

陸真納悶地打開盒蓋，「啊！」地叫了一聲。

盒子裡面是照片。嚴格地說，是從數位相機列印出來的照片，照片中是陸真小時候和去世的母親的身影，也有幾張是克司也一起加入的全家福。

盒子裡還有幾個相框，但都完全沒有使用過。

「爸爸為什麼把這些東西……」

「他一定想放在家裡，但因為工作太忙，沒時間擺出來。」

陸真覺得並不是這樣，而是因為失去了放這些照片的機會。克司一定認為不放照片比較好，以免兒子想起母親已經離世。

「你要帶去育幼院吧？」

「怎麼辦才好呢？」

「你要帶去。」多貴子用意想不到的強烈語氣說，「你帶去吧，因為由我們保管這些照片也很奇怪。」

「好。」陸真點了點頭，接過那個盒子。

多貴子走去廚房，開始檢查流理台下方。多貴子得知陸真要搬家，就提出要一起來幫忙。今天一大早就來這裡，協助清理不需要的東西。

多貴子說，照菜也很想來這裡。她很想看看父親以前住的地方，但今天研究所有重要的活動，她無法離開。

陸真得知活動的內容，內心有點無法平靜。

因為那是羽原圓華的歡送會。

一問之下才知道，圓華因為研究的需要，所以要去美國。不知道什麼時候回來，也許之後會長住在美國。

那天晚上之後，陸真就沒再見過圓華。雖然陸真曾經多次被叫去警局瞭解情況，照理說，圓華也會被找去警局，但是陸真從來沒遇到過她。陸真曾經打電話給她，也傳了訊息給她，但她都沒有回應。陸真想過去研究所找她，只是想不出要用什麼理由。時間一天一天過去，陸真也必須處理搬家的事。

他覺得圓華也許是出於關心這麼做。因為她希望陸真早日忘記那起事件，帶著全新的心情邁向明天，所以覺得拒絕來往比較好。

但同時陸真也在內心冷靜地否定，認為並不是這樣。圓華並不是那種人，她只是覺得事件已經解決，根本沒必要再聯絡——就只是這樣而已。或許她根本連這些事也沒想，只是把陸真完全拋在了腦後。這種可能性最大。

但是，陸真因為結識了這位不可思議的女生，發現了一件重要的事。圓華說的沒錯，國家只會制定有利於控制國民的法律，無論DNA還是身分證，都只是管理國民的工具。正因為如此，不能受到這些東西的影響，遇到困難時，必須自己思考，自己開拓解決的方法。不能靠AI，而是要靠自己的頭腦。

所以，自己必須更加努力學習——

他怔怔地想著這些事時，對講機的門鈴響了。純也拿起了對講機。

「是洗衣店的人。」

「終於來了嗎？」陸真走去玄關。他之前就請洗衣店的人今天送來。陸真接過裝在塑膠袋裡的衣服，走回客廳。房間角落放了兩個紙箱，裡面裝了他準備帶去育幼院的東西。他打開其中一個箱子。

「什麼衣服這麼重要，還要送去洗衣店？」純也好奇地湊過來，「你有這麼好的衣服嗎？」那是一件洋裝。就是他之前去『藍星』時穿的那件洋裝。紙箱內還有化妝品、內衣褲，以及假髮和隱形胸罩。那些都是他的寶物，只是不知道下次什麼時候會使用。

如果能夠再見到圓華，到時候扮成女裝也不錯。

除了那件洋裝，他還送洗了另一件衣服。

「純也。」他叫了一聲。這位朋友擅自把假髮從箱子裡拿了出來。

「什麼事？」

「謝謝你幫了我很多忙。」

純也害羞地笑著，把假髮戴在頭上，「不要這麼見外啦。」

「你對我說的那句話，我聽了超開心。」

「我說了什麼？」

「你說我是無可取代的，在你眼中，沒有人能夠取代我。」

「喔喔。」純也摸著假髮開了口，「因為這是事實啊。」

「對我來說，你也是無可取代的，以後也一樣，拜託你多指教啦。」

「當然沒問題。」

「所以我要把最心愛的東西送你。」

陸真把塑膠袋包著的衣服遞給純也。裡面是那件印了『鬥』的T恤。

純也雙眼發亮，戴著假髮，高舉起雙手。

國家圖書館出版品預行編目資料

和魔女共度的七天 / 東野圭吾作 ; 王蘊潔譯 . -- 初版 . -- 臺北市 : 臺灣角川股份有限公司, 2024.04

面 ; 公分

譯自 : 魔女と過ごした七日間

ISBN 978-626-378-798-8(平裝)

861.57 113001937

和魔女共度的七天

原著名＊魔女と過ごした七日間

作　　者＊東野圭吾
譯　　者＊王蘊潔

2024 年 4 月 25 日　初版第 1 刷發行
2024 年 5 月 27 日　初版第 2 刷發行

發 行 人＊台灣角川股份有限公司
總　　監＊呂慧君
總 編 輯＊蔡佩芬
主　　編＊李維莉
美術設計＊邱靖婷
印　　務＊李明修（主任）、張加恩（主任）、張凱棋、潘尚琪

台灣角川

發 行 所＊台灣角川股份有限公司
地　　址＊104 台北市中山區松江路 223 號 3 樓
電　　話＊（02）2515-3000
傳　　真＊（02）2515-0033
網　　址＊http://www.kadokawa.com.tw
劃撥帳戶＊台灣角川股份有限公司
劃撥帳號＊ 19487412
法律顧問＊有澤法律事務所
製　　版＊尚騰印刷事業有限公司
I S B N＊978-626-378-798-8